尋龍記
無極 著
第三輯
詭變百出
卷4 魔帥

目錄

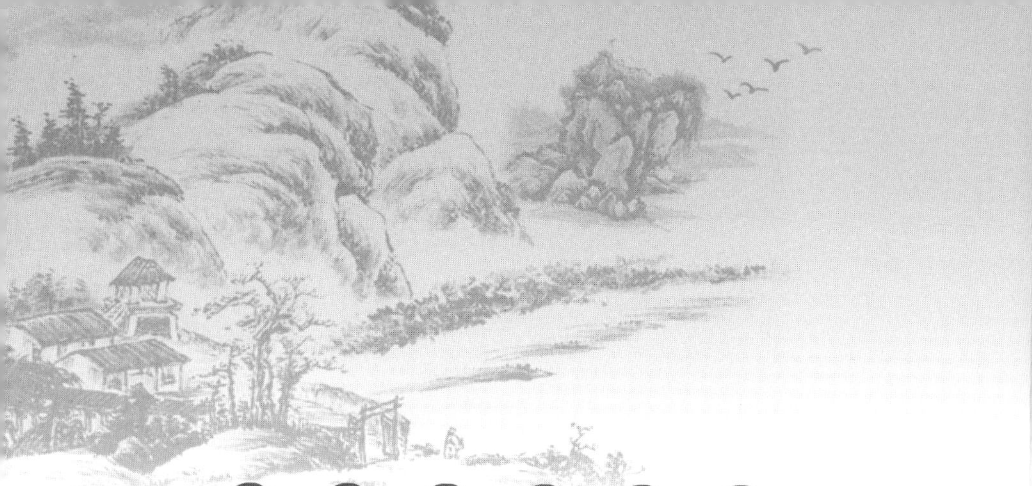

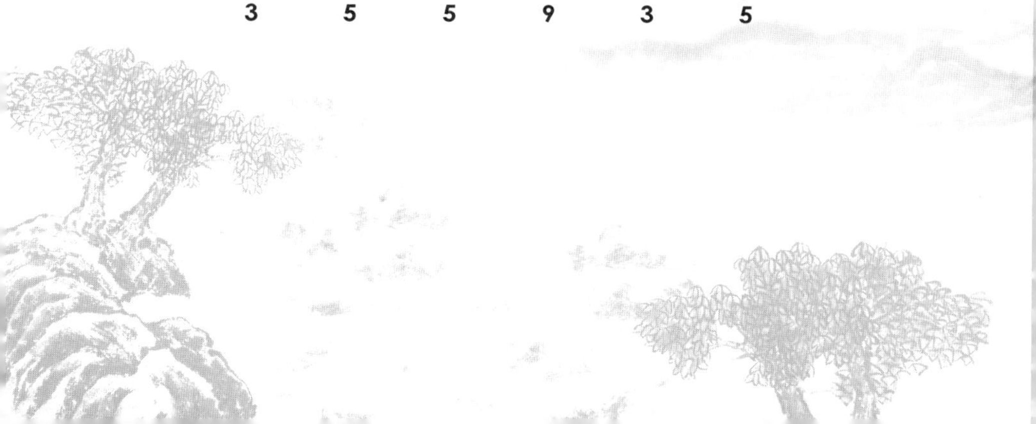

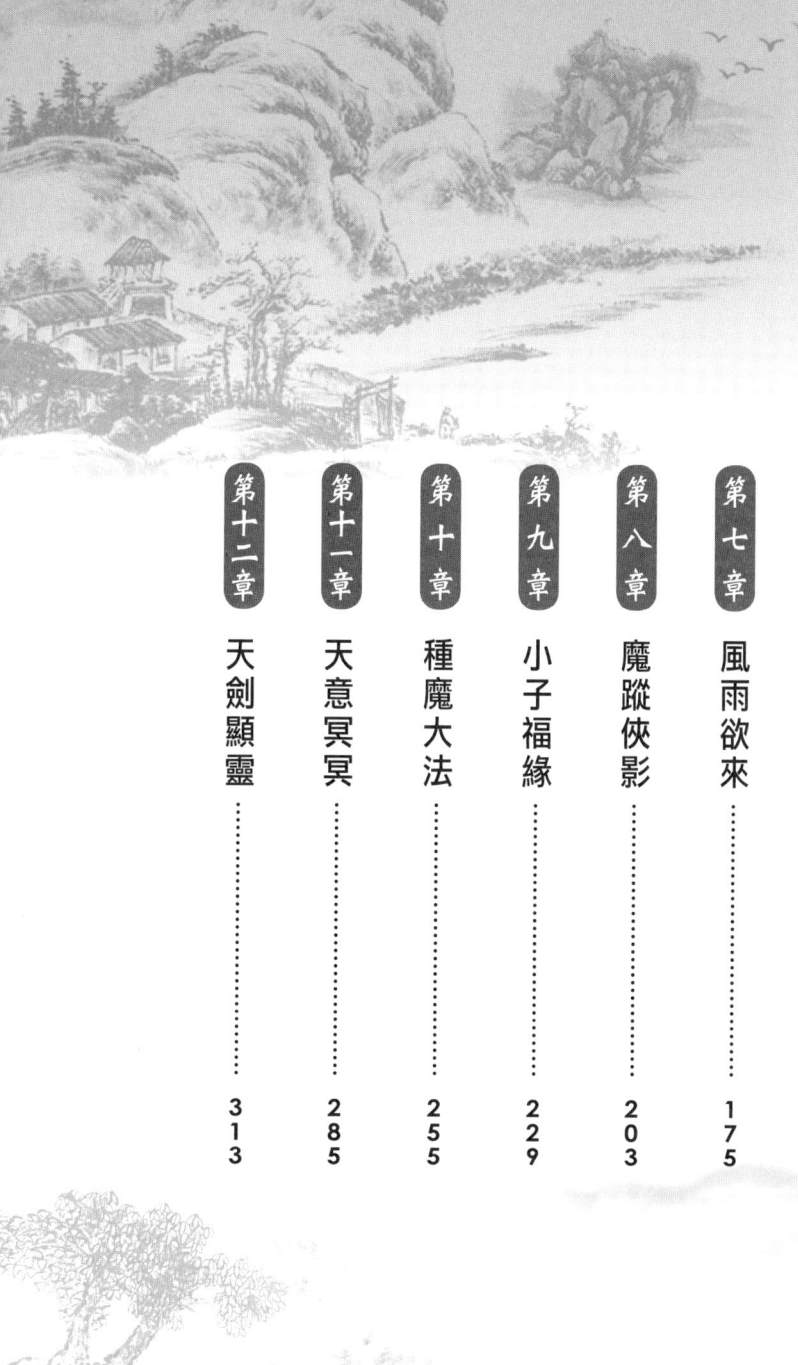

第一章　血魔出世

項思龍轉頭看了一眼面色蒼白卻又充滿無限希望的無極禪師幾人一眼，心下一陣哀然，卻是鬥志倏然生起，當下沉聲道：「那麼閣下想怎麼樣呢？」

血魔嘴角浮起一絲陰毒笑意，冷冷道：「本魔想跟小子單打獨鬥一決高下，如果本魔輸了，那就從此回返印度不再入侵中原；但是如果小子你輸了，那就……得拜入本魔門下，作本魔義子！」

項思龍沉吟片刻，暗咬牙道：「好，在下接受你的挑戰！不過在決鬥之前有個附加條件，就是閣下得放過無極禪師他們！」

血魔這倒毫不遲疑的爽快道：「沒問題，反正是幾個廢物了，殺了他們反會損了本魔威名，就依你吧！」

無極禪師此時卻念了聲佛號道：「少俠不可中了這魔頭的詭計，老衲幾人已是行將就木，性命根本無關緊要了，如能在臨死之前為除魔出一份力，就算是慘死也可死得瞑目吧！少俠雖是武功卓絕，可這血魔已有幾萬年道行，雖經幾次死死生生的挫折，但他總能起死回生，功力之高可說是已入魔道至境，比我中原當年與赤帝齊名的魔帥風赤行可說是有過之而無不及，少俠對他可不能掉以輕心！」

對無極禪師的橫加干涉，血魔顯得甚是惱怒的道：「你這老禿驢已是死到臨頭了還囉唆個什麼！還是留著把老骨頭安度晚年吧！」

項思龍方才一擊之下輕傷血魔，心下對自己的武功已是大懷信心，當下對無極禪師深施一禮道：「多謝前輩關心，不過在下既已答應血魔作一決戰，那也自是不能反悔的了！前輩應該知道我們中原人最重信諾！」

無極禪師聞言長歎一聲，低念了聲佛號不再言語了，可目中關切擔憂之色卻是明顯的溢於言表，讓得項思龍心下倍感溫暖。

無論是生是死，自己也豁出去與血魔拚了。心下正如此想著，卻突只聽血魔一陣哈哈大笑道：「娃娃有個性，本魔喜歡！好，咱們這就出這鬼洞去作個比劃吧。」

暫且放下項思龍與血魔一戰將是誰勝誰敗不說，回過頭提吳應龍喝令八大護教聖士去圍攻項羽，楊天為見了又驚又怒，頓忙也喝令身後十三騎士上前狙擊八大護教聖士，項羽卻是身形一閃倒退數丈，避開八大護教聖士的攻勢，突地狂喝一聲道：「住手！」

八大護教聖士和十三騎士聞聲一怔，倒也不由自主的立定原地，吳應龍和楊天為也均都不解項羽此舉何為，當下各自罷手著己方人馬回歸陣形，靜待項羽反應，心下卻又均都為項羽方才所使的快捷身法感到駭然，知道眼前這看來毫不起眼的漢子，定然身懷絕世武學了。

場中氣氛一時怪異的靜寂起來。

項羽向楊天為拱手抱拳道：「楊左使的關切之心在下心領了，不過對付這麼幾個小角色卻還不需楊左使幫忙，在下一人就足夠了吧！」言罷，不待眾人有什麼反應，接著又轉身對吳應龍冷冷道：「閣下是一人上還是與你的幾個爪牙一併上？嗯，在下也不想多費手腳。還是一併上好了吧！」

吳應龍雖對項羽起了戒心，但聞聽得他這等狂傲之語，卻還禁不住氣得屁股冒煙，哇哇大叫道：「小子想早死早投胎啊！好，本公子就成全你這心願！手足們，咱們並肩宰了狂妄的傢伙，再來對付楊天為他們！」喝叫聲中，已是舉劍閃身向項羽殺至。

項羽冷哼一聲，卻是毫不驚慌的揮出一拳，阻住吳應龍的攻勢，接著閃電般自腰間解下麟龍鞭，隨手一抖幻出一片鞭影，把八大聖士撲來的身形也給阻住，口中冷聲道：「不怕死的就上吧！」

吳應龍見項羽一招之下就把自己和八聖士的攻勢全給阻住，禁不住心下大凜，並且項羽那一拳氣勁，也讓得他對項羽功力之深大感駭然，因為項羽隨意一拳，雙方又相隔三四尺之遙，可對方拳中所發氣勁卻竟是讓得他劍勢受阻，身形再也跨不進半步，反是對方拳勁讓得他有股心浮氣動的感覺，由此可見對方確是有夠狂傲的資本。

心下凜然，當下哪敢再有輕敵之心，手中長劍幻起萬千劍影，組成銅牆鐵壁般滴水難侵的劍網，同時對八名手下道：「施奪命勾魂劍陣，這點子甚是辣手，大家不可粗心大意了！」

吳應龍這話音甫落，八大護教聖士果是陣術倏變，成兩人一組四方合圍之勢，並且每相鄰兩方又可隨意組合，果是威勢大增，形成一道劍芒四閃的劍網，把項羽圍了個密不透風。

對這勞什子的奪命勾魂劍陣，連在旁的楊天為見了也不禁暗暗心驚，對方這劍陣確是詭異莫測、招招狠毒，似是有以命搏命之勢，不由暗為項羽捏了一把冷汗，手中暗提劍柄，準備隨時救援。

項羽自回到彭城定都後好久沒有與人痛快淋漓的打過一場了，此次隻身單闖江湖尋探項思龍下落，本就想乘機會會各大武林高手，這刻見了這幾個對手還真頗有幾份斤兩，不由心中豪氣叢生，驀地大喝一聲，身形突地縱起成凌空橫豎狀，同時施展乾坤混元神功在四身周圍形成一道護身真氣，並且催動功力加快身周氣流流動速度，讓身體飛速旋轉起來，最後竟形成了一個巨大團的真氣氣團。

楊天為在旁見了不由失聲驚呼道：「乾坤混元神功！原來公子是六百年前的世外高人乾坤真人的弟子！」

吳應龍此時也大感項羽身體旋動形成的真氣氣團的強烈壓力，不由收劍退下陣來，在一旁觀戰去了，聽了楊天為的驚呼已是感到不妙，知道憑八大護教聖士可能決非項羽之敵，於是一雙鼠目露出懼色四下觀望，自是想準備待機溜走了！就在這當兒，項羽身形形成的真氣光圈突地開出一個小洞，噴射出一道有若鐳射般真氣氣流，隨同著旋轉的身形分往八大護教聖士射去。

「嗤！嗤！嗤！」數聲真氣相擊之聲響起，八大護教聖士組成的劍陣頓然被項羽發射出的強大真氣攻散，八人身形各自向後暴飛，口中狂噴鮮血，臉色顯得甚是蒼白且又驚駭。可項羽得勢不饒人，身形倏然在他暴喝聲中現出，環繞他周身的護體真氣頓然炸開，可接著在項羽揮動的掌勁之下形成八道真氣氣箭，分往已成驚弓之鳥的八大護教聖士射去。

八聖士見了大駭之下，頓掙扎著再次縱起身形向後暴退，可項羽掌勁凝聚射出的氣箭速度卻是疾若流星趕月，八人身形剛飛出不到丈餘，氣箭已是射至，頓忙慌恐的舉劍招架，可長劍剛觸氣箭就只聽「噹！噹！」的斷劍之聲響成一片；八人手中長劍全然被氣箭射斷，並且氣箭威射不減往八聖士體內射去。

連慘叫聲也來不及發出，就只聽得「轟！轟！」數聲爆炸之聲，八聖士軀體竟被項羽射入他們體內的氣箭炸得血肉橫飛慘不忍睹。

好強勁霸道的內力！這漢子到底是何來歷？武功竟然如此高絕！在場所有人都被項羽的絕世神功給震懾住了，連想逃溜的吳應龍也目瞪口呆的望著項羽，連逃命也給忘了。

場中氣氛一時又是一陣沉悶的靜寂。

過了好一陣，楊天為才首先擊掌叫好道：「好！好功夫！少俠原來是個深藏不露的高手哪！老夫倒確是多心了！只不知少俠師承何人？是哪派弟子？」

楊天為這一發話，才讓得在場眾人如夢方醒，頓然哄然為項羽叫好。

吳應龍這時也斂神回來，身軀卻是在項羽凌厲目光的逼視下，不由自主的發抖起來，額上冒出冷汗，蒼白的臉色顯得更是蒼白，牙齒上下打顫的道：「不……不要殺我！我……我所作的一切全是……全是受烏巴達邪教教主烏行雲所逼迫的！

「當年烏巴達邪教被日月天帝教主所滅，可邪教的一些殘餘分子卻暗中藏匿了起來，他們隱藏在地勢峻險惡劣的巴蜀之地，暗培勢力，同時用大量金錢引誘各門各派的弟子作為內奸，並且在各人身上下了蠱毒，使投效邪教的人不敢背叛他們，在下也正是受了財色引誘，所以才不可自拔的受邪教控制的。也曾一次次的反省想脫離邪教，可因迫於自身所中蠱毒威脅，卻又一次次的退卻了，但在下投身日月神教這麼多年來，卻是做過多少傷害教派的事呢？這次叛教，卻是因為邪教控制了在下妻兒，所以才被迫做下糊塗事！只要少俠不殺我，在下願洗心革面揭穿邪教真面目，為維護我中原武林出一份力，並且在下可領諸位去挑了邪教隱設在我中原的各處分舵，以將功補過！」

項羽聽了卻是冷冷的笑了笑道：「我不會殺你，因為你確還有利用價值，不過我卻要廢了你的武功，讓你永世不得再為惡了！」

吳應龍一聽全身劇顫，一個習武的人如被廢了武功，那等若是要了他的命，他吳應龍作了烏巴達邪教的走狗，且是邪教教主烏行雲的義子，自是作過許多惡事結下了許多仇人，他現在身分被揭穿，已是再也不能回到烏行雲身邊去了，如被廢了武功，那對烏行雲更是沒有利用價值，在江湖中結下的仇家也會找他算帳，那可是一線生機也沒有了。

在項羽一步一步的逼近吳應龍時，吳應龍突地猛一咬牙，一改之前懼怯之色，準備作垂死掙扎了！手中長劍突地一個倒轉，向他自己胸前猛一刺下去，再一下拔出，一道血箭頓然從傷口中噴出。就在項羽見了驚愣之時，吳應龍胸口噴出的血箭突地「轟」的一聲猛然炸開，形成一道血霧，把他的身體包圍在其中，可怪事出現了！吳應龍的身體在血霧之中突地冉冉消失，待血霧散去時，眾人眼前已是沒了吳應龍的影子。

楊天為看得驚疑不已時，卻突地似想到了什麼似的，脫口失聲驚呼道：「血遁大法！是當年在我中原武林掀起血雨腥風的血魔阿波羅才會使的血遁大法！難道……血魔又重新出世了嗎？」

項羽聽了驚歎道：「什麼血遁大法？血魔阿波羅又是何許人？」

楊天為目中顯出驚恐之色道：「血魔乃是我中原堪稱武學起源創始大師盤古大師和傳鷹大師齊名的外域印度古國的第一高手，據傳當年他入我中原四處尋覓高手挑戰，死在他手下的武林高手不知有幾，後來他找上傳鷹大師，終於敗在了傳鷹大師手下，傳鷹大師本欲除去這魔頭，可不想血魔使出了自殘身體借人逃匿的魔道秘法血遁大法，被他逃走。

「此後數千年再未聞此人蹤跡，直到兩千多年前突又現身中原，惡行尤過當年，且創立了烏巴達聖教，意欲稱霸我中原武林，這時原有仙佛之稱的無極禪師挺身而出，與無量道人、鐵劍先生三人在中原可謂是泰山北斗的高手聯手合擊血魔，那一戰直鬥了十天十夜，後來相繼跌入武當無量崖底，此後就再也沒有血魔蹤跡了。據傳血魔可能與無極禪師幾人同歸於盡了，人們也便隨著時間的消逝，逐漸淡忘了這段武林典故，不過之所以把無量崖劃作武林禁地，卻就是這段武林典故的原因了。此次血魔的獨門逃命功夫血遁大法，竟又在吳應龍身上重現江湖，這……看來老夫倒也是低估烏巴達邪教了！」

項羽聽了心下雖也驚駭，卻也激情豪湧的冷冷道：「管他是什麼血魔也好，烏巴達邪教也好，只要他們為惡我中原武林，在下都決不會放過他們！嗯，咱們也不可太過耽誤時間了，現在大家兵分兩路，一路趕去巴蜀阻止各門各派深入巴蜀，一路返回中原，以揭穿烏巴達邪教的陰謀！」

楊天為雖是對項羽來歷滿腹疑問，但從項羽言詞看出他似不想說出自己身分，當下也只得強抑心中疑惑，點了點頭道：「好，老夫就繼續趕往巴蜀告誡武林同道不要再入巴蜀，少俠則領大家回去揭穿邪教陰謀，提醒各門各派提高警惕和戒備，聯手起來抗禦邪教，以防邪教突襲！至於對付邪教之事則是待破去邪教鷹刀陰謀之危後，大家再從長計議吧！」

項羽對這楊天為大存好感，聞言當下對楊天為拱手道：「如此，楊左使請了！」

可就在雙方就要分手之際，突地從前方傳來一陣急促的馬蹄聲，只聽一尖銳的呼叫聲道：「就在這裡了！楊天為就在前面！」

聽到這呼叫聲，楊天為臉色頓即大變，對項羽道：「少俠快走，是邪教第二號人物奪命勾魂柳吹血追來了！這傢伙武功甚高又甚是難纏，已是追蹤堵殺老夫一行半月有餘，想不到這次本已是逃出了邪教魔掌，卻還是讓這傢伙給追尋著了！幸得老夫已揭穿他們真面目，這下老夫的心願已了，即便是戰死沙場，卻也可死得瞑目了！」

說到這裡，舉目望了一下前方約二三里之遙外一小山坡上閃動的小黑點，接著又急促的道：「定是吳應龍這傢伙去找了這幫救兵來想殺人滅口，這傢伙實在太過可惡，老夫這次拚了性命也要宰了他！嗯，他們就追來了，讓老夫等阻截他們一陣子！少俠領了諸位回返中原，只要能揭穿烏巴達邪教的真面目，證明我日月神教的清白，老夫和我數千死去教眾也就死得其所了！」言罷，飛身躍上馬背，對十三騎士道：「兄弟們，咱們上！」

話音剛落已是策馬率先旋風般的衝出，那十三騎士卻也毫不畏縮的緊緊跟上，一時間塵土飛揚，馬蹄聲震天響起。

項羽心中好不敬服楊天為和十三騎士的大無畏氣概，暗忖自己要是有這麼一支兵團就好了，那這天下還有誰人是自己敵手？心下如此想著，卻又想到楊天為已中了吳應龍所施的天香奇毒，不能再強運內勁，否則會全身寸裂而亡，他這般冒險衝出迎擊敵人，豈不是自尋死路？何況敵方人數眾多，而楊天為他們只有十四人，自己怎能親眼看著這一幫勇士去送死呢？

不行！自己決不能坐視不理！如此那還算什麼頂天立地的大英雄？自己要學項思龍大哥，以天下疾苦為己任，做個文武雙全、才德兼備的英雄！心下想來，頓即胸中鬥志狂湧，手用麟龍鞭一抖，目中噴射出濃裂殺機，飛身跨上烏騅馬，高喝道：「楊左使都豁出性命來為維護我中原武林正義而與邪教為敵了，在下項龍又怎會棄身不顧呢？有種的武林同道便隨我迎敵，沒種的就逃命去吧！」言語間烏騅馬馱著項羽旋風般已是追上了楊天為。

驀然，項羽有種回歸戰場的感覺，全身血液洶湧奔突不止。

血魔話音剛落，無極禪師卻又發話截口道：「少俠絕不可隨血魔出洞！他被困在這萬劫仙洞中已是有兩千多年，雖是被他悟出了陰陽相濟相融之法，自創了陰陽魔功，可因洞內陽氣太烈，他吸入體內的火陽真氣卻是無法與他體內的陰魔真氣徹底交融，使得他因缺陰氣而無法魔功大成。如讓他出了這萬劫仙洞，他頓可吸收谷中陰氣，使之功力大增，那時少俠……要收拾他可就……所以少俠絕不可讓他出洞！要作決鬥就在這洞內好了！」

血魔聞言臉色微微一變，似被無極禪師說中了他的破綻，但卻也不以為意，因為只要無極禪師幾人不與項思龍聯手合力鬥他，他有自信可以除去項思龍，只要項思龍一除，無極禪師幾人還不是如待宰羔羊可以隨任自己處置。到時自己就可以重見天日稱雄天下了！

心下想來，當即也仰天一陣哈哈狂笑道：「老禿驢可真有點眼力，竟看出了老夫魔功還有縫隙，不過對付這麼一個乳臭未乾的娃娃，即便老夫魔功未成那又怎麼樣？好，不出洞就不出洞吧！娃娃，念在老夫欣賞你的份上，老夫就讓你三招，出招吧！」言罷卻是緩緩從懷中取出一把通體血紅的彎刀，舉過頭頂，目注彎刀，喃喃自語著道：「血刀啊血刀，當年在與傳鷹老鬼的鷹刀相拚千招時，在一千零三招時敗給了對方。今次傳鷹老鬼的徒孫再次與你決鬥，你終於可以一飲對方之血，以洩當年敗北之仇了！」

項思龍在血魔取出血紅彎刀時，就感受到刀體傳出一股奇異的魔刀，讓得他心中不由自主的產生一股沉重的壓力。

更使他心寒的是，對方只是一個舉目凝刀的姿勢，卻已形成一股非常霸道的氣勢，讓他有種無從出招的感覺。

如此可怕的對手，項思龍還是首次遇上。

也不知自己方才攻向血魔的那一劍是怎麼發出的！

不過此時騎虎難下，自己想退卻也是不成的了！

對方已對自己生出殺機！要想活命，就只有拚！

這一戰可不只關注著自己性命，還有無極禪師、無量道人、鐵劍先生和了因和尚，甚至……是整個中原武林的命運可都把捏在了自己手中！

拚！只有拚命才或許有一線取勝的希望！

項思龍收攝心神，排除雜念，「鏘」的一聲拔出鬼王劍，沉喝道：「請閣下小心了，在下這便發招！」

話音甫落，已是人劍合一，一招玄玉道長所授的逍遙七絕式已是應手而出，空中頓然火光一片，有若一道血芒直衝血魔。

項思龍知道自己功力遜於血魔，唯有出殺招占了攻擊先機，才或許有一線生機，否則待血魔占了先機，自己恐怕再沒有出招的機會了。

血魔見了眉頭微微一揚，卻是身形一動，雙掌一錯，一掌托天，一掌緩緩揮出，在項思龍所發劍勁距離胸前只有三尺之遙時，所發出的紫色掌勁把劍勁悉數似螺旋勁化為碎片，再接著托天之掌上下一翻猛然揮出，把碎片劍勁又給推還給項思龍。

項思龍見了心下一緊，卻也臨危不亂，頓喝一聲方也出化功大法，把擊來勁氣全然吸入體內，緊接著劍式再變施出天殺三式，頓然項思龍身周幻起劍芒，有若一個渾身是刺的刺蝟般滾衝向血魔。

血魔顯也再不托大，身形橫向疾閃，手中彎刀電射而出，揮出一道強猛霸道的刀勁劈向項思龍，雖是毫無奧妙變化的簡單一招，但那狂猛氣勁和配合得恰到好處的身法和攻擊時機，卻是讓項思龍再也無法逼進血魔半步，反是被對方刀勁給劈開護身劍芒，嚇得項思龍頓然撤身後退，可也沒有住手，緊接著使出了自迴夢老人贈給自己的魔門寶錄中最厲害的一種武功——種魔大法七重天神魔劫！

對於這招武功項思龍也沒有深研過，只是自魔門寶錄中看到，在這刻的危急關頭卻是不由自主的隨手施出，至於威力如何項思龍卻是也不大清楚了，只據寶錄上記載此招有伏魔降神之威！

其實項思龍這刻與血魔對鬥，在一種緊張的精神壓迫之下，腦中的思維卻是異常的活躍起來，使得他的精氣神不知不覺的合而為一，腦海中浮現的盡是自己所知或所不知卻突然湧生的各式武功，只想著只要能打敗血魔的武功招式就隨手施出了。

像化功大法和天殺三式本已在他記憶裡失去的，在危急關頭卻是自然而然的使了出來，就如自己本就會這些武功似的。種魔大法第七重天神魔劫也是在這等情形之下被項思龍福靈心至的融會貫通，就給隨手使了出來，就是連他自己也大吃一驚。

神魔劫一使出，威力果是不同凡響，項思龍的身形倏地幻化出千百個虛像，組成一套陣法向血魔攻去，把他裡三層外三層的圍了個水洩不通。在無極禪師等人眼中項思龍似使了分身術般，那些虛像卻不是幻象而是實體，足有千多平方空間的困魔洞頓然全是項思龍的身影。

並且每一個身影所使出的招數卻又全不相同。偌大的空間頓然瀰漫著濃烈的勁氣，連活火山中的火舌熔漿也被這強猛氣勁給震得沖天冒起，無極禪師等宗師級頂尖高手卻也承受不住洞中氣勁的壓力，不得不退至了洞內，頓時火石紛飛有若戰場！心中無不對項思龍所施出的這招神功既感駭然又感驚喜。

這般神奇絕倫的神功，血魔想來是無法破解了吧！

包括項思龍在內的所有人都如此想著，果只聽得血魔失聲驚呼道：「小子竟得了傳鷹老鬼的真傳，練成了種魔大法七重天神魔功！難怪如此狂傲敢接受老夫挑戰！老夫當年就險敗在傳鷹老鬼此招下！不過，現在卻也難不倒老夫了，咱們來個硬碰硬！且看我這招明魔功第十重天血魔金鋼罩！」

話音剛落，卻只見被項思龍幻影圍了個密不透風的血魔突地狂喝一聲，身上泛起一道血紅的罡氣罩，把他整個身體嚴嚴的封護在內中，接著身形急劇的旋轉起來，並且愈轉愈疾，使得周圍的空氣也形成一股旋風，與他的罡氣罩身形合而為一，形成一個巨大的罡氣旋風體，與項思龍幻化出的虛像劇烈的碰撞起來。

只聽得「轟轟轟」一連陣密集的巨大炸裂之聲響起，整座山洞都被這一股股強大的勁氣氣流炸震得劇烈的晃動起來，本是沒有爆發的活火山口也被這氣流牽引得狂然噴出，頓然洞中熔岩沖天熱浪逼人，無極禪師等又被迫退了數十丈才不致受氣勁震擊。

項思龍神功幻出的虛象將血魔身體凝成的罡氣旋風體震碎了一個又一個，血魔護體罡氣旋風也漸漸縮小，至最後二人同時現出了真身，各自狂喝一聲，二人身體竟在火山口噴射熔洞上空的熔漿中相觸，剎那間只見二人身體交合處爆出光亮刺目的豪光，並且豪光愈擴愈大，照得整個洞內一片通明，簡直是如太陽就落在這熔洞中一般，可沒過多久，豪光突然破碎，接著就是一陣地動山搖直震九霄的巨爆聲，熔洞洞頂應聲炸裂，整座熔洞頓若地霸爆發般，全然炸毀陷塌，露出了碧藍的天空和明媚的太陽……

可洞中豪光還未散去，太陽光與之比起來黯然失色。

正在無極禪師等見了這等慘烈場面失聲驚呼時，那豪光卻突地沖天擊起，再接著倏然分開，卻豁然是項思龍和血魔二人身形，雖在那火山熔岩的噴射下二人衣衫卻還絲然無損，不過均都口角滿是鮮血，顯是均受了嚴重內傷。

血魔身形在空中一個旋飛落在峽谷中一塊巨石上，狂噴出一口鮮血後，卻是負手仰面向天發出一陣瘋狂的哈哈大笑道：「我血魔終於重見天日了！這世界將是屬於我血魔的，我一定要把人間的正義道改寫歷史，成為魔道的天下，我要成為魔道之君！」

話音甫落，身形突地化作一道血光沖天而起，轉瞬消失不見。

項思龍此時只覺胸口如遭雷擊，沉悶疼痛異常，體內真氣也如奔騰的狂馬在四肢百骸瘋狂亂竄，臉色煞是蒼白，並且痛苦得扭曲變形，只是靠一股韌力強撐身體不倒，這刻見血魔一走，再也忍不住狂奔一口鮮血，身形如斷了線的風箏般急墜地面。

了因和尚見了驚呼一聲，身形頓然飛出，接住了項思龍下墜的身體，只見他臉色由蒼白轉為青紫，全身皮膚正由白轉紫，觸手皮膚冷得嚇人，不由失聲慌叫道：「師父，少俠他……」

此時無極禪師和無量道人、鐵劍先生三人相繼趕至，見了項思龍的狀況，也不由均都大吃一驚，無極禪師邊伸手為項思龍把脈邊不時的皺著眉頭，最後舒了一口氣，語氣沉重的道：「血魔的陰魔功威力大得真是嚇人，這位少俠的心脈全被震斷，並且陰魔毒氣浸泡他全身每一個細胞，本來是毫無生還希望的了，可這位少俠體內有一股老衲也估摸不透的能量，竟是能抵抗陰魔毒氣在他體內的侵蝕，並且護住了他的心臟，讓他進入了冬眠狀態，保持了一線生機！」

說到這裡歎了一口氣又道：「現在他體內的內息全亂，並且這股內息的威能大得驚人，如不能鎮住他體內亂竄的內息，他終將會被他體內的內息炸得碎屍而亡！血魔又已出世，我中原武林又將永無寧日，唯一可以降服血魔的希望也全在這位少俠的身上了，咱們一定要救治他！」

無量道人面色凝重的點了點頭道：「禪師所言不錯，咱們決不能讓這位小兄弟殉難！要想克制血魔非他不可。不過他內傷如此之重，又被血魔陰魔功的陰魔毒氣注入體內，咱們卻是應從何入手救治他呢？」

無極禪師沉吟道：「首先當然是吸出他體內的陰魔毒氣，不過體內的真氣太過深厚霸道，咱們三人恐怕無一人能給降壓，只怕內力輸入不到他體內反被他體內真氣反傷，所以用內力為他吸毒療傷的方法恐怕行不通。然如用金針刺穴大法洩去他體內的強大內勁，他會功力全廢，性命是可以保住，可對付血魔……」

說到這裡長長的歎了一口氣，閉目沉思不語起來。

鐵劍先生仰天悲呼道：「難道就沒有兩全其美之法嗎？這樣一個少年英雄如若就此英年早逝，那還有誰能對付血魔？」

無量道長也一臉困苦之色的沉默了下來。

也不知過了多久，無極禪師緩緩睜開了雙目，道：「要既保住他性命又保住他內力，也不是沒有辦法，只不過……」

說著用一種堅毅的目光望了無量道人和鐵劍先生一眼，一字一字的接下去道：「只不過要道長和鐵劍先生及老衲三人作出巨大的犧牲！」

無極禪師這話剛落，無量道人和鐵劍先生二人頓然興奮的異口同聲道：「只要能救這位小兄弟，什麼犧牲咱們也在所不惜！」

無極禪師聽了臉上露出一絲欣慰的笑意道：「二位果然不愧是老衲知己，都以天下武林安危為己任！老衲能得二位老友，死後亦感快慰生平也！」

這話中的悲壯意味溢於言表！

無量道人也知是為救項思龍，可能是要自己三人獻出生命來了，當下淡然一笑道：「咱們三個老鬼都被血魔累了兩千多年，確是也已累了！今後的天下是年輕人的，自是要靠他們去闖了！在臨終之前，咱們三人能遇見這位小兄弟，可也確是咱們三人之福！只是從此以後卻要累了這位小兄弟，對付血魔的重任卻要落到他的身上了！」

鐵劍先生也心如止水的笑道：「這位小兄弟能與血魔一戰，可說是青出於藍而勝於藍了！嘿，咱們都已老了，自古後浪推前浪，江山代有才人出，咱們卻也老而開懷也！」

三位上古宗師級高手相視而發出一聲會心的哈哈大笑。

只有了因和尚卻是神傷斷魂，悲感叢生。

笑畢，無極禪師正色肅容道：「這位小兄弟體內內力奔突亂竄，乃是屬動，咱們內力不及於他，無法施展內力排毒之法，但是咱們三人的內力如果轉化為靜合而為一輸入他體內，卻是可穩住他體內奔突的內息，使之歸元為一納入丹田，而後自行運動排毒療傷，如此他內力不但不會消退，反會因得了我們三人內力而功力大增。想來再對付血魔時，他就必可穩操勝卷了，如此也可了去咱們三人生平心願了！」

無量道人對無極禪師的話凝思道：「以靜制動！這確是個好辦法！可是如何把咱們三人內力合而為一轉為靜態輸入小兄弟體內呢？」

無極禪師沉聲道：「這也就需咱們三人作出性命的犧牲了！我們佛道有種可以把自家精氣化動為靜之法，那就是此身仙去精存舍利，也即用烈火自焚，把全身精華化作舍利子。舍利於被他人服食後，可以再度轉化為精氣，這也便是化動為靜之法了！」

鐵劍先生聽了擊掌叫好道：「果是妙法！想不到咱們三個已是行將就木的老鬼，臨死前卻還可以造福後人！咱們精氣化作舍利子被這小兄弟服食後就存入了他體內！哈，那不就等於咱們三人又獲得了新生？果是妙法！確是妙法！」

無量道人也談起典故道：「外域魔功可以在人死後化作元神轉嫁入他人體內獲得再生，咱中原的永生之法是在死後化作舍利子服入他人體內獲得新生，可有異曲同工之妙吧！」

無極禪師見兩個老友對生死談笑風生毫不為意，不由大為折服，向二人合什施了一禮道：「兩位仁兄如此看淡生死之劫，可也真可登入我佛道巔峰，修成正果了！可喜可賀！可喜可賀啊！」

三人又都齊發出一陣爽朗大笑。

無極禪師召過已是淚流滿面的了因和尚，慈祥的道：「癡徒兒，你也不要悲傷了，人生在世本就有生有死，這是一種因果循環。師父已自知大限將至，臨終前能為世人還出一份力，這卻也是師父的功德造化！師父三人死後，你就把我們三人遺下的舍利子給這位小兄弟服下。他傷癒之後你就跟著他，為我中原武林出一份力，除魔衛道去吧！」

了因強抑悲傷，點頭受教道：「徒兒謹遵師父法旨。」

向了因安排好諸般後事後，無極禪師對無量道人和鐵劍先生淡然一笑道：「兩位仁兄，咱門三人攜手同去西天極樂世界吧！」

無量道人和鐵劍先生二人對無極禪師安然含笑點頭，與無極禪師一道盤膝而坐，寶相甚是森嚴。

三人心意相通的同時，默運功力啟發體內的三味真火，不大一會熊熊烈火就把三人重重包圍，火光中三人的森嚴寶相突地釋發出萬丈金光直沖雲天，接著就只見三縷青煙冉冉升起，在金光圈中朝著天空西方悠然飄去，最後與天色混為一體……

了因跪望著烈火中的師父等三人，臉上也是一片肅穆之色。

大火直燒了一天一夜漸漸熄滅，三顆彩光四溢的舍利子，赫然在殘灰中豪光四射。

了因對三顆舍利子各叩了三個響頭，口中喃喃道：「師父、無量道人、鐵劍先生，你們放心的去吧！了因一定會謹遵你們遺旨，跟隨這位少俠一道重出江湖消滅血魔的！」

項羽手執麟龍鞭，目中射出凌厲森冷之光，心中狂呼道：「來吧！烏巴達邪教崽子，讓我項羽看看你們到底有多大能耐，竟敢意圖稱霸我中原武林！哼，在中原只有一位強者，那就是我西楚霸王項羽！我要做統領中原子民和中原武林的雙科強者！決不允許外族任何勢力入侵我中原！」

項羽心下如此狂呼著，楊天為卻是對他惶急道：「少俠怎麼還不走！想陪老夫等一道去送死嗎？」

項羽對楊天為豪然一笑道：「楊左使既也自說是去送死，在下又怎可棄你不顧獨自逃生呢？那豈不是陷在下於不仁不義之境麼！」

楊天為聽得一怔，卻又倏地發出一陣哈哈大笑道：「好！說得好！我中原武林出了項兄弟這般有情有義的傑出英雄，可也正是後繼有人了！咱們就與邪教崽子拚了吧！就算是戰死沙場，老夫能識得項兄弟卻大感快慰平生了！」

言罷，接著又衝十幾個手下高呼道：「兄弟們，咱們與奪命勾魂拚了！不是他死便是我亡！」

十三騎士齊聲呼應，士氣卻也高昂之極。

那剩餘的近兩百江湖人物，都是被吳應龍引誘來尋寶的無惡不作之徒，卻顯也有不少心懷正義感之士，不知是誰高呼道：「外族邪教在我中原興風作惡，大家同為中原武林同道，怎可坐視不理！咱們都是些在綠林黑道過著刀口添血不知命運如何的亡命人，這次不若趁此機會改惡從善，為維護我中原武林正義出一份力與邪教拚了！有種的就跟老子出戰，沒種的還是撒泡尿淹死自己算了吧！」

眾人早就被吳應龍激起了公憤，見了項羽和楊天為等大無畏的英雄氣概已是都血液沸騰，這刻再次聽了這話，頓然哄然道：「奶奶的，咱們都是賤命一條，能一戰留名卻也是咱們祖宗福氣呢！走，咱們跟隨楊左使他們與烏巴達邪教的兔崽子們拚了！死了，十八年後又是一條好漢！」

一時間蹄聲四起，兩百餘人沒有一人願作沒種的傢伙，全都策騎跟緊項羽等馳來，狂喝狂呼，士氣熱烈。

楊天為回頭見了這等場面，更是發出一陣悲壯的大笑道：「自古邪不勝正這句話可真沒說錯，我楊天為今天算是深刻體會到這句話的含義了！我中國人永遠是愛國的！」

項羽也豪氣狂湧的道：「以殺制殺是對侵略者最好的方法，只有殺光他們，才可永保我中原安寧！」

二人言語間，敵我雙方已是可遙遙相望看清對方陣容了。

項羽運足目力舉目望去，卻見對方也只大約有兩百餘人，衝在最前頭的是一勾鼻鷹目長髮，身披金色披風的陰森老者，雙目射出的殺氣讓些膽小者見了會頭皮發麻。

在他身後是十二個身著黃色披風的中年老者，一個個目射精光，太陽穴高高突起，讓人一見便知是非同一般的高手，其餘之人則全是一身藍色披風，由此可見烏巴達邪教的服色也象徵了地位級別。

果然只聽得楊天為在耳際沉聲道：「披金色披風的老者便是烏巴達邪教副教主奪命勾魂柳吹血了，這傢伙以印度的佛門最高神功枷逾神功稱雄於世，又會一套辛狠毒辣的勾魂劍法，且手中所使的是一把奪命劍，內中藏有機關可以射出飛針，端是詭異莫測，也不知有多少人喪命於他的奪命劍下了！黃色披風者是他手下的十二金剛，會使一身金鋼罩、鐵布衫的硬功夫，並且練有魔門秘法金針刺穴大法，可以提升他們功力十倍以上，是柳吹血的皇牌戰將。

「藍衫武士則是烏巴達邪教中最高級別的武士了，乃是千中選一挑出來的武功好手。他們本還有兩千之眾的青衣武士，在追殺我們時被我日月神教武士悉數殺盡了。青衣武士是烏巴達邪教繼藍衫武士後第二級別的武士。他們派去剿我日月神教的人本有三千之眾，卻也被我們殺得就只剩這兩百餘人了，不過我們也付出了慘重代價，只剩十四人，上千教徒全部壯烈犧牲了！」

說到這裡，雙眼卻是現出了點點淚光，當望向敵方時，倏然一變，哀痛中就又全是憤怒殺機了。

項羽聽得心下已是一陣默然，卻也殺機更熾。

此時敵我雙方已是相距只有二十幾丈遠，均都駐了陣形，對方那金衫老者目光冷冷的掠過楊天為身旁的項羽冷冷道：「就是你這小子殺了我徒兒吳應龍座下的八大護教聖士？可也真看不出，中原武林竟出了閣下這麼一個年青高手！只不知閣下師承何人？乃是何派弟子？」

項羽對這金衫老者甚是看不順眼，當下冷哼一聲道：「閣下也太抬高貴教了，我中原武林歷代都是人才輩出，又豈只在下一人算是高手呢？至於在下師門閣下卻還不配知道！」

金衫老者被項羽的狂傲氣得臉色微微一變，但旋即平靜下來，卻是不怒反笑道：「小子果是狂傲！老夫縱橫江湖幾百年，卻也還從未有人敢如此對老夫說話的！小子，你是要死還是要活？如果想死，老夫待會就成全你；如果想活，就即刻跪下來拜老夫為師。否則……哼，老夫要你們這幫不怕死的傢伙全都去見閻王！」

說著又轉向楊天為道：「楊老鬼，你還是乖乖受降吧！你們日月神教已告滅亡，項思龍那小子也已失蹤下落不明，我看大半是死了！中原武林大半勢力已落入我烏巴達聖教手中，剩下的一幫頑固有待我烏行雲教主神功一成復出江湖，那時也將全都不得好死！你本是為中原正派人士不恥的魔教黨羽，即便你想改邪歸正，又有誰人會相信你呢！」

楊天為「呸」了聲道：「你烏巴達邪教當年就是我日月神教的手下敗將，要不是老教主狂笑天和巴浦洛夫教主遭遇不幸，日月天帝教主又告失蹤，我日月神教又怎麼會容忍你邪教復出江湖呢？你烏巴達邪教作惡多端，意圖冒用本教之名欲蓋彌彰的陰謀也終不會得逞的。因為我中原武林前赴後繼有著千千萬萬的勇士，他們終會驅除你們邪教的！」

金衫老者怪笑道：「是嗎？可待我烏行雲教主練成了祖師血魔阿波羅遺下的陰魔寶典，那時你中原武林還有誰人能是他之敵？盤古大師、傳鷹大師相繼仙去，無極禪師幾人又與與祖師父同歸於盡，你中原武林還有什麼能人？項思龍那小子嗎？即便他還在世，卻也敵不過我教主陰魔功的吧！」

楊天為聽了這話臉色頓然煞白，喃喃自語道：「陰魔寶典！血魔……又一個血魔即將出世了！」

見了楊天為失魂落魄的樣子，金衫老者更是得意道：「烏行雲教主在四百年前祖師爺血魔阿波羅的練功之所，本國最高的山峰鐵塔神峰尋找到了祖師爺的練功密室，發現了祖師爺遺下的陰魔寶典，經幾百年日夜苦練，神功終有所成，待發現巴蜀斷魂崖是個修練神功的絕佳之地後，於是移駕那裡，不斷吸收陰毒之氣，現神功終已有突破性進展，練至陰魔功第八重天血魔無敵身。此次重入中原，主要是為了報當年滅教之仇！」

說到這裡，頓了頓接著又道：「現在本聖教既已被楊左使知曉了一切秘密，已因不肖徒吳應龍施展陰魔功第一重天血遁大法而洩露了祖師爺神功再現江湖，所以本座也不再對爾等隱藏什麼了，從今以後本教將光明正大的行走江湖，不再藏藏躲躲！好，本座要說的話也就到此為止，楊左使作何取捨就快做決定吧！本座可沒有多少時間跟你玩貓捉老鼠的遊戲了！」

楊天為聞言斂回神來，望了項羽一眼，突地一陣哈哈大笑道：「想老夫與爾等狼狽為奸，閣下還是死了這條心吧！」

金衫老者臉色一沉，陰聲道：「楊天為，你已中了本教的天香奇毒獨門毒藥，除了烏行雲教主有解藥之外，普天之下再也無藥可解，這也等若你已成為個廢人，殊死掙扎……只是自尋絕路！」

楊天為傲然道：「死有什麼可怕的，只要死得其所也便無怨無悔了！」

金衫老者再也沉不住氣的惱羞成怒道：「看來你是敬酒不吃要吃罰酒了！好，本座就成全你想作大英雄的心願！」

一場混戰眼看就要拉開序幕，項羽突地沉聲發話道：「且慢！在雙方決戰之前，在下想向柳教主領教幾招，不知可願賜教！」

金衫老者柳吹血聽得一怔，旋即便皮笑肉不笑的道：「聽應龍說小子你功夫不錯，會乾坤真人這老鬼的乾坤混元神功！六百年前乾坤老鬼乃中原武林數一數二的高手，老夫當年在國內時就想入中原會會他了，只不想他已是得道仙去。今日能與閣下一戰，卻也可了去老夫當年心願呢！好，老夫就陪你過兩招！不過你若敗了就得投入本教，拜在老夫門下，小子可答應老夫這條件否？」

楊天為正想向項羽示意叫他不可應承，不想項羽洒然道：「好，就這麼決定了！」言罷，飛身落下了烏騅馬，步入雙方對峙的場地中心。

柳吹血當即也凌空飛出，落在項羽對面，上下打量了項羽幾眼，冷冷道：「自老夫今次入中原以來，除了楊天為一人外，還從未遇上可在老夫手下走出十招之敵！希望閣下不要讓老夫失望！」

項羽見對方緩緩腰間拔出了一柄彎刀，當下收了手中麟龍鞭，也「鏘」的一聲拔出玄鐵重劍，冷冷道：「在下也有多日未曾遇到可以一戰的對手了，閣下卻也不要是個花架子！」

柳吹血從容道：「老夫出招，從是不見鮮血不收回，故被世人取號『奪命勾魂』！上百年來與老夫對招之人，無不是見了老夫就腳軟手軟的，閣下卻也不會如此沒種吧！」

項羽已是不耐煩與柳吹血多說什麼了，當下手中玄鐵重劍一抖，幻出一片劍花，沉聲喝道：「閒話少說，在下出招了！」

言罷，身形電閃前衝，長劍同時化作一道劍圈，接著幻化成千千萬萬的劍芒光點，巨浪激濤般往柳吹血衝擊而去。

柳吹血見了臉上神色微微一動，他雖對項羽武功有過較高的估測，卻也想不到對方年紀輕輕，無論內力劍法，竟是已至如此出神入化之境，竟能把劍芒凝為實物，成為一柄柄無堅不催的劍氣，讓得自己也有種無從招架之感。不由心神一斂，又驚又怒的道：「好小子，果真有點真才實學！」

言語間接著一聲狂喝，竟是不退反進，手中彎刀也告揮出，一道先天刀氣透刀而出，劈往項羽揮出劍圈的核心處。

「轟」的一聲巨響，勁氣四射中，項羽和柳吹血雙雙暴飛後退。

第一招就以硬碰硬，這是項羽早就預定的戰術。

一擊之下項羽是試出了對方功力，雖是狂猛高絕，卻還是略遜了自己一籌，當下心中鬥志激漲，長笑道：「原來閣下也不過此爾，狂稱什麼邪教第二高手？再來接我這招凌雲九霄！」說著身形沖天而起，再翻身倒掛，手中玄鐵重劍如若長江大河般揮出一道道劍氣，先在空中連接成一個個劍氣光環，再突地圍在柳吹血上空飛速旋轉，並且漸漸下逼。一時間空氣中劍氣森森，殺機瀰漫全場！柳吹血臉色又是驚駭又是凝重，手中彎刀也不住地劃著小圈圈，催發劍氣。與項羽劍光飛環相抗。

「鏘」的一響，彎刀擊中劍光其中一環，其餘數環卻是突地縮小緊纏旋住了柳吹血手中彎刀，讓得他額上冒汗，眼見手中彎刀就要脫手飛出，不由得發狂的暴喝道：「枷逾神功第十二重天神定乾坤！」話音甫落，全身上下突地暴射出萬數金光，手中彎刀所困劍環也倏然在彎刀所發金光之下破碎消散。

項羽倒掛空中身體也被震得向上暴飛，口中狂噴鮮血，但一個回氣又頓即強抑住，飛身回落地下，目光緊緊的凌厲盯著柳吹血，一字一字的道：「閣下武功就至此招為巔峰嗎？那在下現在可要回敬你一招了！」

柳吹血本以為自己所施壓箱絕招不能一舉擊斃項羽，至少也可把他擊成重傷，可不想對方除了只臉色略顯蒼白外，卻是氣勢更盛從前，目中所射出的殺氣讓得他也禁不住心底發毛。

這小子……到底是何來歷的人！在中原自己只聽過項思龍一個人的大名，可還從沒聽說過有這麼另一個年輕高手！

看來對方要對自己出殺招了！

柳吹血心中一虛，更感項羽濃烈的殺機陣陣逼體，眼中閃過一絲懼色，卻是突向自己身後的人馬道：「大家並肩子上！殺光他們！有功者本座必有重賞！」說著身形卻是倒回了自己隊伍中。

楊天為見了不由破口大罵道：「柳吹血，你臨陣退脫算什麼一教之主？真是個奶奶的怕死鬼！」

楊天為身後兩百名江湖人物亦紛紛對柳吹血破口大罵。

柳吹血臉色紅一陣白一陣的，他出道幾百年來何曾受過這等辱罵？不過還是性命重要，罵便罵吧！看老子今後怎麼用霹雷手段對付你們！心下想著，當下氣極敗壞的朝眾手下狂喝道：「都傻站著幹嘛？給老子上啊！」

馬蹄聲、喊殺聲終於震天響起，混戰的序幕也告拉開。

項羽對柳吹血的出爾反爾憤怒已極，望著衝來的敵方人馬，緊握的拳頭把手上筋絡拉得格格作響，身形突地再次飛起，凌駕於敵方人馬上空，暴喝道：「戰神不敗神功第十重天氣吞山河！」喝聲一落，揮出的拳頭從空擊出重大如光湧波濤的罡勁，空中只見一片豪光突現，項羽全身上下在這榮光中心，那情形真讓人幾疑是戰神下凡。

「轟！轟！轟！」陣陣巨爆響起，接著就是戰馬的嘶鳴聲和此起彼落的敵人淒叫聲，地上沙石被項羽拳勁餘勢震得漫天飛揚，一時間邪教教徒陷入極度驚恐的慌亂中，場面混亂，淒慘之極。

此時楊天為率領兩百江湖黑道好手又已殺至，一時間烏巴達邪教的最高級別的藍衫武士卻還哪有什麼高手風範？紛紛只顧哭爹喊娘的四處逃竄，已是全無陣形。

柳吹血在後頭看得又驚又怒，卻也暗暗僥倖自己見機得快，沒有接下去與項羽對陣，要不自己即便能接下他這等威猛絕倫的神功，受傷卻是絕對避免不了的了。

此戰再堅持下去也是必敗無疑，還說不定連自己也陪了性命出去，還是三十六計走為上策吧！

留得青山在不怕沒柴燒，只待教主烏行雲神功練成，還怕中原武林不是自己烏巴達聖教的天下？

那時要報仇有的是機會！柳吹血心中鬥志全消，當下對身邊的十二金剛道：

「走！點子太過扎手，咱們撤！」

十二金剛見了項羽神威，也是心生寒意。得了柳吹血這命令，哪還不欣然遵從？當下十二人在柳吹血的帶領下卻是連同伴也不管了，策馬狂命逃走。所剩藍衫武士見自己主帥臨陣逃脫更是無心戀戰，武功發揮不出平時十成之一，不消半個時辰工夫，兩百人馬被悉數誅殺，而兩百江湖黑道人物卻只傷亡二十幾人。可說是打了個漂亮的大勝仗！

楊天為看著地上無數血肉橫飛的屍體一眼，轉頭向柳吹血等逃逸的方向，恨恨道：「讓那傢伙逃了，可惡！」

項羽目中寒光一閃，冷冷道：「終有一天在下會手刃此敵的！」

此時眾人都高呼「項少俠萬歲！」不止，讓得項羽感受到勝利的成功感，豪氣沖雲的道：「大家也看到了，只要我們齊心協力，猖狂的邪教也並不可怕！在下希望大家從今以後洗心革面不要再為惡武林了，我想正義之士還是會歡迎你們的！」說著這話時，項羽卻也在想著——項大哥，小弟項羽不止是軍事天才，卻也有能力一統江湖呢！

第二章　重出江湖

項思龍悠悠醒來時，卻發現置身在一溫泉內。

思想還沒反應過來，就只聽了因和尚興奮的歡呼道：「少俠，你醒了！謝天謝地，總算不負師父所托！」

言罷，又雙手合什連念了幾聲「阿彌陀佛」！

項思龍聞聲睜開雙目，怔怔道：「大師，這裡是什麼地方？無極禪師他們呢？還有血魔……這魔頭出谷了嗎？」

了因和尚神色一沉，靜默了好一陣才哽咽的淒聲道：「師父和無量道人、鐵劍先生他們……為救少俠都已仙去了！」

說著，目中淚珠已是不由自控的滾滾落下。

項思龍心下一震，顫聲道：「禪師他們……那血魔豈不是脫困了！」

了因和尚哀然中又是憤恨道：「都是血魔這魔頭害死了師父，貧僧有生之年就是追到天涯海角也誓要殺此老賊！嗯，少俠現在覺得怎麼樣了？你都已經昏迷七天七夜了呢！」

項思龍這刻才細察起自己身體變化來，只覺體內似多了三道剛猛而又詳和的真氣，卻又與體內自身真氣融為一體，提氣之下又可分可合，奇妙怪異非常。當下道：「一切都好，這……到底是怎麼回事？在下記得與血魔硬接了一招……受了重傷昏迷了過去的！」

了因和尚一臉淒沉的喜悅，念了聲佛號，把項思龍與血魔硬拚，血魔負傷逃逸，項思龍也負傷昏了過去幾近死亡，無極禪師幾人捨身取義，自焚把畢生精華化為舍利子以救項思龍的經過從頭至尾的說了一遍，接著又道：「今後對付血魔的重任就落到少俠身上了，但願少俠能不負師父他們願望，降魔衛道保我中原武林天下太平！貧僧從今以後也就跟隨少俠尊少俠為主人了！」

說著竟是逕自朝項思龍拜下，只慌得項思龍從泉水中縱身飛出，揮出一道柔和真氣，硬托起了因身體，失措道：「在下豈敢受大師如此大禮？可是折煞在下了！」

說完正待降落地面去扶了因和尚時，卻發覺自己竟是赤身裸體，驚羞得頓然又飛回泉中，讓了因和尚見了不覺啞然暗笑，卻還是一臉嚴肅的道：「師命不可自違，師父仙去前曾莊重交代過貧僧今後要跟著少俠的，少俠如不答應收下貧僧，貧僧就永生不起，直待少俠答應為止！」說著時又向泉中的項思龍跪了下去。

項思龍也知像了因這等憨忠之人最尊師命，自己如不答應他，他或許真會長跪不起了，當下只得權且應承道：「好吧！你先起來，我答應你就是了！不過……」

了因聽項思龍答應了，頓忙欣喜得截住項思龍的話頭道：「如此屬下見過少主！」言罷又朝項思龍重施一禮，才站起身來，取過項思龍先前所穿衣物凌空拋給他道：「這溫泉乃是萬劫仙洞的萬年石乳匯滴而成的，有起死回生之功效，少主在這石乳溫泉泡了七天七夜，你毀去的容貌已是恢復了呢！真是英俊極了！少主以前一定有不少美女追求你吧！」

項思龍接過衣物在池中匆匆穿上，待飛身上岸時卻是突地問了因道：「你說什麼？我毀去的容貌已經恢復了？我……我的容貌曾經毀過嗎？我怎麼不記得呢？嗯，我的記憶失去了啊，我眼前又浮起了許多人影！是……是岳父……管中邪！還有……還有姿兒！岳父……？姿兒……？我到底是不是項思龍？」

項思龍驀地覺得頭痛欲裂，禁不住伸手狠抓起頭髮來。

了因見項思龍突地怪言怪語的發了瘋般，不由又驚又急的道：「少主，你……你怎麼了？是不是走火入魔了？」

項思龍這刻漸漸平靜了些，卻又愣愣的問了因道：「我的容貌真的恢復了嗎？那我現在是什麼樣子？」

了因心悸未除的道：「少主，你沒事吧！你的容貌確是恢復了呢！你臉上所戴的人皮面容我給你取下了，你以前的樣子……好恐怖，整個面部一片焦黑，又滿是疤痕，現在則……又白又亮……很是英俊瀟灑……大概是萬年石乳的功效了！不信，你自己去泉水照照！」

項思龍強抑心中的激動情緒，緩緩轉身走向溫泉邊一本是晶瑩透明乳白色泉水現在已完全成一泓清洌泉水，萬年石乳的精華已全被項思龍吸收了！泉面此時平靜如鏡，一張似曾熟悉卻又陌生的面容溶入項思龍眼中，讓他全身劇震。高挺筆直的鼻樑，靈活多智的眼睛，渾圓的顴骨，國字形的臉龐……這不是項少龍……父親……一個樣版麼？

自己是項少龍的兒子？自己真的是項思龍？

項思龍目中含著淚珠終於脫眶而出。

他現在再也不懷疑他就是項思龍了，但苦惱的是失去的記憶。一定要想法儘快的恢復記憶！自己身上的秘密太多了！迴夢心經！要靜下心來儘快練成迴夢心經！恢復記憶，對付血魔……都靠迴夢心經！

在激動中項思龍整理情緒，回過身來對了因和尚道：「從今以後我要閉關練功了，在我未出關前，你不要來打擾我。」

對於項思龍這刻前後的鮮明情緒反應，了因心中納悶異常，卻也不敢相詢，聞言卻似記起什麼的從懷中取出三部經書遞給項思龍道：「這是師父和無量道人、鐵劍先生三人留下來著屬下轉交給少主的，一本是師父畢生所學金剛般若神功秘本，內中還有師父參悟出的易筋經和洗髓道經以及少林十八羅漢陣、羅漢拳的記錄；一本是無量道人畢生所學無量神功秘本，內中有無量劍法，天罡北斗陣等絕學記錄；另一本是鐵劍先生的五岳劍派的劍法和內功心法。這些對少主或有許用處，還請少主收下！」

項思龍想想也是，無極禪師、無量道人、鐵劍先生都是上古的前輩高人，武學也登峰造極。自己參習一下他們的武學遺本，或許對自己大有助益呢！心下想著，當下也肅容接了過來，卻又想到迴夢老人曾對自己說過九九八十一天之後，他將仙去，著自己到進入室見他最後一面的話來，算算現在時間已是過了一半有多了，自己卻是能不能在剩下的這段時日內練全迴夢心經和參閱完天命寶典、魔門寶錄及無極禪師他們遺下的這些秘笈呢？

但願天佑我項思龍，讓我早一天神功大成，早日出這迴夢谷……外面可有著許許多多的事情等著自己去解決呢！

首先要對付的是可怕的血魔！還有烏巴達邪教！

也不知劉邦、項羽，還有父親……項少龍，他們現都怎樣了？

還有姥姥上官蓮、青松道長、笑面書生、甜甜他們，對自己再次失蹤定然焦急萬分吧！

只不知他們也都怎樣了?

項思龍心中思緒萬千，沉重非常。

劉邦自被張良、陳平、蕭何、韓信幾個說動後，心懷大開，頓然命人毀去了棧道，同時任命韓信為大將軍，蕭何為丞相，張良為軍師、曹參、樊噲、周勃、夏侯嬰、灌嬰等為將軍，陳平為助理軍師，準備大張旗鼓來發展生產，擴充實力，以待他日重出巴蜀與項羽再決雌雄。

一切安定下來後，最讓劉邦傷感和心煩的就是項思龍下落不明和不少大將不服韓信而時時滋生事端這兩樣事了。

現在棧道已毀，已陷入固封自守的境地，與外界斷絕了一切聯繫，對江湖中項思龍的消息劉邦自是不知了，所以他不得不強抑住了對項思龍的思念，但軍中內部有矛盾卻是讓得他甚為惱火卻又不能發作出來，因為不滿韓信為大將軍的可都是些與他出生入死的好兄弟啊!

說重了怕傷害雙方感情，甚至影響軍心，在這偏僻窮困的巴蜀之地本是愧對眾兄弟呢!可說輕了又無關痛癢，止不住大家時常發牢騷滋事。

不過對韓信的才能劉邦確是欣賞的，在韓信上任短短半個多月時日內，韓信就制定出了一套嚴格的軍規，構劃出了發展兵力的計畫，對隊伍進行了卓有成效的改編和訓練，並且會激勵士氣，隊伍面貌大有改觀，紀律嚴明了許多。還有對於橫跨秦嶺，暗度陳倉的計畫，也進行得井然有序。

現在其他大將不滿自己重用韓信，劉邦也只有睜一隻眼閉一隻眼任由韓信自己去處理了，還好韓信先舉辦了比武大賽，說有誰能擊敗他，他將退位讓賢，結果軍中無人是韓信十招之敵，眾將也不得不略略心服了韓信，接受了他為大將軍的現實。

這一日劉邦正在與蕭何商談怎樣發展巴蜀生產事宜，卻有士兵慌慌張張的來報導：「大王，有情況發生了！棧道對岸突地出現了大批武林人物的蹤跡！他們似有什麼重大圖謀似的，朝著斷魂崖底指指點點，又向我們這方指指點點！」

劉邦聽得心下一突，頓忙道：「快領朕出去看看！」

來到棧道崗哨之處，劉邦舉目極力往對岸望去。卻果見有近四百來人的江湖人物正在斷魂崖邊俯視著斷魂崖底，口中在議論著些什麼，其中幾人卻甚為眼熟，再極目看去，卻原來是上官蓮、天絕、地滅、青松道長、向問天、圓正大師等，頓時心下大喜，卻又大是納悶，他們來這巴蜀之地卻是為何事呢？難道武林中發生了什麼大事與自己所轄的這巴蜀棧道有關？

心下不解想著，人卻已是飛縱上崗亭城樓，衝著對岸運功高喊道：「姥姥，我是劉邦！你們來到邦兒所轄之地卻是為了何事？是得了項羽欲攻邦兒前來助陣嗎？」

棧道對岸眾人卻正是得了魔刀出世消息，前來斷魂崖一探究竟以防鷹刀落入邪派人物手中的上官蓮一行。

聽得劉邦傳音，上官蓮正待回話，卻突聽得所處之處兩邊山谷傳來了震天的馬蹄聲，眾人臉色一變時，卻突有一陰陽怪氣尖聲細氣的聲音傳來道：「不是什麼前來為你劉邦助陣的人物，而是被我烏巴達聖教誘引到此地來送死的人物！」

這話音一落，上官蓮等心下狂震，暗呼：「糟了！」

劉邦在對岸也是心下大驚，雖不明何事，卻也知是上官蓮等中了什麼邪教組織的奸計，陷入對方所設陷阱中了。

驚急之下，劉邦卻又感束手無策，因為棧道已毀，上官蓮等有難自己卻也愛莫能助啊！不過卻也為得知了自己所轄之地原來隱藏著一股什麼烏巴達邪教勢力而暗暗警覺。

上官蓮等聞聲心驚，卻也很快把人馬分作兩批背對背的警戒起來，以防被來敵兩面夾攻，使己方陷入混亂因境。

此時對方兩路人馬已是漸漸馳近，卻見每方均有二千左右人馬，服色有黃、藍、青、紫、黑，正是烏巴達邪教的五色旗。

對方並沒有衝殺上來，只是在距眾人百多步遠處兩方各自駐步，那尖聲細氣的怪音自左方一著金衫的中年文士口中發出道：「諸位可能曾耳聞過我烏巴達聖教的傳說，卻還不知我烏巴達聖教已再次復出你中原武林，不過你們卻已領教過日月神教的手段了，那就是我烏巴達聖教的傑作！上次武當山的天衣神水之劫是被你們逃脫過了，但是這次的鷹刀出世的誘惑之因呢？卻是再也沒有另一個項思龍來助你們了吧！本令主勸你們還是乖乖投順我聖教，如此可免一死！否則可別怪我聖教心狠手辣了！」

眾人聽了無不色變外，青松道長卻也失聲道：「原來……前時我中原武林所發生的一切風波卻全是你烏巴達邪教搞的鬼！這次……卻更是施了引虎入洞和調虎離山的雙簧計想把我中原武林精英人物一網打盡，讓你烏巴達邪教稱霸我中原武林！」

這時另一冷沉的聲音接口道；「你這牛鼻子老道還有點聰明，不過現在知道得太晚了！想來你逍遙派現在已是一片廢墟，其他各門各派也是不降則滅，中原武林正道已亡，已是我烏巴達聖教的天下了吧！現在就只剩下你們這幫人了，順我者存逆我者亡，爾等趕快做出決定來，免得浪費時間！」

向問天又驚又怒的道：「好毒的奸計，在武當山陰謀失敗後，故意隱身匿跡琉去我們的戒備，同時借用他派之名不露痕跡，現在又再施奸計想一舉滅去我中原正道！」

向問天這話音剛落，又一蒼老而又渾沉的聲音冷哼一聲道：「我們烏行雲教主可也真是抬舉你們這批人了，竟只派了黃、黑兩旗令主去對付你中原虛空的各大門派，而派了我們藍、青、紫三旗令主來對付你們這區區四五百人！」

圓正大師念了聲佛號道：「你們烏巴達邪教當年不是已被日月天帝教主給逐出中原了嗎？今次你們再入我中原也只會重蹈覆轍，說不定還會遭滅教之危！放下屠刀立地成佛，爾等還是省悟吧！」

尖聲細氣的聲音喋喋一聲怪笑道：「敢入虎穴就不怕死！我烏巴達聖教再入

中原就是為報當年毀教之仇及實現一統中原武林的宏願！當年我聖教被日月天帝老鬼所毀，幸得天佑我聖教，我們少教主得以逃回國內，經千年修行神功已是大成。你們中原武林近百年來已是一蹶不振，再無高手出現，區區一個項思龍也只是如曇花一現失足無量崖必死無疑了！中原已必是我聖教的天下！」

鬼影修羅此時目中凶光一閃道：「原來是烏巴達邪教在印度的五色旗入我中原撒野來！當年你們邪教教主和十大護教護法意圖入侵我中原武林都沒得逞，反落得個橫死他鄉的結局，現在就憑你們少教主和五色旗一眾小角色，也想稱霸我中原武林？也不撒泡尿照照自己是個什麼東西！」

鬼影修羅這話讓得敵方一陣騷亂，喊進攻的怒吼聲哄成一片，可那尖聲細氣的中年文士細細打量了鬼影修羅一眼，突地駭然道：「修羅殿第一號殺手鬼影修羅！」

這話一落，對方怒罵之聲頓然低了下來，顯是不少人都聽過這與日月天帝齊名的中原邪道高手的名頭。

鬼影修羅見對方竟可一口道出自己頭銜，當下頗是得意的傲慢道：「不錯，正是老夫！你小子大概就是五色旗黃旗令主陰陽秀士高滄海了！哼，就是你們當年老教主也不敢在老夫面前說如此大話，你們這幫小蘿蔔頭又算是哪棵蔥？你們少教主烏行雲見了老夫還要叫一聲叔叔呢！還是著他來跟老夫說話吧！」

尖聲細氣的文士陰陽秀士高滄海聽得鬼影修羅這一頓老氣秋橫的斥罵，臉色紅一陣白一陣又羞又惱，正待發怒時，卻突聽得從深不見底滿是霧氣繚繞的斷魂崖底傳出一聲虛無縹渺卻又清晰可聞的聲音道：「原來鬼影修羅叔叔大駕也已出世了，小侄烏行雲可也正想見見你老人家呢！只不知叔叔身體是否依然硬朗？就接小侄這招陰魔功第八雷天虛空傳功試試看吧！」

話音剛落，卻只見萬丈深谷中突地沖天而起一道血紅真氣，竟是可折轉方向準確無誤的向鬼影修羅所處位置攻來，無論速度和威勢都讓人驚為觀止。

鬼影修羅在聽得「陰魔功」三字時已是失聲驚呼道：「血魔陰魔功！」驚呼聲中又對身旁眾人高聲道：「大家快閃！」喝聲同時揮出兩道狂猛卻又柔和的巨大真氣，把身旁之人推散至二丈之遙外。

此時谷中衝出的那道血紅真氣又是向鬼影修羅攻擊距他不過丈餘，鬼影修羅頓忙狂喝一聲道：「鬼影神功十二重天！」

喝聲剛落，兩道紫電霞氣，頓朝那血紅真氣迎擊過去。

「轟！」巨大的真氣相擊聲震天而起，電光四射，一紫一紅，狂猛的真氣流溢漫空中，讓得周圍三丈方圓的人都感覺喘不過氣來，身形紛紛向後倒退，鬼影修羅隨身形變後飛數丈，口中疾噴出一口鮮血，臉色煞是蒼白，身形落地時也是搖搖欲倒。

這時那虛無縹緲的聲音又冷冷傳來道：「鬼影神功也不過此！老鬼你還狂傲個什麼呢？還是乖乖的向本座歸降吧！本座封你為護教總護法！否則可別怪本座不給你情面了！」

此時場中氣氛靜寂至極點，鬼影修羅的武功已可列入當世有數的頂級高手之列，可不想被人家輕易一擊就給受了重創，對方武功之高已是可想而知，難道中原武林真的氣數已盡！

陰陽秀士高滄海等突地暴發出「教主萬歲！」「教主無敵！」的哄天采聲，對方剛剛消沉下去的情緒又給這一突然變故激漲至極點。

就在此時一道血紅光影沖谷而出，待對方現出身來時，卻見對方原來也只不過是個看起來三十上下的精武大漢，全身皮膚一片血紅色，身著一套血紅寬袍，腰佩一柄古色古香的長劍，體格甚是魁梧高大，看上去確有幾份霸者威勢，只不過一雙眼睛射出的冷光，讓人可以感覺出此人是個邪派人物。

紅袍漢子目光注視起上官蓮等眾人，最後把目光落到了鬼影修羅身上，咳了一聲道：「能接下本座八重天的陰魔功，你鬼影修羅也確是可傲視天下了，卻怎麼會做了一介後生小輩項思龍的走狗呢？難道項思龍真有什麼驚人之處？本座倒真想會會他了！」

鬼影修羅啐了聲道：「哼，我家少主神功蓋世，前無古人後無來者，憑你烏行雲這點道行，卻還絕對不是我家少主的敵手！陰魔功雖是魔道頂神功，可我家少主已入天人交接的仙道之境，陰魔功卻也還沒放在我家少主眼中吧！最多只能是在老夫這行將就木的老骨頭面前稱雄而已！」

紅袍漢子烏行雲聽得臉色微微一變，卻突又淡淡笑了笑道：「即便你家少主神功蓋世天下無敵，可他已告失蹤，笑面書生也為他立了牌位，想來大半是死了。若是頑固不悟，本座卻也只好大開殺戒了！再給你盞茶時間考慮，如還沒做出決定，本座就要下令向他們展開攻擊了，那時想反悔可也已是悔之莫及！」

上官蓮冷哼了聲道：「咱們不用再多做什麼考慮了，要打要殺放馬過來吧！無論怎樣我們也決不會向你邪教降服的！」

向問天接口道：「不錯！就算是死也是要戰死，死得轟轟烈烈！」

圓正大師念了聲佛號也聲正嚴詞道：「佛曰：我不入地獄誰入地獄？為了我中原武林的生死存亡，老衲今天也要大開殺戒了！」

青松道長則是高呼道；「武林同道的朋友們，你們願讓我中原武林陷入萬劫不復之境嗎？生要做豪傑死要做鬼雄，讓我們為維護我中原武林的正義而戰吧！」

四五百人頓時無一不回應遁：「為正義而戰！決不向邪教屈服！」

雖是處在敵強我弱的情況下，眾人的高呼聲卻還是顯得激昂慷慨，沒有一絲怯懼之意，氣勢不輸烏巴達邪教。

烏行雲見了怒極反笑道：「好，你們敬酒不吃要吃罰酒，本座就成全你們了！各教徒聽令，殺光這幫死頑固的傢伙！每殺敵一人者重賞黃金百兩美女一人，殺敵頭目者可坐上本聖教護教護法之位！臨陣退卻者格殺勿論！」

烏行雲這話音剛落，眼看著一場混戰就要拉開，這時突聽得又有一陣馬蹄聲傳來，只聽得一個惶急的聲音高呼道：「教主，大事不好了！屬下出事了！咱們的陰謀已經敗露，楊天為老鬼也已逃脫，並且召集了他日月神教的另外三大邪神南邪韋一笑，北魔屠殺，東神海風嘯，我們安插在中原各部的人馬已被他們聯合中原各路人馬全部格殺，黃旗令主及他手下的四大天王和黑旗令主南宮竣也已……現在他們正全力趕赴巴蜀而來，人馬足有上萬之眾！屬下也被半路殺出的一介無名小子追殺得四處逃亡，手下的十二金剛也只剩了四名，好不容易才逃了回來！教主，咱們還是快撤吧！他們已尾隨追來了！」

話音一落，烏行雲臉色一片鐵青，上官蓮等則是發出一片吹呼之聲，心中的一塊石頭終於落地，鬥志也倏然增長。

這時五騎人馬已是馳至了烏行雲身前，身上均是血跡斑斑，衣物破裂多處，一臉憔悴惶恐，狼狽不堪。

烏行雲目中射出的泛光似恨不得把柳吹血給砍成碎片，一字一字道：「到底是怎麼回事？快給本座道來！」

柳吹血全身一顫，哆嗦地道：「屬下本是已挑了楊天為老鬼的窩，可誰知道追至洛陽五官山境內時，卻突給吳應龍這小子壞了事，他召集的幾百人馬之中，竟有一名年青的絕世高手，應龍的八名護教聖士全被這小子一舉擊殺，應龍危急施出血遁大法逃亡，依他指示追到了楊天為老鬼和這年青高手兩批人馬，可誰知他們已連成一氣。楊天為老鬼揭了咱們的一切底細，屬下於是想殺人滅口，可不想那年青高手武功太高，屬下施出枷逾神功十二重天功力也絲毫奈何不了他……反被他擊成重傷，所有人馬也被他們格殺……屬下被迫逃亡，想回返來轉告教主此事，可不想那小子與楊天為兵分兩路，並且不知拿了一件什麼信物給楊天為，楊天為就憑此物獲得了各門各派的信任，聯絡了其他三大邪神，據楊天為提供情報，把我們安伏在中原各路人馬屠殺皆盡！那年青高手則只一人前來追趕屬下，因他武功太高，屬下施出金針刺穴大法讓十二金剛對付他，卻也不是他敵手，十二人死了八人，屬下也告再次負傷……如此逃亡了半月之久，不想卻還是沒有甩脫他，並且楊天為他們已得勝率兵進發巴蜀與那小子相會了……這一來是阻止了他行程速度，屬下也才得以保了性命回來見教主！請教主饒恕！」

烏行雲聽得牙齒格格作響，突地揮掌往那四名嚇得面無人色的金剛武士擊去，只聽得「轟！轟！轟！轟」四聲巨響，四人身體頓被烏行雲掌勁震得血肉橫飛見閻王去了！

柳吹血額上冒出串串冷汗來，身體牙齒都顫個不停，烏行雲卻突地平靜冷冷道：「暫且饒你一命！」

說到這裡，頓了頓皺眉道：「那年青高手是什麼來路你看出來沒有？是不是項思龍那小子？」

上官蓮等也正懷疑柳吹血口中所說的年青高手是不是項思龍，聞得烏行雲此問，頓忙都凝神靜氣想靜聽下文。

氣氛一時又是怪異而又緊張的靜寂。

柳吹血聽性命可保，頓長舒了一口氣，臉色平靜了些，沉吟道：「這個屬下也不敢肯定他到底是不是項思龍，不過他所使出的武功招式卻是中原六百年前名動江湖的乾坤真人的混元神功，但屬下看他武功不弱，即使乾坤真人復出卻也不是他的敵手，內力之深為屬下生平僅見。他騎的一匹神馬端是快速神駿，年紀看起來三十上下，不過屬下看出他易了容，實際年齡可能二十左右，在中原如此年青的武林高手屈指可數，照屬下估測，此人十有八九就是那項思龍！他的再次失蹤或許又是他所玩的一次把戲罷了！」

上官蓮等聽了柳吹血這介紹，自是知道這人不是項思龍，不由心下大為失望，烏行雲則是目中射出熾烈的仇恨目光道：「如真是那項思龍小子卻才最好呢！他體內懷有日月天帝這老鬼的元神，也等若他是另一個日月天帝，本座要親手殺了他為父親報仇！」

說著，又轉問柳吹血道：「楊天為他們還需多長時間可趕到這裡？」

柳吹血惶聲道：「大概只需……半個來時辰！」

烏行雲自言自語道：「半個時辰？怎也不夠時間殺光跟前這幫人啊！本座血魔功又只練至第九重天，好！咱們撤！待本座神功大成時，再來與中原高手決一勝負！」

言罷，目中又射出深深的仇恨道：「項思龍，又是你壞了本座的大計！本座與你誓不兩立！終有一日要看看你到底是個怎樣三頭六臂的人物，竟如本座的剋星般！」

項思龍完全沉浸入對武學的探研中。

得了無極禪師、無量道人、鐵劍先生三大宗師級高手畢生精華凝成的舍利子之助，項思龍體內的養生訣能量已完全被他吸收，與體內的各種真氣、能量融為一體，使得他體內的真氣有若百川歸海，全然融會貫通，那目光可以發射異能的現象已是沒有了，只是覺得整個人有若脫胎換骨了一般，全身的每一個毛孔都可清晰的感受到大自然任何生命的氣息，靈魂有若超越了生命的界限，達至了一種他自己也說不出的奇妙境界。迴夢心經的修練進程也突飛猛進，又只花了半月之餘的時間就已練全了十一重，而進入最後一重天破碎虛空的修練，天命寶典和魔門寶錄以及元極禪師等三人託了因和尚交給自己的三本武學秘笈也都已參閱完了，並且一看就懂一看就能領會貫通，讓得項思龍的武功有突飛猛進的進展，到底高至了何等地步，他自己也不清楚。

了因和尚日日負責打理項思龍的食物採摘，倒也不打擾項思龍，確是盡心盡力不可多得的好忠僕。

這一日，項思龍正全然進入了破碎虛空的修練之境中，突地天空風雲大作，雷電陣陣轟鳴，轉瞬間就烏天黑地，有若世界末日就要來臨似的。

這是進入迴夢心經最後一重天修練就欲大成的先兆了！

仙界正考驗項思龍的心性！——神功是否大成就盡在此刻！

項思龍渾然忘我，對外界的一切都絲毫不覺，只是寶相森嚴的閉目禪坐著，身上皮膚釋發出時明時暗的陣陣金光。

了因和尚在旁遠遠看著，心情緊張至了極點。

項思龍對他說過此關修練不成功便成仁，甚是危險萬分，如項思龍倘一失敗，那整個中原武林的希望就全沒了！

天佑少主，保他安然度過此劫，我了因願下十八層地獄替少主承擔今生前世的一切罪孽！

了因正如此默默祈禱著時，「轟——！」突地一道閃電在項思龍身旁閃出，有若一條金龍般纏繞在項思龍周圍，竟是漸漸縮小似欲纏擊死項思龍，了因見了口中正要驚呼出聲，卻又倏見項思龍身上釋發的金光光芒大作，向那圍困在他身周的閃電迎擊過去，只聽得「嗤！嗤！啪！啪！」一陣電光相融異響，閃電金龍竟被項思龍身上所發金禪佛光擊散，化作道道碎片消失空中。了因正鬆了一口氣時，「轟——！」又一道閃電向項思龍當頭擊下，竟是如一道從天而降的臂粗電閃般源源不絕的擊入項思龍體內，閃電金光卻又竟在項思龍體內化作了一條金龍，並且愈發愈大，似欲漲爆項思龍的身體。項思龍的身體竟變得透明可見體內內臟，連奔流不息地運行的真氣線路也可看得清清楚楚。

了因和尚這次終忍不住驚呼出聲了，身形電閃的欲衝至項思龍身邊幫他一把，可剛飛出不足兩丈，身形卻給一道無形真氣氣牆撞得向後暴飛出了七丈多遠，眼前更是金星直閃。若不是他練有金身佛剛罩，怕要被擊成重傷了。

身上雖是疼痛非常，了因和尚卻也顧不得了，斂神過來舉目往項思龍望去，卻見他體內的真氣竟凝成了一道真氣捆龍索，把他體內正在擴大的電光金龍緊緊的纏捆住，真氣捆龍索與電光金龍相觸發出的電光，在項思龍體內有若爆散的煙花，甚是蔚為奇觀。

二者相持了好一陣子，電光金龍終是被項思龍體內真氣勒散，空中的閃電也隨即逝去，卻是全都往項思龍體內斂去，竟與項思龍體內真氣融為一體，項思龍身體異象出現了，卻見他身圍放射出強烈奪目的七彩電光，把他緊緊的包圍住，讓人乍一看去還真幾疑是仙人下凡。

而再沒過多時，項思龍身體放射出的電光卻竟凝化成了一柄電光飛刀，緩緩融入了項思龍的體內。

這刻天空的烏雲也快速退去，狂風也告消逝，天空又是一片風和日麗了，項思龍就在這時也突地緩緩睜開了雙目，目中射出的灼亮冷光讓得了因和尚這等高手見了也不自禁的打了寒顫。

項思龍這刻只覺自己似成了這天地的一個整體，世上的萬事萬物都可被自己的感官洞悉無遺，了因和尚心跳和情緒的變化也清晰的映入自己的思緒中，腦海中的記憶破堤而出。

他終於記起了一切——記起了自己是這古代二千年後的現代人，記起了自己來到這古代的目的，記起了自己自來這古代後的種種際遇……

以前的一切有關身世的困惑苦惱也頓然解開——自己是項思龍，是項少龍在現代的兒子，劉邦是自己在這古代同父異母的兄弟，自己和父親項少龍因劉邦和項羽之爭而反目成仇……

眼淚禁不住奪眶而出，項思龍終於記起了一切的一切！

多虧迴夢心經！多虧無極禪師、無量道人和鐵劍先生！

自己已經獲得了再生！可是……痛苦也隨之而來！

父親項少龍會遵守自己在天外天時與自己定下的承諾不再去干預歷史嗎？劉邦現在已怎麼樣了呢？自己能力挽狂瀾阻止歷史的不被改變嗎？也不知自己與父親項少龍及劉邦和項羽最終的命運將怎樣？自己和父親能攜手共回現代與母親周香媚團聚嗎？

還有血魔，自己卻是也責無旁貸的要負起維護中原武林的重任了！記憶的恢復對自己是幸還是不幸！

激動中項思龍的心情是興奮又沉重。

出谷的心理倏地劇烈的迫切起來，可是又記起了與迴夢老人九九八十一天之約，現在已是過了兩個多月了，還有十多天……自己卻是先出谷再返回？還是在谷中靜候呢？

項思龍正如此矛盾的想著，耳際卻突地響起了迴夢老人欣慰的聲音道：「癡徒兒，你現在神功已是大成，成就蓋過了師父，只是因你凡塵俗事未了，所以無法入登仙道，要不你已比師父先一步得道成仙了！以你現在的武功，想來凡塵之世已無人是你敵手了，去做你想做的事去吧！師父因你已功成圓滿，也提前一步斷了凡念，即日就會仙去，你也不用再掛念師父了！去吧！去吧！血魔出世，人間紛戰再起！天劍已有得主，鷹刀亦也必將重現江湖！龍兒，你肩負的使命可是拯救人間災難創造世上和平，可是任重道遠，你可要一切好自為之了！」

言罷聲音消去再也不現了！項思龍頓然高呼道：「師父！師父！你不要走！讓龍兒再見你一面吧！」

可是只有空谷回音，卻是再不聞迴夢老人的聲音了。

項思龍跪地抱頭，卻突只聽得一聲巨響，谷中那亭卻突地向下塌陷，繼而轟轟聲中是一巨石填了涼亭深坑，同時一縷七彩青煙從地面冒出，飄至項思龍頭頂上空，盤旋良久才冉冉向西方天空飄去，終至與天地之色融為一體了。

第三章　魔帥鷹刀

對於烏行雲等的撤退，上官蓮、青松道長、圓正大師等也沒有去橫加阻攔，對方可有四千多人馬，又有個武功高絕的烏行雲，己方卻是只有四五百人，鬼影修羅又已負傷，援兵也不知何時才至，雖明知放烏行雲等離去是放虎歸山，卻也不得不接受這無可奈何的現實。

如憑現有這點人力與對方硬拚，只會落得個兩敗俱傷，這四五百人可全是中原武林的精英，無論傷亡多少，對中原武林可都是一個沉重打擊。更何況如援兵遲遲不到，己方可是有全軍覆沒的危險！

留得青山在，不怕沒柴燒！現在已知了烏巴達邪教的真面目和野心，卻也是一大收穫了，日後可以小心防範不致再中對方奸計了！

現在最主要的事情是尋到項思龍，只有他才可與那烏行雲一拚！

圓正大師一臉凝重的望著烏行雲等撤退的背影，歎了一口氣道：「血魔陰魔功再現江湖，只怕我中原武林再永無寧日了！」

青松道長也心事重重的道：「項思龍少俠要是在就好！」

這話讓得眾人都靜寂下來，可就在這時又一陣震天的馬蹄聲傳來，眾人面色微微一變，卻只聽得是花雲惶急的聲音隱隱傳來道：「前面是上官夫人等嗎？在下是花雲，率眾前來助陣來了！」

眾人聞言這才放舒情緒，上官蓮凝功傳音道：「正是我等！花天俠，中原內地可發生什麼變故沒有？」

對方聽了這話顯也放下心來，聲音平靜了些道：「一切都還平安無事！這可全虧得楊天為左使和項羽霸王，若不是他們率眾前去救援及時，我中原武林只怕已是一片生靈塗炭，落入邪教之手了！」

雙方對答間，花雲等已是漸漸馳近了，人數確是有上萬之眾，可馳在前頭的眾人之中，卻有一人讓上官蓮、青松道長等見了又驚又怒又喜——原來卻是與項思龍一道失蹤，且為項思龍立了墓碑的笑面書生！

笑面書生觸了眾人目光，是一臉又愧又哀又緊張的低垂下了頭去，不敢與眾人目光相觸，同時也放緩了馬速。

上官蓮秀目圓瞪，都快噴出火來，驀地怒喝一聲，身形電閃射出，往迎面馳來的笑面書生撲去。

笑面書生卻不閃不避，似欲心甘情願的捱上官蓮一擊。

眼見著上官蓮擊出的凌厲掌勁就要擊中笑面書生，在笑面書生近旁的項羽卻突地揮出一掌為他阻了上官蓮掌勁，口中同時道：「上官夫人，不可殺笑面書生，他可也是這次摧毀烏巴達邪教的首要功臣呢！若不是有他，只怕楊左使等起去救援之前，中原武林已是落入烏巴達邪教之手了！」

上官蓮心中可只氣恨著笑面書生，見項羽竟出手橫加干涉，頓一臉殺氣的轉向他怒喝道：「我為龍兒討回公道，你小子卻來管什麼？是不是打敗了烏巴達邪教的副教主柳吹血，就真以為自己天下無敵，沒把老身放在眼裡了！」

項羽聽得一怔，卻是尷尬的笑道：「原來夫人等已與柳吹血他們見過面了？卻是怎麼不見……邪教眾人的蹤影呢？」

上官蓮冷哼了聲道：「沒有你這少年英雄了得，老身等可全虧他們放過了我們呢！可也是你西楚霸王項羽的名頭嚇退了他們！」

項羽見上官蓮再次冷嘲熱諷自己，高傲的性格又讓得他臉面終是有些掛不去了，當下語氣變冷道：「夫人似想與在下過不去呢！你心中有氣，可也不要隨便發在下頭上，我可不是武林盟的人！」

上官蓮聽了心下更氣，大喝道：「怎麼？你以為你項羽一統天下手中掌有百萬大軍就了不起啊！我們武林人物可不受你們軍方管轄！還想一統中原武林嗎？你項羽可還不夠資格！」

項羽這下可是再也受不住了，目光寒光一閃道：「夫人這話是什麼意思？我項羽身為中原人，又是個武者，難道關心中原武林安危就是對中原武林懷有野心嗎？你可也太無理取鬧了點！」

見兩人愈吵愈僵，一直低垂著頭的笑面書生卻是突地抬起了頭來，一臉淒然的道：「二位不要再爭了，以免傷了和氣！項少俠之失蹤，全是老衲一手造成的，老衲願全然負這個責任，上官夫人要殺要剮悉聽尊便好了，老衲決無半句怨言！」

聽笑面書生如此毫不反抗的說來，上官蓮反是一怔。卻再也不理項羽了，冷冷的望著笑面書生道：「龍兒他到底有沒有……出事？你把他到底怎樣了？為什麼要躲藏起來？」

笑面書生沉吟了片刻，當下把自己夜約項思龍至狼谷，提出「記憶重演激發記憶」的建議，不想項思龍卻在與狼群激戰中突受了什麼刺激，竟神智迷失的跳下了無量崖，自己自感項思龍九死一生無顏再見眾人，於是在悲痛下為項思龍立了個墓，想去為項思龍完成些他生前願望，於是易容改裝在江湖中四處暗探日月神教餘孽下落，不想卻偶得知了日月神教為烏巴達邪教藉以偽裝的秘密，在大驚之下於是繼續明查暗訪，終於得知了烏巴達邪教隱藏在中原的幾處秘密據點。

後又傳出鷹刀傳言，心下暗暗警覺，終也給查出原來是烏巴達邪教的一個大明謀，於是日夜兼程趕往武當山想告知眾人，不想上官蓮已經起程，便一方面著花雲等飛鴿傳書武林中各門各派嚴加防守，結成聯合統一抗鷹陣線。

另一方面自己則快馬加鞭也前往巴蜀想向眾人告知邪教陰謀，不想途中與楊天為他們相遇，便與他們一道再返中原，對邪教發動了主動襲擊，因得楊天為等武功高強，擊殺了幾位邪教重量級人物，使得眾邪教徒群龍無首亂成一團，被大家合力全部格殺，接著又火速召集人馬重上巴蜀想前來救援，途中又遇追殺柳吹血的項羽，於是隨項羽跟蹤柳吹血，直至現在與眾相會等等事情經過從頭至尾的詳述了一遍，接著又苦笑道：「老衲萬死不足以抵自身罪過，只求為項少俠做點什麼以獲些心理上的安慰！現在這心願基本已了，只求上官夫人能放過天鋒他們，老衲願自裁以向項少俠謝罪！」

言罷雙膝朝地一跪，手掌突揚，眼看著就要擊向天靈蓋了，上官蓮突地出指射出一道真氣制了笑面書生穴道，口中同時驚呼道：「不可！」

笑面書生自裁未遂，目中卻是落下淚來，哽咽道：「夫人難道以為老衲就算是死，也不足以抵其罪嗎？」

上官蓮聽得一愣，卻是突地也歎了口氣道：「思龍到底是生是死目前還無法定斷，而烏巴達邪教的危機是我中原武林的燃眉之急，大師還得助一臂之力呢！又怎可以輕言自盡呢？何況大師那時也是出於對思龍的一片好意……即使有些過失，你這次所立之功卻也可以抵其過了！老身方才言語太過激，還望大師見諒才是！」

上官蓮這一番話大出笑面書生意外，卻是更感內疚的道：「不！老衲就算萬死不足以抵其咎！若不是老衲亂出餿主意，項少俠他也不會……就是烏巴達邪教也不敢膽大妄為了！中原武林的危機也是因老衲過失而造成的……老衲已無顏面對大家，即便夫人諒解老衲，老衲卻也不可原諒自己，請夫人賜老衲一死吧！」

上官蓮這下又勃然大怒，身形一閃「啪！」的打了笑面書生一記耳光，大喝道：「如此輕言生死還算什麼一代梟雄呢？你不是說過要為思龍去完成他的心願嗎？以為今次立了一次大功就夠了？哼，要死你自己去死吧！上吊、跳水還是自刎由得你好了，老身絕不再阻攔你！」說著手背一揚，解了笑面書生被制穴道。

這刻又輪到笑面書生發愣了，喃喃自語道：「不錯，項少俠下落至今還是不明，項少俠的願望可有千千萬萬，老衲怎又可以輕言生死呢！打得好！夫人這一記耳光打得好！現在老衲已得夫人諒解，老衲從此再不用羞愧，而只有對項少俠的內疚了！好！老衲就此與諸位別過，後會有期了！」

話音剛落，身形突地化作一道光電，轉瞬在眾人眼前消失不見！一代魔頭就是不同凡響，武功確是出神入化。

上官蓮見笑面書生一去卻又有些不甘心，恨聲道：「難道就這麼便宜了這老鬼？但願他多作些善事是了！」

待笑面書生的風波平靜下來，花雲這才忐忑的開口問圓正大師道：「大師，這裡到底發生什麼情況了？」

圓正大師肅容把來到這巴蜀棧道，突遭烏巴達邪教圍攻，烏巴達邪教教主烏行雲一掌擊傷鬼影修羅，雙方談判未成，烏行雲惱羞成怒下令發動進攻。卻突有柳吹血逃亡回來向烏行雲傳報中原情況，烏行雲聽說中原援兵將至且有上萬之眾，又有楊天為、韋一笑、屠殺、海風嘯等日月神教的前輩高手，權衡厲害之下便下令撤退，己方卻因人少勢寡，又不知緩兵何時抵達，便也同意了雙方互不動干戈的協議，正在談論著烏行雲會陰魔功的隱患和項思龍下落話題時，花雲等趕至的經過說了一遍。

接著念了聲佛號道：「咱們這次沒落困境，可也全靠各方英雄的同心協力才倖免於難！不過若是烏行雲魔功大成，我中原武林無人敵匹，卻也將是大難將臨的時候了！唉，但願天佑我中原武林吧！」

項羽本欲發表幾句慷慨激昂的演說，可因為方才與上官蓮的一陣口角卻是沒這個心情了，一直只是沉默不語著。

場中氣氛一時又給靜了下來，花雲默然了一陣，疑惑道：「血魔陰魔功真有那麼厲害嗎？烏行雲練成魔功後真能天下無敵？」

圓正大師苦笑道：「爾等大概沒有聽過有關血魔當年兩次入侵我中原的傳說。四千年前血魔入我中原與傳魔大師一戰直打了一天一夜，在與傳鷹大師對拆了一千零三招時敗於傳鷹大師手下。兩千年前血魔再度入我中原，狂妄一時，打遍中原無敵手，後被我太平寺開派祖師無極禪師、逍遙派開山祖師無量道人和五岳劍派鐵劍先生合力，才與血魔同歸於盡於武當山無量崖底！現在又是兩千年過去了，想不到又一個血魔出世！」

花雲這下聽得咋舌不語了，傳鷹大師是神話級的仙道大人物、無極禪師、無量道人、鐵劍先生三人也可說是中原武林傳奇式的宗師級絕頂高手，可不想血魔卻可與他們相抗衡，只怕是魔界恐怖之極的絕頂厲害魔頭了！

現在血魔陰魔功重現於世，可也確是……讓人聞之色變！難怪圓正大師他們都心事重重了！連鬼影修羅也不是那尚未練成魔功的烏行雲一擊之敵，若待他練成了陰魔功……那中原現今還有誰人能是他敵手？

氣氛再次沉默著，這次再有緊張之感。鬼影修羅這時卻突地脆弱的開口道：

「除非是我中原當年威震武林的魔帥風赤行的鷹刀當真出世，有人練成魔帥的

《魔門寶錄》，才或可與練成陰魔功的烏行雲一拚！」

上官蓮苦笑道：「魔帥鷹刀只是烏巴達邪教傳出的一個陰謀虛假消息呢！沒有任何線索，中原又如此之大，卻是怎麼去尋魔帥鷹刀下落！我看此法行不通！再說烏行雲陰魔功現已練至了第八重天之境，即使有人尋得了魔帥鷹刀，卻想來是還未來得及修練《魔門寶錄》便已被烏行雲奪去了吧！」

青松道長卻是道：「烏行雲魔功未成，現今他們面目顯露，又被我們給予了一記沉重打擊，他一定會尋處秘練魔功，咱們卻也不妨真去尋找鷹帥鷹刀看看，說不定會有什麼收穫呢！」

向問天也點頭道：「不錯，咱們可以在烏行雲覓地練功的這段時日裡，一方面派人去尋找魔帥鷹刀下落，另一方面卻也加緊對項思龍少俠的尋找……咱們可以召集大批人馬結一根長繩，下到無量崖底去看看……總不放過任何尋找到項少俠的機會！咱中原武林如少了項少俠的支撐，可真是亂了呢！」

圓正大師也道：「就如此決定了！咱們現刻就返回中原去，著各門各派加強戒備，同時選拔優秀人才進行嚴格訓練……覓魔刀和尋項少俠卻也不可太過張揚！魔刀如真出世落入邪派人物之手，可也後患無窮，如證實項少俠……不幸事實，則也會引起武林恐慌。這兩件事情咱們要從長計議，選出合適的人手去辦！」

上官蓮這下卻也應同道：「那就這麼決定吧，咱們先回武當山再說！嗯，老身等對楊左使等多有誤會，還一度把你們視作敵人，還請貴教多多見諒！這次給烏巴達邪教沉重打擊，貴教功不可沒，老身歡迎貴教投身到與我們共同抵抗烏巴達邪教的行列來！」

說著抱拳對楊天為幾人施了一禮，楊天為見了頓忙回禮道：「夫人哪裡話來！全是烏巴達邪教搞的鬼。現在誤會消解，夫人對我日月神教如有借重之處，還但請夫人吩咐就是，老夫等定得萬死不辭！」

項羽一直被眾人冷落著，心情甚是索然，當下向眾人告辭道：「在下軍中還有要事，就此與各位告辭了！今後如有什麼用得到在下的地方，只要一聲傳報，在下定當鼎力相助！」言畢，也不待有誰答話，策騎奔馳而去。

楊天為望著項羽遠去背影，卻是歎了一口氣對上官蓮道：「夫人似乎對項羽將軍很反感呢？這又是何必呢！有項羽將軍加入到抗邪教陣來，咱們實力可是大振呢！他武功已入當世年青一輩絕頂高手之境，是個練武的奇才！」

上官蓮面上一紅道：「老身只是因見了笑面書生，心情不好，衝動之下也才項羽發火的，楊左使可不要誤會是老身敵視他！」

楊天為頗有深意的一笑道：「老夫直言直語，上官夫人可不要放在心上！嗯，在下等也要告辭了！我日月神教這次四大邪神共聚，卻是也想歡慶一下呢！諸位，後會有期了！」

楊天為等人離去，眾人又都沉默下來，過了好一片刻，上官蓮才悠悠道：「咱們也回返武當去吧！」

劉邦在對岸看著，聽著這一切變故，心中只覺痛癢之極。自己才來這巴蜀上任不到三個月，不想中原武林卻發生這許多事情！看來是有麻煩來了，竟出了什麼烏巴達邪教，目那教主烏行雲卻又會什麼血魔陰魔功，是個厲害角色！

項大哥卻原來只是又失蹤了，卻也不一定出事嘛！以他的通天能耐，定然會逢凶化吉的，但願他早日出現江湖才是！

項羽這次竟也隻身闖江湖，想來是懷有什麼野心的！難道他是做了西楚霸王還感不滿意，還想做武林盟主以達到完全一統天下的目的？這可不行，中原武林如也被項羽控制，那這天下可真或會鐵定成了他項家天下了！自己日後重出巴蜀可還想仰仗眾武林豪傑呢！絕不能讓項羽搶先一步籠絡了江湖人心，自己也得……深入江湖去有些動作才是！以自己與項大哥的關係，又有姥姥上官蓮的支持，還有與青松道長、圓正大師、向問天他們曾經共事時，自己與他們關係也比項羽好得多，只要自己努力，一定可以拉籠眾武林人物為己所用！

嘿，剛才姥姥上官蓮與項羽的一陣抬扛可真是精采！讓自己也心懷大暢！只是看那楊天為為項羽說話，似對項羽印象不錯。哼，自己一定得設法去挑撥他們關係！自己可是服了日月神教先祖遺下的元神金丹，會了他教的化功大法，這也等若與日月神教拉上了關係呢！可得好好利用！劉邦心下古古怪怪的想著，眼睛轉個不停，卻是讓人不知他心裡到底打著什麼鬼主意。

項思龍恭敬的向西方的天空叩了三個響頭，肅容自語道：「恭喜師父得道歸仙！徒兒會謹遵師父遺訓，仗劍除魔衛道，為世間和平鞠躬盡瘁！」

言罷，站起身來，突地仰天一陣長嘯，氣音直衝九霄，震得迴夢谷餘音不絕。了因和尚竟也是被項思龍這聲長嘯震得一陣心血湧動，直待提運功力才平靜下來。

項思龍現在對迴夢谷已毫無牽掛，也就不用再作什麼矛盾的抉擇了，出谷的心情自是又迫切起來，當下吩咐了因收拾了行李，二人打點行裝，再戀戀不捨的環視了一下迴夢谷，項思龍拉了因的一手，暗一咬牙，默動功力，意念剛一發動，頓只覺耳際呼嘯生風，待身體有了立足點時。睜開雙目感覺到了自己的實體，卻見自己和了因已是站在了無量崖頂的岩石上了。

飄然站立崖頂，舉目環顧狼谷四周，第一眼看見便是笑面書生為他所立的墓碑，在墓地旁邊卻還有一座新建來的精雅木屋，想是誰用來為自己「守靈」用的。

啞然失笑下，項思龍卻又是深深的感受到了自己在眾人心目中的位置，讓得他既是感動又是深感自己責任重大。

連笑面書生也認為自己跌入無量崖底遭遇不測了，其他人則更是為自己之「死」傷心萬分了吧！最傷心的可能是算姥姥上官蓮和自己的一眾妻妾了！還有父親項少龍和兄弟劉邦……也幸得自己福大命大，無量崖底竟有一個巨湖，卻並不是什麼青松道長所說的死亡沼澤地，才使得自己大難不死，反因禍得福的蒙師父迴夢老人這一代上古高人的垂青，傳授給了自己神功奇技——迴夢心經、天命寶典和魔門寶典，又幸得無極禪師、無量道人、鐵劍先生三人捨身救己的舍利子相救，且還傳了自己三人生平絕學遺記，使得自己不但化解去了體內那神奇怪異的養生訣能量和月氏光球的能量，讓自己體內的各種內力全然貫通融會，練成了曠古絕今的迴夢心經絕學，記憶和武功也告恢復。

這一切都有若夢幻般的不真實，不過卻又是自己所確確實實親身經歷過的事情，就是不相信也不成。

不過自己來到這古代後，所經歷的奇事怪事可也實在是太多了！要是自己在現代是怎也不會相信現實中真存在武俠小說所描寫的超強古武功，並且比自己在現代時所神往的武功更是不知玄了多少倍！

嘿，是神話吧！卻是真正不是！

項思龍心下怪怪想著，卻突聽得了因和尚的哽咽抽泣聲道：「終於重見天日，重臨人世了！兩千多年那是多麼漫長的困難日子啊！想來……寺中過去的師兄師弟們都已不在人世了……自己活了這麼多年，卻到底是幸還是不幸呢？」

扭過頭來，卻見了因已是淚滿流面了。

項思龍也覺心下一陣愴然，自己自失足無量崖被師父玄玉所救失去記憶雖只有半年左右光景，現在恢復了記憶，卻是也有恍如隔世的感覺……也難怪了因心懷感觸了！

唉，自己再次失蹤兩個多月了，只不知江湖中又發生什麼變故沒有呢！血魔脫困出世，也不知他重現江湖沒有？

還有，劉邦和項羽之間的楚漢相爭，現在又到底發展至怎樣的境地了呢？歷史有沒有改變？父親項少龍還會不會固執的意圖去改變歷史？

再有，范增知曉了父親項少龍和劉邦之間的關係，他會不會洩露出去？如被父親和項羽知道了這秘密，正不知會是怎樣一個局面！不過以范增的深謀遠慮，他應不會洩露這秘密的吧！——要知道父親項少龍和項羽知道了，對他們可是一個沉重的打擊！

正不知現今的歷史發展至一個怎樣的局面了！

項思龍心下患得患失的想著，突覺一陣心浮氣燥。

歷史！一切都需以歷史為重！只有歷史穩定下來了，才有人民的安居樂業，才有中國後世歷史的不被改變！

維護歷史的重任高於一切！這關係著中國未來幾千年歷史的歷使命運，自己決不能辜負重任！自己是一名軍人！使命高於一切——包括親情、友情，甚至是自己的生命！任何防礙歷史發展的人或勢力，自己都要堅決打擊，決不心軟！

包括父親項少龍！包括自己欣賞的義弟項羽！

只要他們對劉邦不利，就是自己的敵人！

項思龍咬了咬牙，目中露出痛苦而又堅毅的複雜神色，讓得了因見了也頓忘卻了自己心裡感觸，只大感自己這小主人可真是個容易情緒化的神秘人物。

項思龍決定暫不公開露面，而暗中探聽一下江湖動靜和劉邦、項羽、父親項少龍等各方的情況一下再說。

於是他取出了一張迴夢老人贈給自己的人皮面具戴上，變成了一個英俊瀟灑的公子哥兒，了因和尚則真成了他的僕人。

手中的金銀珠寶多得是，全是自迴夢老人遺物中取出的。買了一輛豪華蓬車，了因和尚作御者，一老一少可倒也真有幾分氣派。

項思龍決定先南上巴蜀去探看一下劉邦，因為據歷史時間推測，劉邦現在正是被項羽分封至巴蜀非常低調的時候。

一路行來，卻發覺南回北上的武林人物甚是眾多，心懷驚疑的打聽或旁聽才知是欲上巴蜀去湊江湖傳出的魔帥魔刀出世熱鬧的人，卻因得知這只不過是印度烏巴達邪教所耍的一個巨大陰謀，而真正的魔帥鷹刀卻是虛無飄渺，便都快快回返了。

項思龍聽了這消息心下一突，烏巴達邪教？據了因所告知自己的典故所說，此邪教不正是血魔阿波羅當年創立的教派組織嗎？不是當年被日月天帝給毀去了？難道是血魔出世再組建了此邪教？

想到這裡，項思龍心中分外不安起來，正欲去向那些武林人物細問其中的一些細節時，卻突只聽得一陣馬蹄聲傳來，只聽得一女人嬌聲道：「在中原你不是有百曉生之稱嗎？怎麼會不曉得大名鼎鼎的凌嘯天少俠的下落？快說！否則本姑娘決不會放過你！」

另一聲泣腔的無奈聲中道：「姑娘，你跟了老夫都已有一個來月了，大江南北都已尋遍，卻還不是無任何收穫？你放過老夫吧！我都跟你說過一萬遍了，凌嘯天少俠就是項思龍少俠，不過他記憶喪失，突地在武當山又失蹤了！你也上武當山看過了，項少俠的墓碑都立著呢！以老夫看來他十有八九是真遭不測了，姑娘你還是省省心吧！」

那女人的聲音卻是顫聲怒喝道：「你這老鬼胡說八道個什麼！凌大哥他不會出事的！他武功超絕，機智過人，又有誰能害得了他呢？就憑那個什麼笑面書生嗎？哼，本姑娘卻非要找著他對質凌大哥是否真遇難了！快走！咱們上巴蜀雲尋那笑面書生！」

項思龍這刻聽出這女人聲音乃是波斯國的神水宮主了，想不到這女人真纏定自己了，竟千里迢迢的趕來中原尋夫！並且一改以前的溫柔典雅之態，變得這麼潑辣！唉，女人啊，心事可真讓人搞不懂！

項思龍臉色詫異讓了因和尚看出了些什麼來，似笑非笑的低聲道：「少主，你這位夫人可真癡情呢！是否見見她呢？」

項思龍聽得面上微微一紅，衝了因和尚低喝道：「不要胡說八道，快結了茶帳，咱們即刻起程！我現在還不想洩露身分！」

了因受斥，赫然應是，頓忙招過茶棧老闆付了茶錢，與項思龍一道出了茶棧，正欲上馬車時，卻突聽一聲大喝道：「站住！」

項思龍聽得心下一突，這是神水宮主的聲音，難道她對自己看出什麼破綻來了！應該不會吧，自己可是背影向她呢！

項思龍思忖間，了因和尚已見機的轉身朝騎馬過來的神水宮主合什施了一禮道：「阿彌陀佛！不知這位姑娘有何見教？」

神水宮主在距馬車二米遠時跳下馬背，一拉手中捆著一乾瘦小老頭的繩子，也不搭理了因和尚，竟是逕自向項思龍走去，伸手就欲扳過他的身體，俏臉上也滿是激動之色。了因和尚身形一閃，隔住神水宮主，神色一肅道：「姑娘想幹什麼？」

神水宮主什麼也沒想的揮出一掌直擊了因和尚，口上嬌喝道：「閃開，老和尚！別妨礙本姑娘認人！」

了因和尚袖袍輕輕一抖，隔開化去神水宮主掌勁，不悅道：「小姑娘怎地如此刁蠻！要認人也需以禮相見嘛！怎可一出手就想傷人！當心嚇跑了你家相公！」

說著，頓了頓又道：「姑娘不必認了，連老衲也未見過你，我家公子今次頭一回出門，自也不識得你！姑娘請讓開吧，我們還要趕路呢！」

神水宮主本以為一掌就可震退眼前這老和尚，但不想對方袖袍一揮就竟化去了自己掌勁，不由臉色一變道：「原來你這老和尚倒是個深藏不露的高手，本姑娘倒是看走眼了！哼，本姑娘今次卻非要看看你家公子模樣！老和尚有什麼真本事就顯出來吧！」

說著「鏘！」的一聲，竟從腰間拔出了柄劍。

項思龍知道了因愈是阻攔只會愈是增加神水宮主對自己的疑心，她定是已從自己背影看出自己是誰了，不過自己現今面目可不是以前的凌嘯天，卻大可以讓她看個究竟，以釋解她心中疑念的嘛！

如此想來，當下強斂心神，緩緩的轉過身來，衝著正玉容冰霜作勢欲發的神水宮主微微一笑道：「姑娘要見在下是嗎？可也不需動武的了！哇，姑娘長得可真是貌若天仙，只不知哪家公子如此福氣，能得姑娘如此青睞！」

說著，色瞇瞇的向怔愣住了的神水宮主走去。

直待項思龍走至身前只尺餘時，神水宮主才驚覺過來，「啊」的驚呼一聲，嬌軀向後直退數步才站定下來，待發覺自己失態時，又羞又怒的把手中長劍一晃，遙指項思龍道：「你……你這登徒浪子，想對本姑娘幹什麼？不要再過來了！再過來本姑娘可要對你不客氣了！」

項思龍只想暫且嚇走神水宮主，當下更是邪笑道：「不是姑娘叫在下站住的嗎？在下還以為姑娘春心大動，看上了本公子呢！怎麼，想跟本公子動手？好啊，本公子就喜歡帶刺的花兒！」

神水宮主再次後退了兩步，狠狠的盯了項思龍兩眼，卻是突地道：「你是不是戴有什麼人皮面具？哼，我知道你就是……」

神水宮主的話還未說完，項思龍就頓忙接口道：「就是你日思夜想的夫君嗎？哈哈……好哇，平白得了個俏老婆，本公子又怎會拒絕呢？來吧娘子，夫君現在可是好想女人呢！」

神水宮主見項思龍伸手竟欲來抱自己，嚇得再次驚呼一聲，卻是手中長劍一指項思龍，玉容一寒道：「你再口說淫言浪語動手動腳，可別怪本姑娘對你無禮了！算是本姑娘認錯人了，你們走吧！」

說罷，玉容竟是浮上一臉神傷魂斷的淒然之色。

項思龍聽了心下大是鬆了一口氣，卻也深感對神水宮主的愧然，但還是只得裝出一副大失所望的樣子道：「原來是娘子認錯了夫婿了！嘿，本公子還真以為是天上掉下來個美人兒來送我作老婆呢！卻只是本公子空歡喜一場！了因，咱們走吧！天色都快暗了，得找處地方落腳呢！」

項思龍正待上馬車去時，卻突又只聽被神水宮主捆拉著的乾瘦小老頭喃喃自語道：「真像！真像！言語神態氣質身材無一不像！只可惜卻不是他！不知是否真是戴了人皮面具呢！」

項思龍聽了心下暗暗叫糟時，卻果聽得神水宮主卻又喝止道：「且慢！」說著拉了乾瘦小老頭走到項思龍身前疑惑的道：「百曉生，你可看清楚了，眼前這位花花公子可到底是不是本姑娘要找的人！你如不陪本姑娘找到他，我就捆住你一輩子！」

乾瘦小老頭百曉生一雙細小目光精光突閃的往項思龍面上望去，好一片刻卻是突地臉色大變，指著項思龍道：「他……他……他是什麼人！連老夫的穿金眼竟也看不清他面具後的真面目！老夫行走江湖幾百年，這可還是頭一回碰上呢！」

項思龍卻也暗暗心驚，眼前這乾瘦小老頭內力甚是精純，竟可把功力凝注雙目，差一點被他目光穿透面上的人皮面具，幸得自己氣機反應頓即向自己示警，要不或許可真要被他看到真面目了！

不過自己真正面目在才剛到這古代行走江湖不久就被毀去了，江湖中卻也沒有多少人見過自己真面目吧！只不過自己太像父親項少龍了，外人一看卻也大致可猜出自己身分來。

現在被這怪老頭看破自己戴著人皮面具的秘密了，卻是如何是好呢？如不取下面具給神水宮主看個究竟，她必定會死纏自己，那可說不定要洩出自己重出江湖的秘密了！

雖是沒什麼大不了的，可對自己今後行事卻是大有干預！

不行！得想個法子來擺脫神水宮主！自己體內含有日月天帝的元神和無極禪師、無量道人、鐵劍先生三人舍利子，如施出迴夢心經第四重天移神變相秘術，變成四人中的一人相貌，不就可以過關了！

反正被他人認出了，卻也無從找起，他們四人可都已得道仙去了，自己只要能暫且不被揭穿身分是好！

心下想來，當下默運神功改變形貌，同時對小老頭敬服笑道：「前輩可真乃高明，竟憑一雙肉眼看出老夫面上帶有人皮面具！好，既然已被識穿了，老夫就以真面目示人吧！」

說著伸手揭下人皮面具，露出鐵劍先生的面容來。

神水宮主見了是大失所望，小老頭百曉生見了卻是「啊！」的驚呼出聲，屈膝向項思龍跪下道：「原來是祖師爺大駕下凡！弟子華山派第十八任掌門拜見祖師爺！」說著「咚咚咚」的向項思龍叩了三個響頭，臉上滿是極度的驚喜和疑惑之色。

項思龍見小老頭竟識得已是失蹤了兩千多年的鐵劍先生，心下也大感駭然，忙把目光投向了因和尚，卻見他也是一臉不解。

不過說不定是五岳劍派的後人描了鐵劍先生的畫像流傳至今了呢！武當逍遙派不是也有歷代師尊掌門的遺像嗎？

對方也說他是華山派第十八任尊門，那自不是鐵劍先生同一時代的人了！但對方堂堂一派掌門卻怎會被神水宮主如此戲弄呢？

心念電轉的想著，當即默運鐵劍先生舍利子注入體內的內力，緩緩托起小老頭百曉生，傳音給他道：「小子你不要傳出老夫下凡的消息！老夫這次是偷下人間來瞧瞧的，可不想凡塵俗事統身！嗯！你心中有許多疑問是不是？待日後有緣老夫再告訴你吧！快把那丫頭引開，不要再讓她纏下去揭了老夫的底！」

小老頭百曉生恭聲應是，卻是突地遲疑的也傳音給項思龍道：「祖師爺，徒孫發現了一個秘密，不知當不當講！」

項思龍心念一動，這小老頭號稱百曉生，對江湖動態諸般事情自都知道得一清二楚了，自己何不向他打聽現今江湖局勢呢？

嗯，就這麼辦！設法把他從神水宮主手中解救出來，再向他問一些自己失蹤後的江湖詳情！倒也不知他有什麼秘密要告訴自己！卻是如此神秘嚴肅的！且聽他說說看吧！心下想著，當下接著傳音道：「什麼秘密，說來聽聽？」

百曉生見「祖師爺」感興趣，當下興奮傳音道：「徒孫知道鷹刀秘密！」

百曉生話音剛落，項思龍就覺心下倏地一緊。

魔帥鷹刀！師父迴夢老人弟子——魔界至尊風赤行的兵刃！

鷹刀復出，風雲色變。唯有天劍，可與爭鋒！

迴夢老人曾對自己說過這四句諺聞，天劍已為劉邦所得，那鷹刀會不會落入……項羽之手呢？難道天意真又要讓赤帶和風赤行當年的歷史重演！鷹刀如真落入項羽之手，那項羽會不會……修練魔功而入魔道呢？這……可太恐怖了！項羽如入魔道，那歷史……

第四章　糾纏不清

心念電轉的想來，項思龍頓忙一手拉住百曉生，手中一吐內力傳入百曉生體內，震斷神水宮主捆綁在他身上的繩索，顧不得驚世駭俗，施出天命寶典所載的幻影身法，拉著百曉生在街上狂奔，同時衝了因道：「看好馬，我有些密事要與這位老兄相商！」

了因也不知何事讓項思龍色變，心下納悶，見那神水宮主臉色又驚又怒的也欲去追項思龍時，身形當即一閃，阻住了她，笑道：「姑娘不是已見過我家公子的真面目了嗎?為何卻還要去追我家公子呢?難道是見了我家公子武功高強，真喜歡上了他不成?」

神水宮主被迫住了身形，聞言又焦又惱的道：「老和尚你胡說個什麼啊！誰看上你家公子！是他搶我的人去，自要奪回來了！快給本姑娘讓開，否則我可對你不客氣！」

了因和尚不置可否的聳肩道：「我家公子說有要事去辦呢！自是不願有人去打擾他了！姑娘要打架嗎？老衲陪你就是！」

神水宮主氣得跺腳道：「老和尚以為本姑娘怕了你不成！」

接下去二人自是一場好鬥，暫且不提。卻說項思龍拉了百曉生往城外馳去，直至得一荒山密林處才停了下來，往百曉生望去，正待發話，百曉生卻又已向項思龍跪拜下去，恭聲敬服道：「祖師爺神功可真是蓋世無敵，這一陣腳程怕不有百餘里，祖師爺提著徒孫卻只眨眼工夫便至這裡了！」

項思龍見了百曉生對自己的虔誠恭態，心下是又好笑又慚愧，自己可只有二十幾歲，人家卻已是幾百歲了，卻向自己又是下跪又是叩頭，可也真不好意思。不過又想來自己服了鐵劍先生的舍利子，又練過鐵劍先生遺下的武功秘笈，也可算得上是鐵劍先生的記名弟子了，輩份可比這百曉生卻又不知高了多少輩呢！受他這一番大禮卻也並不為過吧！如此想著，心下不覺安然了些，當下也裝出老氣橫秋的氣概衝百曉生不耐煩的擺了擺手道：「起來起來，老夫最不慣這些臭禮數的了，還是站起來說話吧！嗯，我問你一句，你便答一句，要詳盡又簡短，知道嗎？」

百曉生恭敬異常的連連點頭，項思龍語氣一沉的道：「你到底知道魔帥魔刀的什麼秘密？」

百曉生此刻又興奮起來道：「這事情可得從三百年前說起，徒孫那時還是華山派掌門，可一次在華山巔縹緲峰上練功時，無意發現一石壁上被人用指勁刻寫下的「道高一尺，魔高一丈！魔帥魔刀，武林至尊！」這一十六字，字體上因結了一層厚厚綠苔，所以徒孫一直未曾發現，那次也因機緣巧合，在我練功時突下大雨，徒孫避雨至那石壁才發現這行字的！

「徒孫也曾聽聞過魔帥風赤行當年與赤帝一戰，知曉魔帥鷹刀雖為魔界至寶，但它如出世，定會給武林正道帶來一場空前武林浩劫，當下運掌毀去了那一行字，同時想暗中查尋魔帥鷹刀下落，以毀去它永絕武林大患。

「可不想在我查尋鷹刀下落的時候，卻發現本派天揚師弟也在縹緲峰尋找有關魔帥鷹刀的蛛絲馬跡，當他也見到我時，顯是吃了一大驚，接著裝作若無其事的樣子前來向我問好，我正想質問他來縹緲峰幹什麼，因為縹緲峰為本派掌門安葬禁地，只有掌門才可上峰，其他之人擅闖者死！不想天揚師弟卻突然對我發難，施出本派最高心法赤霞神功，當胸重擊了我一掌，我因驟然無備無防，被他給擊成重傷，但他也被我以天風腿給重重回擊了一下，他功力終是不及我深厚，那一腿震斷了他的心脈，讓他魂歸九泉。

「我自他身上搜出了一本古色古香的雜記，一看卻原來是魔帥風赤行親筆所寫的遺書，內中說道——拾得他遺書者即是與他有緣，只要練成了遺書中所載的『絕情絕欲絕義大法』，便可入縹緲峰底尋得他的鷹刀，習他鷹門寶錄和種魔大法，還附了一幅他居所的路線圖，又說沿途機關重重，沒有練成『絕情絕欲絕義大法』者，如欲強行闖關，必遭慘死。

「那『絕情絕欲絕義大法』甚是惡毒，竟是教人先要親手殺死與自己有關連的一切親人，甚至父母老婆妻兒，而後又要殺足一千人才可入登大法大成——簡直是教人步入魔門的邪惡之法。

「我毀去了鷹帥遺書，卻抄下了那入魔帥秘室的路線圖，想留待日後內傷恢復後再試試看能不能進入魔帥秘室，可不想天揚師弟卻已開始修練了那『絕情絕欲絕義大法』，他擊向我的那一掌竟把我的內力給廢了，我灰心失望下便辭去了掌門一職，自此過起了浪跡天涯的生活來，本來倒也悠閒愜意，可不想一本被我無意間得到的偷王秘笈又打亂了我的生活，我忍不住練了內中的功夫。這一來可好，經常去偷東西自會偷聽得不少他人的秘密，我這人嘴巴又最是閒不住，自也有時會向他人提起了，於是久而久之百曉生的名頭也便有了！」

說到這裡，百曉生洋洋得意的臉上卻又浮上幾許黯然之色，項思龍聽得不勝唏噓，卻也頓忙問道：「那你對魔帥鷹刀的秘密，卻又向他人說起過沒有呢？」

百曉生肅容道：「徒孫行事原是遊戲人間，卻也知道權衡輕重，鷹刀秘密除了今次告知祖師爺外，卻是再也沒有向第二人說起過了，祖師爺放心就是！」

說著伸手往懷中摸索了好一陣子，才掏出一個小竹簡來遞給項思龍，又接著道：「這便是徒孫當年抄下的魔帥遺書中所繪的路線圖了，現在徒孫把它交給祖師爺，魔帥鷹刀的危機也就全靠祖師爺去解決了，徒孫可是負不起這重擔了！」

項思龍伸手接過，心情也是沉重異常，一臉凝重的對百曉生點了點頭道：「這事就交給師祖了，反正我此次偷偷下了天界閑來無事，就為你這後生小輩管了這宗麻煩事吧！」

說著「嗯」了聲又道：「當前我中原武林的形勢怎樣？」

百曉生苦臉道：「可糟糕著呢！原來曾一度在我中原武林鬧得天翻地覆的日月神教，卻全是當年被日月天帝所滅的印度烏巴達聖教偽裝所搞的鬼，他們在武當山借南宮青雲施天衣神水一計失敗後，又施出了魔帥鷹刀復出江湖的謠言陰謀，把我中原武林幾大門派的精英高手都誘騙至偏僻的巴蜀之地欲加圍殲，同時想起我中原武林各門各派內部空虛時發動突襲，意圖一舉霸佔我中原武林。

「可誰知他們的陰謀詭計卻被笑面書生獲悉，揭穿了烏巴達邪教的真面目，知悉邪教一切內幕的日月神教光明左使楊天為被項羽將軍所救，也重召他日月神教隱匿在各處的舊部，及時趕至中原救援，一舉殲滅了邪教設在我中原的分舵。

「據聞前去巴蜀的圓正大師、青松道長、上官夫人他們雖與烏巴達邪教教主烏行雲正面接觸過，可因楊左使、項將軍他們援兵趕至及時，讓得烏行雲權衡之下無功撤退，他們也都安然無事，不過鬼影修羅卻被烏行雲以血魔陰魔功第八重天虛空傳功給擊成重傷，這也即是說又一個血魔將蒞臨我中原武林了。

「祖師爺，你此次重下凡塵可也得幫助世人對付烏行雲啊！若被他練成陰魔功，那將是我中原武林的又一場浩劫了！」

項思龍聽得心下緊張沉重非常，血魔脫困，又一個血魔即將誕生，屆時兩個血魔出世，自己能否敵得過卻也是個未知數！這……當真是又一場武林浩劫將臨於世！

一切的重任可都落在自己身上！

項思龍心下都快滲出苦水來，可所有的苦衷卻還必須埋在心裡，不能對他人說出來。

一個血魔就夠讓自己頭痛的了，現在是兩個血魔，外加一個烏巴達聖教……自己像是前生欠了這古代什麼，由今生來還債！

可劉邦和項羽的楚漢相爭卻也迫在眉睫，還有一個現在不知是何態度的父親項少龍，再有得防止范增把父親項少龍和劉邦的關係說出……所有的這些事情已是夠讓自己焦頭爛額了！

現在又加一個拯救中原武林的重任……

唉，自己的命可真是苦哇！

項思龍心煩意亂的想著，一時竟忘了百曉生的存在，直待百曉生乾咳了聲道：「祖師爺，天色已是暗下來了呢！」

項思龍才斂神回來，抬頭一看，卻果見夕陽已是墜下，西方的天空一片血紅，已是黃昏時分了，只不知神水宮主離去沒有！

心下想著，當下拉起百曉生的一手，展開身法往城內馳去。

回到方才喝茶的客棧門口，卻只見了因和尚與神水宮主還在對打著，旁邊圍觀的人定有上千之眾，不時發出各種怪叫之聲。

神水宮主已是香汗淋漓，嬌喘連連了，可還是邊發招邊迫了因交出百曉生，了因自是苦笑拒絕，二人也便沒完沒了。

項思龍不置可否的搖頭暗忖道：「真是個倔脾氣的小妮子，我到時候可有得罪受了！不過過一日是一日吧！自己現在可不能洩了身分，要不姥姥上官蓮她們可都會守死自己，不會再讓自己獨自行半步的了，還有各種應酬可也有夠自己頭痛的！更主要的是自己洩了身分，會打草驚蛇，讓血魔和烏行雲他們有了防範，而且說不定還會加劇劉邦和項羽的矛盾……總之，自己現刻是不能露出身分的，即使是見了父親項少龍也不能告訴他！要露出身分至少也得讓自己解決了烏巴達邪教後再說！」

如此想著，口中卻是衝打鬥中的了因和尚和神水宮主沉聲喝道：「住手！本公子現在不是回來了嗎？姑娘想男人竟是到了如此地步！好吧，那本公子就權且犧牲一下自己，作你男人好了！」

話音甫落，身形已是落在了因和神水宮主二人中間，二人剛發出的招式都給硬生生的收了回來。

了因見了項思龍苦笑道：「公子，你這娘子可真是太凶了點，我看你最好還是休了她吧！」

神水宮主秀目圓瞪，嬌叱道：「誰是你家……公子的娘子了！他可是個老頭子了！搶走了我的下人，本姑娘自要發怒了！」

項思龍歎了口氣道：「姑娘，可是百曉生要跟本公子去的呢，他說你這主人太凶殘了點，不但捆綁著他，還終日打他罵他，又不給他飯吃，從今以後不認你這潑辣的娘子作主人，而改投入本公子門下了。」

神水宮主氣得大喝道：「你敢背叛本姑娘！那我就告訴師父去，請她老人家出來對付這小老頭！」

百曉生一聽這話頓然慌了，忙脫開項思龍的手，快步走到神水宮主身前，低聲下氣的陪笑道：「人家公子爺在說笑呢！我怎敢背叛姑奶奶呢？好吧，我們這便去巴蜀找笑面書生！姑奶奶可千萬不要去請出你師父！那可……驚擾了她的清修呢！」

神水宮主聽了面色和緩了些，得意的瞥了項思龍一眼道：「閣下睜著眼說假話，可得還本姑娘一個公道來！」

項思龍瀟灑的從懷中取出一把摺扇，打開後輕輕的搖了搖，悠然道：「姑娘原來專會做讓人家勉為其難的事！好，百曉生本公子就不要了，不過從今往後，你可得對他客氣吧！否則，本公子就不告訴你……有關你相公項思龍的消息了！」

項思龍這最後一句話有若石破天驚，在場中人除了了因和尚外，所有人都「啊！」的一聲驚呼出來，神水宮主更是驚喜萬分的顫聲道：「公子……知道我相公的下落？」

項思龍此舉本是要引起他人注意，好暗中觀察查探烏巴達邪教對自己即將復出江湖的反應，以及項羽、范增、父親項少龍、劉邦他們對自己沒死消息的反應，當下淡然道：「三個月後，項少俠會在西域地冥鬼府中出現，姑娘如要尋他，就去地冥鬼府等吧！總比一個姑娘家流浪江湖是好！」

神水宮主在項思龍話一說完，已是拉了百曉生飛身去了。空中傳來她的餘音道：「但願公子不要騙了本姑娘！」

見神水宮主離去，項思龍心下既輕鬆又是有些失落，了因正要叫他駕車去覓地休息時，卻突有四個身著道袍的中年漢子走上前來，其中一人阻住項思龍道：「兄台且慢，在下武當逍遙派弟子李必有請兄台坐下一述，有些事想向兄台相詢！」

項思龍聽得心下一震，李必！劉邦手下可也有一名叫李必的大將，只不知是不是眼前這道士？

心下想來，當下也駐步向李必四人拱手道：「原來是武當逍遙派高足，久仰久仰！只不知諸位叫住在下有何見教？」

李必拱手還禮，道了聲：「不敢當！」接著又道：「能否與公子借一步說話？」

項思龍心下已對李必存有好感，當下微笑道：「有何不可？」

六人行至了這平陰城東首的一家別院，項思龍與了因下了馬車，被李必請進了內廳，下人端茶送水上來後，李必才肅容對項思龍道：「兄台方才在茶棧門外對一姑娘說你知項思龍少俠下落，不知兄台能否告之詳情！如尋得項少俠，我中原武林全體上下都會感激兄台的！」

項思龍早就猜知是要詢問此事的，當下淡然笑道：「對項少俠下落在下可是毫然不知，在下說他三個月後將重出江湖，卻也是聽得一位叫作玄玉的道長告知在下的。見那小姑娘對在下死纏硬纏，於是不小心給說了出來，只不想會驚動諸位！」

李必聽了一臉失望之色，卻又也有幾許興奮的道：「既是玄玉師祖說出的話，那自是也錯不了的了！一定是他老人家又救了項少俠！」

說到這裡，卻是目中神光一閃的突緊盯著項思龍，冷冷道：「閣下主僕二人到底是何來歷？你怎麼會遇著玄玉師祖的？他給你什麼信物作證沒有？請閣下不要說謊，否則可別怪我等不客氣了！」

項思龍長身而起，仰天一陣哈哈大笑道：「在下二人既然敢隨幾位道長來這別院，坦誠之意自是顯而易見！道長說出如此話來，卻是什麼意思？哪裡有什麼名門大派的氣概呢？哼，既不信任在下，在下還留下來幹什麼？告辭了！」

說著召了了因和尚就要離去，李必大是慌亂失措道：「公子，在下方才是語氣太過嚴重了，不過項少俠的事有關我中原武林未來的安危，現今烏巴達邪教又鬧得中原人心惶惶，可也不得不謹慎行事的了！現見公子如此氣度，在下還有何話好說？只好以誠相見，但願公子留下給我等個明確清楚答覆，在下代表武當逍遙派對公子感激不盡！」

項思龍本就是想見見李必處事的能力，見他這一番話軟中帶硬，硬中含軟，教自己走也不是不走也不是，可也確算比較機智了。

當下又是一陣大笑道：「道長這話卻是順耳了多！好吧，在下就如實道來了！在下任道遠，與項少俠本是一個村落長大的好兄弟，此次習藝出師，聽聞項少俠失蹤消息，於是沿途四處打聽，不想當行至武當山腳下時，突一道長阻住去路，他自稱玄玉，說是武當逍遙派隱世多年的一代高人。他給了我一枚逍遙令，著我替他傳一個消息給青松道長他們，說項思龍少俠並未遭不幸，叫大家不要擔心，三個月後他會重出江湖！話一說完就突地消失不見了！哪，這就是他送給我的什麼逍遙令！」

說著從懷中掏出了先前埋藏在客棧牆磚中青松道長送的逍遙令，正要遞給李必時，李必幾個見了他手中的逍遙令，卻是慌忙恭聲道：「恭迎掌門大駕！」

言罷，直待項思龍大訝的著他們起來時才站起身來。

李必這刻似全信了思龍的話，對他的態度大為改觀，恭敬非常，卻還是低聲的質疑道：「玄玉師祖跟公子說是三個月後項少俠將重出江湖，可公子卻為何要對那白衣姑娘說，三個月後項少俠將在西域地冥鬼府出現呢？」

項思龍見這李必行事如此謹慎小心，心下大為欣賞，暗忖道：「不管眼前這李必是不是歷史所載的李必，自己日後恢復了身分，都得向青松道長要了過來，著他去助劉邦！」

怪怪想著，口中卻是也回答李必的問話道：「嘿，想來道長也見到那姑娘的潑辣了，她既自稱是項少俠的老婆，那在下就不如幫她個忙，讓她去地冥鬼府見見項少俠的眾位妻妾與她們住在一起，也省去終日流浪江湖之苦了嘛！」

李必聽了笑笑道：「原來是兄台所耍一個詭計！」

言罷，接著又道：「兄台既是項少俠的朋友，又手執我逍遙派的掌門令符，那就請在這別院小住數日，與他們見見面吧！」

項思龍想不到李必如此難纏，頭大如斗的忖道：「哇，說你行事謹慎是個人才，可這下卻也太過謹慎了嘛！讓我與青松道長、圓正大師、姥姥上官蓮他們見面，即使自己易容術再厲害，那豈不也要穿梆了嗎？這可不行，我的計畫可不能被你給打亂！」

想到這裡，當下擺了擺手道：「道長不用如此客氣了，既然玄玉道人的消息在下已向貴派傳到，那在下的任務也便已了，在下可還得趕回塞外去見我爹娘呢！」

李必卻仍是恭敬有禮的道：「公子既已來了，那也便讓在下等一盡地主之宜吧！要不日後被掌門知道在下怠慢了項少俠的朋友，掌門一定會責怨在下的，公子卻也不要為難在下等了吧！」

項思龍這下可有些不耐煩了，當下把手中的逍遙令一晃，冷聲道：「道長是要強人所難嗎？好，那在下現就以貴派掌門令符命令爾等，不得強留在下！」

言罷，拉著了因的手就欲往廳外走去。

李必卻是身形一晃又阻住了二人，語氣一變道：「公子難道不領盛情？」了因早就窩了一肚子的氣，此刻卻是再也忍不住了，聞言冷哼了一聲道：「不領盛情又怎麼樣？憑你們幾人難道還想強留住我家公子！」

李必不想項思龍手下一個僕人口氣也如此之大，他雖見過了因與神水宮主一戰，覺得此和尚手底下雖有兩下子，卻也並不怎麼高明，然他卻不知了因與神水宮主卻並不是當真火併，自不會顯露真功夫了，想了因乃無極禪師這一代武學宗師的弟子，比他逍遙派開山祖師無量道人也只低了一輩，武功之高可想而知，以他的身分即便是打李必兩記耳光也不為過，更何況只是斥責兩句呢？

但是李必卻是不明了因身分，氣在心頭當下也不客氣道：「在下並不是想強留你家公子，只不過想留他等敝派掌門回來，讓他親口把有關項少俠的事告訴掌門，因此事事關重大不容有失，閣下如對在下等有怨言，卻也是無可奈可的了！今日公子二人是非留不可了！」

了因目中精光一閃道：「那就看你們幾個小輩有沒有這個本事了！」

眼看一場戰事就要拉開，項思龍卻突喝止住了因道：「了因，不得魯奔，給本公子退下，解決此事本公子自有分寸！」

言畢，又轉向李必道：「道長非要強留，那在下也就只有奉陪了！不過咱們是友非敵，也不必動刀動劍，拚個你死我活的！咱們來個文鬥，你們四人齊上，可盡展所能的向下攻擊，在下如被你們迫退半步，就算在下敗了，那在下主僕二人就留下來；可如在下僥倖勝了，那道長可也不能再阻止我們離去。不知對這主意，四位意下如何？」

李必可也是逍遙派第二代弟子的佼佼者，深得青松道長真傳，乃是有意望繼承下一代逍遙掌門，其他三人也是李必的師兄弟，武功都是已入上乘之境，不想對方一介小小年紀的少年，竟對自己四人說出如此狂妄的話來，簡直是不知死活嘛！

四人聞言都是臉色脹得通紅，相互對視一眼獲得默同後，由李必開口道：「閣下口氣如此之大，簡直是笑我逍遙派後繼無人！好，咱們就一言既出，駟馬難追！倒要看看閣下到底有多大道行！」

說完四人均都緩緩拔出腰間佩劍，按天罡北斗陣星位位置，把項思龍團團圍在中心。

李必大喝一聲：「刀劍無眼，閣下小心了！」

話音甫落，四柄寒光閃閃的鋼劍同時從不同角度向項思龍攻去，氣勢竟也劍氣洶湧，不同凡響。

項思龍淡淡一笑，施出天命寶典中，空手奪白刃的武功中一招星換斗移，巧然化開對方四人勁氣，同時使出另一招八面來風，把四周圍的空氣凝化成一道道施轉氣流，往四人手中捲去。

才半招下來，四人臉色同時大變的退身飄開，李必喝了聲：「閣下好功夫！」卻是又率先出招向項思龍攻來，其他三人也接連出劍，氣勢卻是比先前一招勝出數倍。

無數朵劍花在項思龍身周飛舞，卻是突地又凝成了一團劍氣，向項思龍迎面攻去。

項思龍仍是輕描淡寫的施出一招魔門寶錄中的粗淺功夫以彼還彼，把對方擊來劍勁施用功力定在空中，再把它分成四塊還擊過去。

「轟！轟！」四聲勁氣相擊之聲響起，李必四人臉上現出又驚又駭又怒之色，四人驀地狂喝一聲，身形在項思龍身周一陣疾轉，並且愈轉愈快，最後只見是一道光影緊圍住項思龍。

項思龍見了卻還是夷然不懼，只淡淡道：「要施出天罡北斗陣中的四星合一，以氣禦劍的絕技來了！就看本公子這招武當逍遙派無量劍法最後一式魔何無量！」

說罷以指化劍，先自空中劃出四道勁氣圓孤，再就地施身一轉，四道勁氣圓弧當即呈氣波狀分往四個方向擊去。

只聽得「啊！」的一聲驚呼，李必四人攻勢已破現出身形來，不過卻是不能動彈了，因為四人皆已被項思龍點住穴道。

了因和尚這時走上前去敲了每人一記指頭，為四人解去了被制穴道，口中卻是冷冷道：「不知天高地厚的小子，敢與我家公子動手？就是叫你們師父來，也不敵我家公子一招！這下知道厲害了吧！還想不想強留下我們啊！」

李必此時從極度的驚駭中平靜下來，卻是一臉沮喪，歎了口氣道：「你們走吧！在下幾人藝不如人，活在世上還有何臉面見掌門呢？」

說著手中長劍一轉竟向自己頸脖抹去，項思龍見了大驚的手指一抬射出一道勁氣擊中了李必手中的長劍，只聽「噹！」的一聲，飛劍竟被項思龍指勁齊柄擊斷。

李必臉色一變，卻是怒聲道：「士可殺不可辱，閣下想對我等怎樣？」

項思龍苦笑道：「誰要對你們怎樣樣呢！是你們要對在下二人怎麼樣。我都已經說過了，我們是友非敵！好了，現在在下僥倖勝了，道長卻也要遵守諾言讓我們離開了吧。」

李必看出項思龍眼中的友善，當下對其他三個道人揮了揮手著他們退下，再盯著項思龍道：「公子究竟是什麼人？竟會我逍遙派無量劍法中的絕招！」

項思龍神秘道：「都已經說過了，本公子是項思龍少俠的朋友。至於我的真正身分嗎，日後道長自會知曉的了！好了，在下還有許多要事要辦，就此與道長別過了！」

李必這下卻也再沒出言阻止，只沉默了一陣望著項思龍和了因和尚離去的身影，心中忖道：「這主僕二人到底是何來歷？那自稱是任道遠的公子武功如此之高，且會我逍遙派劍法……中原武林何時又出了這麼個年輕高手？唉，但願他當真是友非敵了。要不中原武林可就又出現了一位可怕勁敵！只不知他所言說項少俠三個月後將復出江湖的消息是真是假……」

在李必怔怔想著時，項思龍和了因和尚已是駕了馬車出了別院。

了因邊駕車邊對項思龍道：「公子，逍遙派的那些牛鼻子老道可也真是難纏！嘿，還是只有以武制人！公子一出手就把那幾個臭道士嚇傻了，當真是好玩。」

項思龍聽了斥責道：「出家人應以慈悲為懷，逍遙派弟子都是名門正派的正義之士呢！不得出言取笑他們！唉，咱們被神水宮主一陣攪和，又經逍遙派幾個弟子一陣糾纏，我看咱們這身分是不能再用了，要不然可是會露出馬腳來的，可我現在實在是不宜顯露真實身分！只不知借用個什麼身分最好！可真苦惱死我了！」

了因受責卻不敢再言語了，二人沉默無語的行車了好一陣子，卻突聽得一聲嬌呼道：「在這裡了！謝天謝地，我終於找到了！」

項思龍一聽這聲音，頓即心下大叫：「辣皮子媽媽！」

了因和尚也不禁開口低聲失叫道：「怎麼又給那辣妮子追來了！」

不用說，來者就是神水宮主了！只見她身形幾下連閃，衝至馬車前，手一伸攔大叫道：「停車！停車！」

了因疾拉韁繩停下馬車，口中大罵道：「小妮子，你不要命了！」

神水宮主卻是一臉惶然之色，直奔向馬車車廂，急聲道：「這位公子，不好了，百曉生被一夥蒙面人給抓走了！」

項思龍聽得心下一沉，忙從車窗探出頭來道：「是些什麼人？連你也敵他們不過嗎？」

神水宮主搖了搖頭道：「我也不知道，他們共有八人，其中一人武功最高，我也不是他的敵手！要不是施出天衣神水殺了他們當中四人，恐怕連我也要被他們抓走！」

說到這裡秀目滿是哀求之色道：「在中原我就只認識你們二人了，其他人沒一個是好東西，都只貪圖我的黃金和美色，只有你們二人……我知道你們是好人，所以來向你們求助了，求求你們去救百曉生吧，他可是我……師公呢！」

項思龍想不到百曉生竟與神水宮主的師父有一腿，難怪這麼嬌縱這位小仙女了！聽了這番軟語相求，心中不由一軟，再說百曉生知魔帥鷹刀秘密，自己也決不容他有絲毫閃失。對方抓走百曉生一定是有什麼圖謀，或從自己與百曉生的態度中發現了些什麼……不行！一定得救出百曉生，看看對方到底是何方神聖，竟能從神水宮主這等高手下把人奪走？

心下想來，當下對神水宮主點了點頭，柔聲道：「放心吧，在下一定會救出百曉生的，姑娘還是上車把詳情對在下述說一遍吧！」

神水宮主上車後，顯得甚是脆弱的靠在車廂壁板上不斷的喘著粗氣，口中吐出的少女獨有香氣，讓得項思龍這已是好久沒有與女人親熱過的風流浪子禁不住食指大動，要知道眼前這嬌美人可也算是他的未婚老婆呢！不過為了不暴露身分也只有忍住了！

深吸一口氣，項思龍才又緩聲道：「姑娘請說吧！」

神水宮主目光斜視了項思龍一眼，似想起什麼的幽幽歎了一口氣，靜默了一陣才道：「當我聽得公子說三個月後項……公子將在地冥鬼府出現，拉了百曉生離去後不久，卻有種敵人跟蹤感受，起先我還以為是公子，不以為意，可誰知剛一出城到得一片峽谷之地時，突地現出八個蒙面人把我們二人重重圍住，並且一言不發的向我們發劍攻來，招式甚是狠辣、快捷，並且功力甚高，為了保護百曉生，我以一敵八，終於漸漸不支，此時百曉生已被對方一人擒去，其中一人見我甚為難對付，對另一身材較為瘦小的蒙面人道：『樓主，殺了這丫頭吧！以免節外生枝！』

「那瘦小蒙面人卻道：『不！這小姐長得甚為標誌，咱們擒了她把她獻給老佛爺，老佛爺一定會龍顏大悅！兄弟們，並肩子上，生擒這丫頭！』

「八人中當即有六人向我圍攻上來，我知不下辣手絕難逃命，於是施出本宮絕招天女散花，施出天衣神水，其中二人見機得早，驚呼駭極下退身逃過一劫，另四人當場中毒身亡！

「對方見了那瘦小蒙面人駭然道：『波斯神水宮的人！走，點子辣手，咱們撤！』言罷另四人當即提了百曉生逃了，我也知自己輕功不如他們，只得放棄追趕，便爭著回城四下尋找你們了！公子，你可得救救百曉生！」

項思龍聽得皺了皺眉頭道：「應該不會是烏巴達邪教的人吧！他們在中原的勢力已被殲滅了，那麼到底是什麼人呢？中原還有什麼幫派有如此絕頂高手？他們擒去百曉生幹嘛呢？那老佛爺又是何方神聖？還有他們為何還要蒙面呢？難道百曉生識得他們？這到底有什麼陰謀？」

自言自語了好一陣，項思龍才轉問神水宮主道：「被你殺死的那四個蒙面人屍體，你藏住沒有？」

神水宮主搖了搖頭道：「我施出的是天衣神水的極毒之毒焚屍神水，只要人的皮膚一沾上。便會瞬間全身化為一灘血水，他們……不過我可以帶你們去那裡看看！」

項思龍點了點頭道：「好吧！了因，咱們西行！」

馬車行了十多時辰工夫，終於抵達神水宮主所說的遇上八個蒙面人的峽谷，地面上四軀骸骨還在，那血水發出撲鼻的腥臭味，項思龍蹲下身子，仔細的察看了一下骸骨，卻發現四軀骸骨上均有一面刻有骷髏的金牌。

用劍挑出，項思龍把四面金牌用油布包好，才沉聲道：「這批蒙面人看來是一批有組織幫派的人，可是江湖中卻有什麼幫派以骷髏作為標誌的呢？」說著把目光投向了了因。

了因沉吟了好一陣才突地臉色一動道：「那就只有兩千年前與我……高山太平寺的創派祖師無極禪師同門師兄弟的玄冥二怪了，據傳他們一直隱居大漠，一直未曾入侵中原，因他們敗於無極禪師手下，發誓永生不入中原，這……不會是他們在大漠創建的大漠樓的餘孽吧！」

項思龍聽得渾身劇震道：「是血魔！他一定是逃匿到大漠療傷去了，他派人抓去百曉生卻又是何故呢？」

了因聞言也是臉色脹得通紅，恨聲道：「這魔頭殺我……公子，咱們一定要趕去大漠殺了他！」

項思龍目中射出熾熱厲芒，冷聲道：「哼，只要有我……任道遠在世一天，就永世不會讓血魔危害我中原武林！」

了因激動的道：「公子，那我們即刻起程去大漠吧！」

項思龍冷靜道：「不用了，他既已控制了玄冥二老，放他們入中原打頭陣了，那他的傷勢也必已快癒！咱們不用去找他，他也一定會來尋咱們的！還是先救出百曉生，以防魔帥鷹刀的秘密被他們知曉。如被血魔得了魔帥鷹刀，那他就會如虎添翼，甚難對付了！」

了因聽了更是顫聲道：「百曉生知道魔帥鷹刀的秘密？」

項思龍點了點頭道：「他已經把這秘密告訴我了，咱們……」

項思龍話音未落，卻突有一陣馬蹄聲往這峽谷馳來。

第五章　再現敵蹤

了因和尚目中精光一閃，冷冷道：「作了惡竟還敢回返來！好，老衲今個兒卻也要違背佛祖，大開殺戒了！」

項思龍也冷哼了一聲，目中殺機大熾。

正當三人凝神戒備時，卻聽得是青松道長的聲音傳來道：「前面谷中是任道遠少俠三人嗎？貧道青松，逍遙派掌門有要事向少俠請教！」

項思龍一聽心神放鬆了下來，同時卻又是頭大如斗。

連神水宮主也可從自己身形上懷疑自己是項思龍，青松道長他們對自己如此熟悉，卻更是……

現在該怎麼辦呢？

人一倒楣起來，當真是會禍不單行，自己剛剛瞞過了神水宮主、百曉生、李必這三關，想不到卻剛巧青松道長他們也一起來了這平陰城！

只好硬著頭皮撐下去了，能再過關自是最好，不能的話卻也只好現出自己真實身分來了……反正也沒什麼大不了的，只是行事不方便些而已！

心下想著時，向了因一使眼色，示意他不要多言，口中卻也答道：「原來是掌門大駕光臨！在下正是任道遠，不知掌門有何見教？」

說這話時，青松道長等已是策騎馳得前來，在他身後卻全是項思龍熟悉的圓正大師、向問天、上官蓮、孤獨驚鳴、天絕地滅、鬼影修羅和花雲等人，熊熊的火把照得峽谷一片通明，幾乎是所有人的目光都落在了項思龍身上，似想把他看透似的。

項思龍一陣心虛，卻也裝作一副瀟灑模樣，對眾人笑了笑道：「在下本也是有些事情想向掌門轉告的，不過已先遇著貴派李必道長等人向他說過了，想來掌門已是聽李必轉述了吧。」

青松道長和上官蓮等此時已跳下馬來走近項思龍，目光不停的上下打量著項思龍，不過項思龍已施用迴夢心經中的移神變相秘術，不但改變了自己體形，卻是連氣質、聲音也改變了，再加上他有意識的不想讓眾人識破他，自是連自己從前的神態舉止也克制了。眾人細看了項思龍良久，卻是也沒看出一絲的破綻來，失望之色明顯露在臉上。

因為青松道長等自巴蜀回返至這距離武當山不到百里的平陰城時，卻突得李必回報說有個自稱叫任道遠的少年知道項思龍的下落，並把項思龍三招輕描淡寫的就擊敗了他們四人圍攻的事說了一遍，讓得青松道長等大疑這任道遠有可能是項思龍裝扮的，當下急忙據線報的尋到了這城西峽谷來，可現在細一打量，卻發覺眼前這任道遠除了眼神有幾分像項思龍外，卻是再無其他一處像項思龍了，要說他施了易容術或戴了人皮面具，卻總不能改變一個人的體形和氣質吧！誰想得到項思龍可真就有這種異能呢，眾高手這下卻也看走眼了！

項思龍見了眾人臉上神色，頓然也大是定下神來。

卻見青松道長上前向項思龍施了一禮後道：「貧道據門下弟子報傳，少俠見過敝派玄玉師祖，不知可否真有此事？」

項思龍聽了可真是心中大叫「要命！」不過他豈只真見過玄玉道人，還見過無量道人這逍遙派的開山祖師呢！但他對李必所言只是為了應付脫身的胡亂道來，並沒深想過破綻的對策，現聽青松道長問來，當下只得硬著頭皮死撐下去道：「不錯，在下曾在武當山腳下碰著一位自稱玄玉的道長，至於其他事，卻是在下所不知道的了。他還給了在下一枚令符……咦……怎麼不見了呢？方才還在懷中的！」

因手中的逍遙令是青松道長送的，為怕他從中看出什麼來，項思龍不得不又使詭計了！

只見他在身上焦急的搜摸了好一陣，才怔住道：「難道是方才與幾個蒙面人打鬥時給掉了？」

項思龍這話卻果也轉移了青松道長等的注意力，眾人目光又投向了地上的四具屍骨，向問天疑聲問道：「少俠方才與人打鬥過嗎？」

項思龍肅容道：「當在下剛與李必道長他們辭別不久，我家公主卻剛好尋來，說她途中遭劫了！在下聞訊當即隨公主趕來發事之地，卻突有十來個蒙面人突向我們發動偷襲，在下三人合力殺了他們當中四人，其他餘黨見勢不妙而逃。在下等正在議論來敵身分時，諸位剛好趕到。」

向問天此時走近神水宮主身邊，沉聲道：「姑娘好像在哪兒見過？嗯，是波斯國！姑娘是波斯國公主嗎？」

神水宮主雖不解項思龍為何要對眾人說謊，不過她已得項思龍傳音說：「依著我的話來解釋，不可露出破綻，否則我可不幫你救百曉生了！」的「威脅」，當下也只得幫著項思龍圓謊道；「向大俠記性真好，我正是波斯公主，也是向大俠所見過的波斯王！」

說著又嫣然一笑繼續道：「我此次前來中土，也是因聽得國人有報說思龍出事了，所以偷偷前來尋他……王兄不想卻也得知了，於是派出宮中兩大高手暗中護衛……我也只是不久前方知他們身分呢！」

神水宮主這一解說，讓得向問天心中也對項思龍的話沒有懷疑了，要不他曾聽李必說項思龍主僕二人與神水宮主似並不相識，可項思龍卻說神水宮主是他公主，那可自會讓人生疑了。

圓正大師念了聲佛號，這刻也開口道：「施主可知對方是什麼人了嗎？」

項思龍見終於施計成功，人更自然許多，聞言卻是神色凝重的道：「據在下推考究對方武功，對方所用的似是已失傳中原兩千多年的玄冥神掌。所以據在下推測……」

項思龍的話還沒說完，鬼影修羅就已失聲驚呼道：「玄冥神掌！那不是已隱中原移居撒哈拉大漠的玄冥二老的獨門武功嗎？怎麼又會重現中原武林了？」

圓正大師也臉色大變道：「竟是祖師叔的獨門神功！他們二人當年被師祖無極禪師囚禁大漠，已是兩千多年未入中原，怎麼現今……難道他們二人還活存於世？亦或是他們門下弟子？看來中原武林已不只是一個烏巴達邪教的隱患了！」

青松道長也低念了聲「無量尊佛！」卻又轉向項思龍道：「少俠可是看清楚了，對方所用武功真是玄冥神掌？」

項思龍知他看自己年紀小小，卻怎會識得這失傳兩千多年的魔派武功？不過自己確也不知道對方所用的是什麼武功，因為自己並沒與對方動手，甚至連人影也沒見過啊！推說對方是玄冥二老，也只是從這四人身上所遺金牌，了因這上古高僧見多識廣，推測出的而已。

不過自也不能直說！項思龍訕笑道：「在下也只是據師門武學雜記中提到的玄冥神掌威力，與對方武功作對照，作此推測罷了！至於對方所用的到底是不是定是玄冥神掌，卻也不能肯定的了！」

圓正大師質疑道：「敢問施主師承何方高人？」

項思龍曾聽了因和尚說與他同時代的在波斯國有一頗負盛名的聖火教，也即後來傳入中原的日月神教，想日月神教在中原盛極一時，那聖火教自也武功不弱了。

聞言當下沉吟了片刻，故作為難的道；「在下曾受師父遺訓不得洩露師門，所以大師所問……不過在下此次護送公主入中原，還受師父一個任務，那就是尋回師門重寶聖火令！據師父所言，流入中原日月神教的兩枚聖火令本乃我教鎮教之寶，是被一師門叛徒偷攜入中原的！」

項思龍這話等若是暗中說出「師門」了。

圓正大師聽了色變道：「原來施主乃波斯聖火教弟子，難怪武功如此高絕，見識也如此廣博了。」

項思龍不置可否的笑了笑道：「在下武功低微出世不深，哪稱得是武功高絕，見識廣博？中原武學博大精深，才真叫人神往呢！」

上官蓮這時卻也突地開口問項思龍道：「少俠曾說你與思龍是同一村落長大的兄弟，只不知少俠卻是哪裡人氏？又怎會進入波斯聖火教中習藝？老身又怎會沒聽思龍提起過少俠呢？」

項思龍見了上官蓮，心中不覺湧生起一股激情，真想投入她懷中向她細詢眾位妻妾的情況，據說盈盈、碧瑩她們都先後為自己生下兒女了，只不知那些小傢伙是否乖巧伶俐？

但衝動歸衝動，項思龍卻還是強抑心緒苦笑道：「在下奉命暗中保護公主和尋回鎮教重寶，本是不能洩露身分的。那李必道長問得在下急了，為了儘快脫身，所以不得不信口道來作搪塞了！要不被他們強留下來誤了公主，那在下可就罪大了！」

圓正大師此時望了因和尚一眼，合什向了因施禮道：「不知這位大師卻又是何方高人？看大師神光內斂，似也參修有佛門神功，只不知大師又是波斯國哪一派佛門高僧？」

了因和尚見了師門後人，心中自也大有感觸，當下對圓正大師合什還了一禮，語音哀沉的道：「大師法眼高明，老衲所修的正是中原嵩山太平寺無極禪師威震江湖的大乘般若神功。

「家師當年雲遊四海，至中原時結識了無極禪師，與他老人家一見如故，二人相互切磋武藝多日，承蒙無極禪師垂青，傳以家師佛門至高武學大乘般若神功！嘿，說來老衲與大師可也算是一家人呢。不知大師為中原哪一派佛門高僧？法號何名？」

項思龍本擔心了因和尚會感情用事的，不想他對答如此得體，當下放下心來，任由他與圓正大師相互客套去。

青松道長此時又向項思龍道：「少俠前來中原是客，還請賞臉讓貧道作個東家，前往武當山一述如何？」

項思龍罷手道：「掌門一番盛情厚意在下等心領了！不過在下還有他事在身，在下一位朋友被蒙面人劫走，可還得設法救他出來！異日有閑，定自當登門造訪掌門的！」

言罷，卻又禁不住道：「據聞當年血魔陰魔功再現江湖，現又有玄冥神掌重出江湖，其後甚或有更大幕後者，掌門可要多留意了！」

青松道長臉色一動道：「少俠此語何意？是不是有什麼其他發現想提醒貧道等？但請直言。」

項思龍聽得心下一驚，當下忙淡然笑道：「掌門多心了，在下只是有種直覺，感到中原武林危機四伏所以信口說來。其實中原正道陣容寵大，有何魔道能興風作浪呢？」

青松道長苦笑的欲言又止，心底下對項思龍的疑惑都已解開，當下告辭道：「如此貧道等打擾少俠了！日後少俠如有什麼需要，但請上武當山來作客就是！」

項思龍見終於可打發走眾人了，當下連道：「自是！自是！諸位慢走！請恕在下不遠送了！」

看著青松道長等遠去的背影，項思龍心下在輕鬆之餘卻又有一股酸酸的失落感，從眾人此行和臉上神色就可看出，他們對自己的感情是有多麼的深厚，可想而知遠在西域地冥鬼府的眾位妻妾是如何的在日夜想念著自己了！

唉，怎奈自己身負的重任卻讓得自己與大家相見了卻也不能相認！

烏巴達邪教！血魔！現在又多了兩個玄冥二老！

中原武林的生死存亡可全落在自己肩上！

還有劉邦、項羽、父親項少龍……自己不但要擔負維護歷史的重任，還要承受親情與友情的矛盾煎熬！

唉，也不知自己要到哪一天才可以功成身退？

五年！五年！還有五年的楚漢相爭……五年後自己能過上一種與世無爭的平靜生活嗎？

或許……還是不能！那時自己又要面對是留在這古代還是回返到現代去的痛苦抉擇了！命運……茫不可測的命運……你給予我項思龍的到底是一個怎樣的歸宿呢？我的各種心願最終可以實現嗎？

一時間項思龍想得癡了，渾然忘卻了身旁還有神水宮主和了因和尚的存在，直待神水宮主低低的「哎」了聲才斂回神來，對她溫和的笑了笑，只讓得神水宮主看得一呆。

了因和尚似也沉浸在一種情緒之中，一個人怔怔的發愣。

項思龍突地對神水宮主柔聲道：「剛才……真是謝謝公主了！」

神水宮主身軀不自禁的顫了顫，卻也突地幽幽的道：「公子真的不是思龍？唉，我卻怎麼總是有這種幻覺呢？」

說著歎了一口氣，接著玉容一緊道：「公子似對我身分甚為熟悉呢！自入中原來，除百曉生外其他人均不知我是波斯公主，公子卻是……喂，是不是百曉生告訴你的？哼，這小老頭，連我波斯聖火教的秘密也全告訴你了！你到底是什麼人？方才那批人你分明是全都認識的，為何卻不與他們相認？反說是我波斯國的人？你快給本公主從實招來，否則我就不認你們作我護衛了！」

項思龍現刻甚感孤獨，見了神水宮主一副楚楚動人的嬌態，不由心中一陣衝動，不自覺的伸手拉過她的纖手輕輕的撫摸著，柔聲道：「公主不要逼我好嗎？在下隱瞞身分也是有著不得已的苦衷的！終有一天公主會知道在下是誰的！請相信我，在下對公主只有善意和關心，卻是絕無不軌之念。今後在下就真作了公主護衛，還得請公主收容和在人前代為辯說了！」

神水宮主嬌軀一軟，卻也不由的倒入項思龍懷中，目中顯出既迷離又痛苦的神色，低沉道：「要是公子真是我要尋找的人就好了！唉，人家收了你這英俊瀟脫的公子作護衛，只怕是日後相處久了真會不由自主的愛上你呢！那可是背叛了我的心上人了！公子，你卻教我怎樣是好呢？請你不要再裝得那麼瀟灑好嗎？那太像思龍了！一看到你那種姿態，我就會把你當作他，可也真是羞愧死了！公子，你說我是不是很……見一個愛一個的！」

項思龍真想脫口說出：「我就是你所日思夜想的夫君啊！」但理智還是讓他

壓住了這種衝動，只搖了搖頭正色道：「公主萬里迢迢前來中原尋夫，卻是何等的教人敬服。在下對姑娘也是不由自主的心生愛慕，但卻並無私念！姑娘對在下親近，卻也是對在下的一種信任！其實你遠在他鄉孤苦無依，不知不覺的把在下當作親人了，並不是什麼見一個愛一個呢！公主的心中其實只有那項思龍少俠一人的對不對？唉，你也不要胡思亂想的了，把我當作你哥哥，你再與我親近，不就什麼都釋然了！」

神水宮主聽得目中異芒一閃，卻是興奮的拉了項思龍的手道：「是你說過的，你可要作我哥哥！大師，你卻來作個證人吧！」

了因和尚早被二人的「卿卿我我」打斷了神思，聞言笑道：「老衲卻還以為你們忘記了我的存在呢！讓我作證人是吧！嘿，我看小姑娘卻還是作我家公子的小妻子，不要作什麼妹妹了吧！」

神水宮主嬌面一紅的嗔道：「大師胡說個什麼嘛！任大哥都已認了我作妹妹了，大師卻還來取笑人家！看我今後都不理你了！」

項思龍這時連連向了因和尚使眼色，了因見了當即哈哈一陣大笑道：「小姑娘認了我家公子作大哥，卻是也成了老衲小姐了。小姑娘可真是揀便宜！不過我家公子既已認了小姐了，那好吧，老衲就暫且虧回本，為你們作個證人好了。」

神水宮主這下破嗔為笑，衝至了因和尚身前突地親了他一口道：「那就以此作為謝禮好了！」

了因苦臉道：「小姐這是讓老衲破了色戒了！」

三人相視，一齊哈哈大笑。項思龍只覺心中的憂結暢快了許多！

因得百曉生被劫，又猜疑著血魔行蹤，項思龍決定暫且放棄上巴蜀去探望劉邦，反正據歷史記載，現在正是楚漢相爭難得的太平盛世時期，自己正好藉這時機從劫持百曉生的人身上去探查一下江湖動靜。

自從與神水宮主結拜成了異姓兄妹，這小妮子果也肆無忌憚的在項思龍面前大耍貴家小姐的嬌氣，讓得項思龍叫苦連天，卻也其樂融融，自在狼谷跌下無量崖失去記憶後首次感受到了一種溫馨生活的幸福。不過卻也不敢沉迷其中，對百曉生下落的查尋在這同時項思龍也大是下了一番功夫。但是卻無多大收穫，對方擒走百曉生卻突地消聲匿跡。

項思龍眉頭緊皺的對了因道：「他們擒走百曉生，十有八九是得了魔帥鷹刀的風聲，想從百曉生口中探得下落。不過百曉生知曉魔帥鷹刀的秘密，卻是除那被他打死的天揚師弟外一概都不為人知，卻是怎地有人劫走百曉生呢？這事確是奇了！」

了因沉吟了陣道：「百曉生乃有江湖萬事通之稱，許對方擒走他是想從他口中探得另外的一些秘密，卻並不是為著魔帥鷹刀呢！」

項思龍苦笑道：「這世上還有其他的什麼秘密能吸引血魔嗎？」

了因正色道：「這也說不一定，比如血魔想從百曉生口中得知公子你的有關情況，從而先下手為強，制住公子的親人朋友，那公子……對他可就心有忌憚……血魔也便可以為所欲為了！」

項思龍聽得臉色一變，但繼而搖了搖頭道：「以血魔的狂傲自負個性，應該不會做出這等為武林人所不齒的卑鄙行徑吧。我擔心的還是如被血魔得了魔帥鷹刀，那只怕連我也難是他敵手了！」

二人正言語間，突聽得神水宮主道：「大哥，你看！那二十幾個漢子行徑似有些古怪呢！他們肩頭的扁擔非竹非木，黑黝黝的全無彈性，便似一條條鐵扁擔。並且各人都挑有二百來斤重的私鹽，但行路卻甚是迅速，只怕都是些武功好手呢！」

項思龍和了因聞言舉目望去，卻果見自己一行馬車東西首小路上有一行二十餘人擔了擔子，正向自己馬車方向急步行來。

項思龍一瞥之間，便留上了神，但見這二十餘人一色的青布短衫褲，頭戴竹笠，一個個目射精光，顯都是一流的內家好手。

心下不由忖道：「這些鹽梟個個都是身懷上乘武功，顯是什麼幫派的弟子，但二十幾個好手聚在一起挑鹽販賣，卻是決無此理。難道是衝著自己三人來的！嘿，那倒正好！本公子正愁無從著手查你們這些鼠輩的下落呢。」如此想著，當下對了因和神水宮主二人一使眼色，示意二人凝神戒備，以防對方來犯。

不想對方從身旁經過時，卻只有意無意的隨便望了馬車兩眼，卻是不但沒有出手，反是行色匆匆的加快了步伐。

項思龍見了心中大是失望，也暗笑自己是不是神經太過緊張了？

待得那二十幾人遠去，項思龍才緩舒了口氣道：「咱們也就不要再疑神疑鬼了吧，許對方正是販運私鹽的鹽梟呢。要知道天下歷經了兩年征戰，才只剛剛太平一點，可販運鹽仍是個暴利行當啊！」

神水宮主嘟起小嘴道：「怪我多事好了，累得你們虛驚一場。」

了因和尚卻是疑念未去道：「這干人身手不凡，若要作些非法勾當，別說偷盜富室，就是搶劫各王侯倉庫，也非凡人能擋。如是派系中人，以他們身手卻也應是身分不低的人物，今次為何要群集這群高手偷偷摸摸的幹這販賣私鹽的勾當？我看這其中必有隱情。他們所往方向竟也與我們一樣乃是五岳華山，這可著實讓人心有不安，公子，我看咱們追上去探個究竟如何？」

神水宮主聽了頓忙附和道：「大師所言極是，我橫看豎看方才那幫人都不順眼，一定非奸即盜。」

項思龍笑笑道：「不順眼你個大頭鬼，以貌取人，失之子羽，姑娘對在下這話可要銘記在心了！」

說著，卻又也肅容道：「我也覺著那些人有些古怪！那就少數服從多數，咱們追上去看看吧！反正我們也要去華山。」

三人意見一致了，當下加快車速向那幫漢子遠去方向追去。

馬車行了差不多個半時辰，追至一個鎮落了，卻還是沒見著那二十幾名大漢影子。項思龍見天色已晚，當下只得在鎮上客店投宿了。

用過晚飯，洗了腳正要上床，忽聽得店堂中一陣喧嘩。

了因已是上床打坐，項思龍卻還無睏意，也不打擾了因，步出廂房來看個究竟，剛至店堂，抬頭一望，卻見前來投宿的可不正是追丟了的那二十幾名鹽梟？

項思龍心下大喜，也不去驚動他們，當下又返回廂房。

了因還在靜坐，項思龍搖頭一笑，和尚就是和尚，一經入靜，便是天塌下來也可充耳不聞。心下對那二十餘名鹽梟戒備著，卻也盤膝坐在床上行功起來。彼不動，己不動；彼一動，己先動。此乃武學精要，卻也可用在戰術上，自己還是以逸待勞，看這些人搗什麼鬼吧！

打坐至中夜，忽聽得鄰房中喀喀輕響，項思龍立時警覺，因為他已知道那二十幾名鹽梟就剛好住在自己房左邊廂房。

了因似毫無所覺，仍在靜坐中，項思龍卻見到他耳朵輕側了一下，知道他也有警覺，暗暗發笑。

此時只聽得鄰房中一人低聲道：「此事關係重大，大家悄悄走罷，莫驚動了鄰房客人，多生事端！」

接著就是「吱呀」的開門聲，項思龍俯湊到了因耳邊低聲道：「給我照顧好公主，我去跟蹤他們！」

言罷，也不待了因答話，將包在布裹裡的鬼王劍往背上一縛，穿窗而出，躍出客棧。

耳聽得腳步聲是往東北方向而去，項思龍當下展開輕身功夫，悄悄追去。當晚烏雲滿天，星月無光，沉沉黑夜之中，隱約見那二十餘名鹽梟挑著擔子，在田埂上飛步而行。

不到半個時辰，那幫私梟已奔出二十幾里，項思龍何等身手？一路跟來無聲無息，那幫私梟又似有要事在身，急趕路程，竟不回顧，因此並沒發覺。

這時卻是行至了一海旁，波濤衝擊岩石，轟轟之聲不絕。鹽梟停下腳步，忽聽得領頭的一人一聲低哨，黑暗中頓有一個嘶啞的聲音道：「來者何人？報上名來！」

領頭那人神態恭敬的道：「屬下宇文忠，海沙幫幫主！」

嘶啞聲音輕輕「嗯」了聲道：「等一等，我去稟報法老！」

靜默一陣，嘶啞聲音又回返道：「法老說你們辦得不錯。竟能從百曉生口中探得魔帥鷹刀的消息，不過上華山縹緲峰卻不用你們幫忙了，你們還是回老家去吧。」

領頭那人聞言臉色大變道：「尊下這話是什麼意思？我們可全是應法老之令前來為法老效力的……我要親見法老得他解釋。」

嘶啞聲音冷笑道：「法老大駕也豈是爾等鼠輩可見的？」

話音甫落，卻見黑暗中白影一閃，接著就是那領頭鹽梟宇文忠「啊」的一聲慘叫，身子往後便倒，其他鹽梟見了紛紛驚呼後退，一臉惶怒的望著已現出身來的一身白袍的高瘦老者，臉色甚是陰邪，雙目殺機閃閃，負身傲然立在眾人面前，冷聲道：「爾等是自己了斷，還是要本座親自動手？」

眾鹽梟見了老者均是身體微顫，其中一人倒吸了一口冷氣慄聲道：「東瀛水月宗師！你也是法老手下？」

白袍老者冷冷的橫了這發話之人一眼，咦了聲道：「海沙幫只不過中原武林一介無名小幫，只不過由法老背後撐著，原來卻也有見識廣博之人，竟知老夫名號！好，念在此點上，老夫賞你一個全屍，快動手吧！」

這人身體一陣劇抖，卻突然大叫道：「我們海沙幫一向為法老拚死拚活，收集江湖中各方情報，想不到本以為得了魔師鷹刀的秘密可以前來向法老邀功，反遭滅口！今日既然左右是個死，兄弟們咱們跟他拚了！死也要死得轟轟……」一句話尚未說完，驀地止歇，卻見白袍老者已是五指鎖住了他的咽喉，緩緩溢出血來，料是已送了性命。

項思龍見了白袍老者這等快捷的狠辣手段，心中暗暗震驚，暗忖道：「這白袍老者是什麼來路的人？還有他們口中所說的法老又是何方神聖？是不是玄冥二老？東瀛水月宗師！是東洋鬼子呢！」

正如此想著，卻突聽得其中一人顫聲道：「宗師不要殺我，屬下知道百曉生的下落！」

這話果也讓得白袍老者神色一動道：「說來聽聽，或許可免你一死！」

這人聽了大喜道：「屬下日前行至平陰城時見著百曉生，但暗中跟蹤他至平陰城西的一個峽谷時，突地閃出八個蒙面人來率先一步把百曉生搶走了！據屬下所見他武功路數似是大漠玄冥二老的玄冥神掌！」

白袍老者聽了身體微微一顫，又驚又喜的道：「玄冥二老？他們不是一直窩在大漠從不入中原的麼？這次怎麼也破戒進入中原呢？還劫走百曉生！難道也是為魔帥鷹刀而來？」

項思龍聽到這裡已知對方並非玄冥二老一路的人了，但又不知是何路人馬呢？行蹤如此鬼鬼祟祟的，又想奪魔帥鷹刀，定也不是什麼好東西！這下中原可真是「群龍」紛出有得熱鬧的了。可也苦了自己，現在又多了一派辣手敵人「法老」！不知這「法老」到底是何來頭的怪物？看水月宗師這等絕世高手也在他門下，定也是個頂級難對付的魔頭了！聽這水月宗師的語氣，似與玄冥二老也有過恩怨過節，那也是上古的頂級高手！還有個神秘莫測的「法老」！

一波未平一波又起，自己這下有得忙。心下想著，只聽白袍老者卻又淡淡的道：「就這麼一條消息嗎？那也不夠本錢買你的命！」言罷，突地在腰間拔出一柄寒光閃閃足有七尺來長的彎刀，沉聲一喝，身形驀地衝出，只見刀光連閃，二十來個鹽梟卻是連慘叫聲也沒來得及發出，便已橫屍在野了！

項思龍看得心頭一陣氣血翻湧，真想現出身去宰了這冷酷無情的水月宗師，但又一想自己可得放長線釣大魚，他殺的也是一幫狼狽為奸的傢伙，自己不必動怒的。

現在有玄冥二老和這水月宗師兩派去搶奪魔帥鷹刀，自己就索性坐山觀虎鬥，讓他們來個狗咬狗鬥個兩敗俱傷，而後自己則來個漁翁得利，把他們一網打盡！

如此美美想著，突聽得水月宗師扶刀喃喃自語道：「玄冥二老也已重出江湖，血魔陰魔功也重現於世……法老要想稱霸中原武林，看來是非要得到魔帥鷹刀不可了，否則……」

話未說完，卻是突地臉色一變，冷目環顧四下，冷聲道：「什麼人？鬼鬼祟祟的幹什麼？有種出來與老夫一見！」

項思龍聽得心下一緊，還以為自己被對方發現行藏，正暗忖這水月宗師不可低估和思量是否現身時，卻突聽得一熟悉的聲音傳入耳中道：「閣下口氣好是狂妄，竟敢大言不慚的妄圖稱霸我中原武林！哼，我中原武林人才輩出，又豈容爾等鼠輩無法無天！」

項思龍聽得這話音心下大震，差點失聲驚叫出來，原來來者正是項羽，卻聽他話音一落，人已是閃落至水月宗師對面了。

水月宗師目光冷冷的直盯著項羽，嘿嘿一陣怪笑道：「閣下好膽色，年紀輕輕武功都也有如此修為，面對老夫的絕命真氣氣勁竟能面不改色！看來中原武林確也臥虎藏龍！」

說到這裡，卻又舉目望向手中的長擊刃，陰冷的道：「老夫橫行東瀛兩千年，在老夫這柄水月刀下喪生的東瀛高手沒有八百也有六百。自當年身入中原，為尋敵手敗於玄冥二老手上，老夫回返東瀛閉關苦練水月刀法數千年，已是甚少遇上可以一戰的對手了！好，小娃子武功不錯，就作為老夫再入中原練刀的第一個對手吧！」

項羽冷哼了聲道：「什麼東瀛第一高手？是東瀛第一狗屎才對！要打架啊，老子還怕了你不成？」

說著也自腰間「鏘！」的一聲緩緩拔出了玄鐵神劍。

水月宗師被項羽罵得臉上殺機大增，沉聲喝道：「不知天高地厚的小子，老夫剛誇你一句，竟就這麼狂妄，就讓你領教一下老夫的水月刀法吧！」言語間，手中的水月刀高舉過頭，身形同時衝出，手中水月刀「呼」的一聲應手向項羽當頭猛迅劈下，無論速度和勁度均是高手中的高手才能發出的招式。

項羽初生牛犢不怕虎，何況心中也因與上官蓮等分手以後一直就滿窩著怨氣，好久沒有發洩了。

見水月宗師揮刀劈來，卻是夷然不懼，也沉喝了聲，手中玄劍神劍也告揮出，竟是以硬擊硬的拚命招式。水月宗師見了嘴角浮上一抹冷酷笑意，深吸一口氣，加大了貫注入水月刀上的氣勁！

「噹」的一聲器擊之聲震徹海岸上空，四射的氣勁炸擊得二人近旁方圓丈餘範圍內的所有物體粉碎轟響，連項思龍也感覺到了勁氣的襲體，需得提升功力才可定下心神。

轟響聲中，卻也見兩條人影同時向後暴飛，水月宗師是身形連連搖了幾下，項羽是在降地立定之後連退數步，並且「嘩」的一聲吐出一口鮮血，臉色煞白。

水月宗師見了喋喋怪笑道：「無知小兒，這下領教到老夫的厲害了吧。」

項羽仍是強脾氣的「呸」了一聲道：「才只一招怎可分出強弱？老鬼，再看本公子這招撕天裂地！」

語畢，身劍合一又向水月宗師進擊。

水月宗師目中凶光一閃道：「不知死活！要想尋死？老夫就成全你吧。」

水月刀幻起漫天厲芒也向項羽衝來身形迎擊上去。

又是一招以硬碰硬的拚命招式！

項思龍已看出項羽絕非水月宗師敵手，見狀心頭大急，知道自己如再不出手，那項羽就有可能要命斃當場了！

身形從隱身處急射飛出，手指連彈出數道真氣向水月宗師擊去，口中同時沉聲喝道：「魔頭，不得逞兇！」

水月宗師在項思龍剛現出身形時就已感受到一股讓他心底震動的濃烈氣機壓力，心下劇震下身形頓然向後暴飛，再也顧不得攻擊項羽了，也算他知機得早，要不在項思龍數道指勁和項羽狂怒的劍氣雙重攻擊之下，只怕不死也得重傷。不過尚是如此，卻也在項思龍指勁之下被震得身體在空中連翻數翻，才落地定下身形來，口角已是溢出鮮血，雙目恐駭的望著項思龍這煞星，又驚又怒的顫聲道：「閣下何方高人？竟要插手老夫這樁樑子？」

項思龍虎目先瞪了也是吃驚的望著自己的項羽一眼，才緩緩轉身對水月宗師冷冷道：「夠資格與大師一較高下的中原高手有幾人，大師心中默思一下也便可猜出在下是誰了！你不是還說過要會盡中原高手麼？在下隨時恭候大駕，不過今日之事在下也希望到此為止，希望大師放過這個後生小輩，不知大師答應在下這請求否？」

項思龍本欲趁此機會除去這水月宗師，但轉念一想，留著他也好，至少多一條線索追查各方魔蹤，於是也便抑下殺機，卻說出一番高深莫測的話來，讓得對方去猜測自己身分，如猜到烏巴達邪教或玄冥二老身上去了，那自是最好不過。

水月宗師已對項思龍心懷怯意，本就想打退堂鼓了，聞言哪會錯過機會？當下頓忙順水推舟道：「閣下想必是中原前代隱世高人了！好，今日就賣閣下個面子饒了這狂妄小子！咱們後會有期！」

言罷身形一閃，飄然沒入黑暗之中。

項羽此時心懷忐忑的上前向項思龍躬身行了一禮道：「在下項羽，多謝前輩相救，請問前輩為何方高人？」

項思龍冷哼一聲，目光灼灼的冷盯著項羽，裝出老氣橫秋的老者之態道：「小子，你可真是不知死活，竟與東瀛第一刀客水月宗師動手過招！有十條命也不夠拚啊！回去再多練幾年吧。」

為怕項羽看出自己破綻來，項思龍說完也不再與項羽多說什麼，身形沖天而起，口中同時道：「小子，你為我中原希望，可要好自為之，不要再那麼魯莽行事了，行事都要三思而後行！」

項羽看著項思龍逝去身形，心中默默道：「我項羽定要練成前輩那般身手，成為中原武林第一人！華山縹緲峰，魔帥鷹刀……」

第六章　撲朔迷離

項思龍驚退水月宗師，匆匆與項羽告別，心中卻是思潮起伏。

自己失蹤將近三個月，想不到項羽竟也身入江湖。

現在他也自水月宗師口中聽到了魔帥鷹刀的秘密，就也必會上華山，這……是不是天意在預示著魔帥鷹刀的得主將是項羽？不行！自己一定不能讓項羽得到魔帥鷹刀，要不他和劉邦的恩怨就更加勢成水火了！自己得上華山先一步搶得鷹刀！唉，現在中原的形勢是越來越嚴竣了！血魔出世！玄冥二老復出中原！還有一個陰魔功已練至第八重天的烏巴達邪教教主烏行雲！

現在又再加上了個東瀛第一刀客水月宗師和個神秘莫測尚不知虛實的法老！

這些已是夠讓自己焦頭爛額的了，可自己現在對這幾派敵對勢力還未展開攻勢，魔師鷹刀的危機便又已迫在眉睫！自己到達古代來的歷史使命可並不只是維護歷史的不被改變了吧！還有中原武林的正邪之戰不被改變！

項思龍心下想著，不知不覺也已回到了客棧，此時天色將明未明，可神水宮主和了因和尚卻都已起床，正在廂房揣揣不安的談論著項思龍為何還不回返，待一聽項思龍敲門，神水宮主頓然起身去開了店門，一見果是項思龍，頓欣喜而又關切地道：「任大哥，你怎麼去了那麼長的時間現在才回來啊！小妹都擔心著急死了呢！」

項思龍心中一熱，笑了笑道：「我這不是回來了嗎？擔心著急個什麼呢？你大哥可是個大男人呢！幾個毛賊能放在我心上嗎？」

神水宮主白了項思龍一眼，嘟噥著道：「什麼幾個毛賊啊！那幾個賊頭賊腦的傢伙可都是一等一的高手呢！」

項思龍故意嗤了聲道：「被一個刀客三下五除二才一招就給了結了的一眾傢伙，還能算是什麼高手嗎？」

神水宮主聽得玉容色變道：「那二十幾個傢伙都死了嗎？什麼人如此厲害？

真的是一招就解決了他們？」

了因這刻也臉上神色一動道：「公子，你到底看到些什麼古怪了？」

項思龍聞言也再不與神水宮主鬥嘴了，當下把自己跟蹤那二十幾個鹽梟到了一海邊，發現一白袍老者，白袍老者在得了鹽梟的消息彙報後，頓施辣手殺人滅口。後來項羽出現，不敵白袍老者，差點命喪對方手下，自己以布巾蒙面出手嚇退老者救了項羽一命等發生的事情說了一偏，才肅容問了因道：「你知不知道那水月宗師和那什麼法老是什麼來路的人？他們竟也入我中原欲稱霸武林！」

了因和尚面色沉重的道：「水月宗師不足為患，此人雖自稱東瀛第一狂刀客，可武功只算入絕頂高手之列，卻並不能說已得魔道。那法老大概就是水月宗師的師父柳生青雲了。此人卻是個狠手。我聽師父講過一段典故，就是有關柳生青雲的，說此人當年也曾野心勃勃的想入我中原稱雄，可不想卻三招敗於魔帥風赤行手下，後投效風赤行門下，成為風赤行的頭號得力手下。此人心機甚深，他投效風赤行卻也是為了偷學風赤行的魔門寶錄中武功。

「可風赤行卻知他心意，於是直接提出柳生青雲如能親手殺了他的妻兒，就傳他魔門寶錄中武功。柳生青雲自是下不了這個毒手，沒有答應，卻也說讓他考慮一下。然就在柳生青雲因癡武成性，終是狠下心腸來殺了自己妻兒，去向風赤行請功時，卻傳出風赤行敗於赤帝手下的消息。自此柳生青雲悲痛之下對風赤行創立的赤尊門門下弟子大開殺戒，同時仍念念不忘搜尋風赤行的魔門寶錄，卻是毫無收穫。赤尊門煙消雲散後，柳生青雲在中原也宣告失蹤。」

說到這裡頓了頓接著又道：「想不到四千年了，這魔頭還活著！看來他此次身入中原，還是志在奪取魔師風赤行的鷹刀和魔門寶錄！柳生青雲的禍患，可絕不低於血魔！」

項思龍聽得心中沉沉的歎了口氣道：「如此說來，中原武林已陷入重重險境了！咱們可絕不能讓魔師鷹刀落入這些邪魔手中！」

因為馬車速度過慢，項思龍決定棄車徒步而行。一來可以加快行程速度，二來也可隨機探聽一下江湖中的各方情況。

此時項思龍已聞聽得劉邦已自毀棧道自絕出路，以明自己再不想爭霸天下的決心，不由大是欣喜，旁人不知劉邦此舉用意，項思龍可是知道。現在項思龍最為擔憂的是父親項少龍揭穿劉邦這計謀，那……可就會讓得歷史大亂了！

不過看項羽和父親項少龍都不動聲色，天下平靜，想是父親還沒有揭穿劉邦這毀棧道的陰謀吧！但願父親遵守與自己定下的諾言是好！自己若不顯露身分，卻也有一半原因是怕父親得知自己安在人世，而再次萌生相助項羽的想法，要知道項羽終是父親一手養大栽培出來的義子！

只有待完全明確了父親的政治立場後，自己才可現出真實身分來！

唉，中原武林的危機迫在眉睫，歷史的危機卻也不容坐視，可自己又無分身之術……只好走一步算一步了。自己只要盡了最大的努力，無論成功失敗都已是無愧於天地良心了！一路上，項思龍心懷沉重的默然無語，了因和神水宮主卻也知趣的沒有去打擾他，都是默默前行著。

日間三人大半是投店打坐休息，夜間則是展開輕身功向華山方向趕路，行程卻是甚快，才兩日時間，便已行至距離華山不到百里的北面一個小鎮集。又已是黃昏時分，項思龍卻是不打算再行夜路了，著了因去找了家客棧投宿休息，了因不解項思龍此舉何意，但也沒敢多問，仍是去了。過得盞茶功夫便打點好了一切，回返來著項思龍和神水宮主入店。至了廂房，了因才終耐不住性子問項思龍道：「公子，咱們就快趕至華山了，為何卻突地不趕路了呢？」

項思龍淡淡一笑道：「正因為就要到華山了，咱們才不急著趕路。想想咱們如先上華山，反是暴露了咱們目標，成為其他幾派邪道勢力的眾矢之的。然如先來個坐山觀虎鬥，而後再坐收漁人之利，豈不更好？不過咱們今晚可也不能歇著，須出動去探聽敵方情況！」

了因仍是聽得一知半解的疑問道：「可如被血魔或柳生青雲他們先得手尋到魔帥鷹刀，那咱們……」

項思龍好整以暇的打斷了因的話道：「想魔帥風赤行是何等許人？魔帥鷹刀會那麼輕易被外人得到嗎？照我推算，如不是風赤行選中的人物皆不會得到鷹刀！寶物可也會擇主的呢！風赤行為風雲一世的一代魔君，在他仙化前一定安排好了一切，要不他也不會在他安排來現於人世的遺書中要求入他棧室者須得修練那什麼絕情絕義絕欲大法了！要知真正一個已經達至某一武學巔峰的高手，都會有一個高手宿命，那就是自身精華可融於自己的兵刃之中，如不能與之心意相通，絕不會讓人得到他的兵刃！」

了因仍是不放心道：「血魔和柳生青雲都是已至魔道至境的黑道榜首級人物，我看他們都與風赤行有相似之處呢！即便魔帥鷹刀被風赤行注入了他的畢生精華已是通靈，可也或許會並不排斥這兩個魔頭啊！鷹刀落入二人無論誰的手中，也都等若風赤行再生，可以發揚光大風赤行的魔門！」

項思龍苦笑道：「我也只是據迴夢老人給我的遺言作這推測的罷了！不過鷹刀乃傳鷹大師當年之物，師父說鷹刀之中有傳鷹大師的精神烙印，如大師當真顯靈為我中原武林著想的話，當不會讓鷹刀落入邪魔外道之人的手中吧！」

說到這裡，頓了頓接著又歎了口氣道：「好了，天色已暗，咱們也分頭行事吧！你帶著神水宮主探察今晚出沒的各方江湖人物的動靜，我負責暗上華山去通知華山派的人，讓他們提高警惕不得讓血魔他們硬拚，要不華山可就要有滅門之災了！」

了因點了點頭道：「公子可一切都要小心為是了！」

項思龍道：「你也是！還要照顧好神水宮主那小妮子！」

話音剛落，卻突見神水宮主神色慌張的推門而入道：「任大哥，不好了！這家客棧的人似乎都……莫名其妙的死去了！」

項思龍聽得心下一震，頓忙道：「走，咱們出去看看！」

一至店堂，卻果見二十幾人卻是神態各異的靜靜站著或坐著，但都已沒有氣息。但看這二十幾人都不是江湖中人，什麼人竟會對他們下此毒手呢？難道是衝著自己三人來的？可自己和了因的身分應還沒人知曉，卻不會是衝著神水宮主的吧！她可不是中原人，這次為尋自己才入中原，卻也不會結下什麼樑子，又是什麼人要對付她呢？心下怔怔想著，卻突聽得正在檢查眾人死因的了因和尚失聲驚呼道：「是魔帥赤尊門的蚊鬚針！這種絕世暗器卻又怎會重現江湖的呢？赤尊門已是煙消雲散了啊！」

項思龍聞言斂回心神道：「你可仔細辨清楚了！」

了因把用內力自一人後腦玉枕穴吸出的兩根牛毛大小的飛針呈給項思龍看道：「決對錯不了，當年我見師父對我出示過蚊鬚針！這種飛針極細極小，又呈灰土色，發射時無聲無息又無影，端是教人防不勝防，射入人體後又無傷痕可尋，屬赤尊門的秘密殺手，影子殺手的至命武器。

「不過因這蚊鬚針細小輕質，非一般高手可使，要想真能用它殺人於無形，非內功深厚的頂級高手不可。今日這發射蚊鬚針的人內力雖是深厚，但力度把握不準，終給我發現破綻，就是針入處皆有血絲冒出。這被殺的二十幾人似也都是一流好手，只是被蚊鬚針射入後腦玉枕穴功力被廢，全身經脈被飛針暗藏勁氣震斷，而至斃命！」

項思龍皺眉苦臉道：「看來因魔帥鷹刀引發的危機比我們想像的還要複雜！不過這會使蚊鬚針的人，殺死這二十幾人的動機是什麼呢？」

就在三人苦思的當兒，店外突地傳來一陣吵雜聲，一目射精光身著黃袍的老者率著二十餘人進入店來，一見店中慘景，眾人頓時都怔住了，其中一四十上下的中年漢子往一還面含微笑的老者衝上前去，悲厲道：「師父，是什麼人害了你老人家啊？」

這時那黃袍老者身體也是一陣劇顫，緊緊的盯著項思龍三人冷聲道：「三位好狠的手段，竟殺了我華山派二十幾個弟子！」

項思龍聞言大驚道：「什麼？你們都是華山派的人？」

黃袍老者悲壯的大笑道：「明知故問！好了，貧道問你，你們到底是什麼人？為什麼要殺我華山派弟子？我華山派素來與人無怨無仇，這次你們為什麼再三殺我華山派弟子？」

項思龍看著黃袍老者激動的神色，知道自己三人終是來遲了一步，讓得華山派已是……

只不知是水月宗師還是玄冥二老搞的詭計，不過水月宗師的嫌疑最大，因為他師父柳生青雲可曾是風赤行的手下，自也有可能學會蚊鬚針的施用手法……

然如是另一派勢力的話，那可也真猜不出是什麼人幹的了！項思龍苦然一笑道：「道長誤會了，在下三人乃住店宿客，因見店中異狀，所以出來一看，不想卻遇著道長！」

黃袍老者冷哼了聲道：「會有這麼巧合嗎？貧道師弟臨風日中剛因發現刺殺我華山派的刺客而追至達龍門鎮，給貧道飛鴿傳書著我前來救援，卻不想剛當貧道等一到，師弟他們卻全都遇害了，再有這家客棧其他宿客全都身死，緣何你們卻安然無恙？不要狡辯了，今日貧道一定要為我華山派死去的百餘名弟子報仇！」

這話一落，三十餘名道士齊都拔出長劍，怒目而視項思龍三人，把他們重重包圍住，似恨不得把三人砍成肉餅似的。

項思龍知道是解釋不清的了，正苦無良策時，突想到鐵劍先生遺交給自己的一枚鐵劍令，當下取出來，高舉在手道：「華山派弟子聽令，此為五岳劍派最高掌門令符，爾等應可相信我不是敵人吧！」

黃袍老者見了項思龍所持之物，細細辨認了一陣，待發現並無虛假時，才心懷釋然的跪地恭聲道：「恭迎掌門大駕！華山派掌門閑雲無意誤會掌門，還請掌門見諒。」

項思龍收了令符，著黃袍老者等起身後才神色一緊道：「道長，華山派到底發生什麼變故了？竟然弄至這等局面？」

黃袍老者卻是不答反問道：「少俠怎會有我五岳劍派的鐵劍令？」

項思龍知對方對自己還有疑心，當下胡編道：「在下任道遠，幸得鐵劍先生垂青，收了在下為其弟子，所以掌有鐵劍令符了。」

項思龍這一說，讓得黃袍老者等又都齊是跪了下去，又驚又喜的道：「原來是師尊掌門尊師叔祖大駕臨世，華山派這下有救了！」

項思龍可真怕了這些禮數，不過不接受也不成，當下只得連說：「不必多禮！不必多禮！」

待黃袍老者率先起身後低聲對他道：「在下身分還請道長不要洩露出去！在下此番身入中原武林乃是受恩師重托，有些要事要辦的，不宜洩露身分！」

黃袍老者自是恭聲應「是」，接著主動說華山變故。

原來前夜華山派突地來了一批黑衣蒙面人對華山派的弟子大開殺戒，並威脅要華山派所有人撤出華山交由他們管接，尤有其中二人厲害非常，連華山派的最具威力劍陣——兩儀劍陣卻也困不住對方！那一戰華山派弟子死傷七十多人，全都是華山派的精英高手，而對方則也死傷近百人。對方見勢頭不佳，撤退而逃。

本以為對方不會再來侵犯了！誰知神秘殺手明攻不成，卻來暗的，在華山腳下附近城鎮凡華山派弟子出沒全都遇了暗殺。

閑雲道長這下可急了，自己連對方什麼來路？侵佔華山是什麼動機都不知道，華山派弟子卻被接二連三的暗殺，其中必定是有什麼不可告人的陰謀！為了查明敵人來路動機，閑雲道長於是派師弟臨風道長領了四十多名華山弟子進行明查暗訪，誰知閑雲今中午卻突收到臨風的飛鴿傳書，說他們與一個來歷不名的人交手，己方死了近二十人，但已發現對方所投客棧，著閑雲前來救援。

閑雲道長又悲又怒的望著項思龍道：「師叔祖，你可一定得為咱華山派弟子討回這個公道啊！絕不能讓這眾賊子無法無天！咱五岳劍派可也是中原武林聲名顯卓的名門正派，卻怎可容忍敵人如此的囂張呢？弟子向掌門師兄弟向問天發去了告急救援的千里傳書，他們在近日內也應可到達華山，屆時一定得查出真凶，血債血還！」

聽了閑雲的這一番述說，項思龍更覺心中沉重模糊，以血魔和柳生青雲的狂傲狠辣，怎會使這下三流的暗殺手段呢？即便是要除去華山派，以他們二人個性，大會是直接殺上山去，且也不可能中途退手，定會一舉而成！再說他們要奪的均是魔帥鷹刀，卻又怎麼會這麼招搖呢？行事也一定慎重不致露出風聲。

可如這幫偷襲暗殺華山派的人不是他們兩方的人馬，那又是什麼勢力呢？風赤行赤尊門的殘遺勢力？項思龍只覺眼下的情勢越來越複雜了，敵暗我明敵強我弱，現在可不是跟各邪派勢力交鋒的時候，如貿然與他們火併，只會落得個兩敗俱傷。並且若讓得幾大邪派勢力合作起來與中原正派相抗，那可是中原武林的末日到了。

眼下情勢只可對敵來個各個擊破，離間分裂他們，讓他們先鬥個你死我活，待他們各自元氣大傷時，才發動猛烈攻勢一舉殲滅各大邪派勢力，如此才可減少中原各大派的傷亡。

華山派已是遭難，卻還只是個開端而已，如若幾大邪派勢力為奪魔帥鷹刀而齊聚華山，那可真是華山派的毀滅性浩劫了！即然已有警覺，那就索性讓他們撤離華山吧！待魔帥鷹刀危機一過，大可再回來！大丈夫能屈能伸，可不能死要面子的！還有絕不能讓向問天他們到華山來，要不情勢發展自己可能也控制不住！自己已是漸漸讓人關注，雖還沒顯露身分，不過卻也會讓得自己有夠麻煩的了！

心下凌亂的想著，口中卻是語氣凝重的對閑雲道：「此次華山之劫恩師早有測見，著我身入江湖也有一大半是為此事！來犯的敵人神秘莫測又武功高絕，我看絕非一般黑道勢力，並且據我掌握的消息，敵人實力還遠不止如此！所以在下想請道長暫忍心中憤悲，領了全體華山弟子去武當山投靠！待這邊事情處理完畢之後，在下會著道長再次回返華山的！」

閑雲疑惑道：「師叔祖知道敵人來路和他們攻襲咱華山派的動機？到底是什麼人呢？為什麼要襲咱華山派？」

項思龍知目前不宜洩露血魔出世，玄冥二老重出中原，柳生青雲和水月宗師再入中原……等等一些令人驚駭的消息，要不必會引起大家恐慌，那可就會讓很多人喪失鬥志的，好不容易組建起來的武林盟共同體或會因此而一哄而散的了……自己是要穩定人心，卻同時也要讓大家都提高戒備警惕，心下想來，當下點頭又搖頭道：「知道一點，與中原近來傳出的魔師鷹刀的傳言有關，具體情況也不知曉！好了，你也不要再多耽擱了，快回華山去召集弟子上武當山去吧！這個中的一切原因，日後你自會知曉的！喂，在下陪你們一起上華山去吧！」

閑雲本是還有許多的困惑要問項思龍，但見他不肯多說，知再問也是沒個答案，聞言肅容點頭道：「一切但依師叔祖吩咐就是！」

項思龍聽了，便向了因交代了幾句，隨閑雲等連夜向華山進發。

夜間行路方便，不忌驚世駭俗，可以施展輕身功夫趕路，一行人卻也只費個半時辰便已趕到了華山腳下。

四周甚是靜寂，已入夜半時分，燈火稀少，天上又滿是陰雲，讓得氣氛顯得有些詭異的靜涼。

閑雲道長突地顯得焦急不安的對項思龍低聲道：「師叔祖，弟子覺得有些不大對勁呢！咱華山派山上入夜一般是燈火通明的，今夜緣何卻只有幾盞燈光呢？莫不是敵人……」

說著老臉一片煞白，卻是突地再也說不下去了，因為他已看到了橫屍道旁的華山弟子——果是有敵乘閑雲下山時襲山了！

但願不要是趕盡殺絕的場面就是！要不可真讓人接受不了……

項思龍心下也是直往下沉，同時卻又是怒火殺機直在心底翻動。

眾人加快了身速上山，卻見沿途盡是華山派防哨弟子屍體，個個都死狀極慘，似被人自咽喉處吸光精血而亡！

沒有人再能強忍心下的恐懼或怒火了，項思龍只覺自己好想大開殺戒，他奶奶的，這行兇者太過殘無人性了，連十多歲的道童也給殺害了！你們要奪魔師鷹刀是不是？好，今個兒老子就要你們全在華山成為魔師鷹刀的祭品！

殺機與悲憤在項思龍心中狂燒。不多時，一行人已是至了華山道觀的主觀門前，大門頂上掛著兩盞在夜風中晃動的紅燈籠，燈火閃爍不定，使得光線也時明時暗的！觀內靜寂無聲，大門卻是緊閉。項思龍搶步上前去，拿起大門上的銅環，噹噹噹的敲了三下。靜夜之中，這三下擊門聲顯得甚是響亮，遠遠迴響出去。隔了好一陣，屋內無人出來應門。

項思龍又擊三下，聲音更響了些，可是側耳傾聽屋內卻一點響聲也沒有。心下如抽筋似一緊，伸手把大門一推，大門卻無聲無息地開了，原來裡面竟沒上鎖。

項思龍大踏步率先邁入，閑雲等緊隨其後而入。

廳中黑沉沉地並無火燭，正當所有人都入了大廳時，忽聽得砰的一聲，大門竟是關上了！頓時華山弟子失聲叫出，可在這同時，廳中突地燈火通明，卻見廳中原來掛了十多隻大火盆。但是卻並無人影現出，也不聞人聲，只是廳內景象卻讓人氣息變粗。

卻見不到三百多方的大廳中卻僵躺著幾百名華山弟子，東一個西一個，當真是可用屍橫遍地來形容這等慘景。

每一個死者臉上都露笑容，但肌肉僵硬，皮膚發白。項思龍行走江湖，生平慘酷的事也見過不少，但驀地裡見到這等殺滅滿門的情景，還是禁不住心下怦怦地跳，手指握成拳頭，因發力而呼咯作響！雙目更是厲芒大漲，一副恨不得殺人的瘋狂模樣。

閑雲已是又驚又怒又悲的拔出腰間長劍仰天悲呼道：「什麼人？是什麼人作下的這等惡事？出來！出來與老子一決高下，畏頭畏尾的算個什麼英雄？有種就光明正大的向我華山派挑戰！」

閑雲這話音剛落，就只聽得一陰冷的喋喋怪笑著傳出道：「閑雲老道，窮叫個什麼呢？我毒手千羅行事向來都是這麼狠辣，你也不用太過傷心的了。誰叫你們華山派有魔帥鷹刀呢？那可是我們赤尊門祖師風赤行的兵刃，我毒手千羅身為魔帥座下影子殺手的頭號種子，自要奪回魔帥遺物！好了，老子已是作了自我介紹了，在這裡也已恭候你這小輩多時，還是乖乖交出魔帥鷹刀吧！要不然華山派可要徹底的從江湖中除名了！」

閑雲聽得這話，身體一陣劇震，失聲道：「什麼？閣下是魔帥風赤行手下的頭號殺手毒手千羅？不，我華山派並沒有得到魔帥鷹刀！閣下定是誤信奸人所言了！」說著旋覺自己對對方顯出怯意，頓又惱怒憤恨道：「老子管你什麼毒手千羅還是魔帥鷹刀，你們殺我華山派弟子，此仇不共戴天，有種的就把老子也殺了！」

陰冷聲音冷哼了一聲道：「想尋死是嗎？老夫會成全你的！得我殺光了你華山派所有弟子剩你一個人時，還看你嘴不嘴硬！」

話音甫落，只聽「嗖」的一聲，一道黑影自大廳頂上飛射而出，點點劍光頓向閑雲身旁的華山弟子射去。

項思龍早是殺機大熾，靜等對方現身，見得黑影衝出，身形也頓縱起，使出魔門寶錄中的一式「幻影神打」，竟是赤手空拳迎擊對方的漫天凌厲劍式。

卻見劍光之中現出無數項思龍的身影，一片偌大劍勁竟被項思龍硬生生的聚於一處凝成一把氣劍，再倏地現出身形，雙手一推再把氣劍向對方回射，口中同時冷叱道：「還你！」

對方想不到華山弟子中竟有如此硬手，見項思龍使出的這招幻影神打，卻是又驚又喜的失聲道：「魔帥魔門寶錄中的武功！」

口中失聲叫出，手底下卻也不敢怠慢，大喝一聲手中長劍連抖，幻出無數針形劍芒往項思龍回擊的氣劍迎擊。

「嗤！嗤！」「轟！轟」雙方劍氣相觸，發出震天巨響。

大廳內頓時氣勁瀰漫，黑影悶哼一聲，身形向後倒飛丈餘站定，現出真面目來。卻見對方身穿一身黑色寬袍，面色甚是陰冷蒼白，一雙鷹目神光灼灼，正又驚又怒又駭的緊盯著項思龍。

雙方僵持了好一陣，黑袍老者毒手千羅才緩緩開口道：「閣下是誰？似不是華山弟子？你怎麼會魔門寶錄上的武功？」

項思龍難抑心底殺機的冷哼了聲道：「在下是誰你不必多問！不過閣下屠殺華山滿門這等狠辣手段，在下卻是不能不管！你還是準備受死吧！」說著身形一閃又待向毒手千羅進擊。

毒手千羅不自禁的退了兩步，卻是突地道：「且慢！在拚門之前，老夫有幾句話想向閣下請教，還望閣下不要拒絕！老夫可以提供殺害華山滿門的真凶作為交換條件，怎麼樣？」

項思龍聞言駐步，冷冷道：「你這話是什麼意思？難道這些華山弟子不是你殺的嗎？」

毒手千羅見引起了項思龍的關注，當下情緒平定了些道：「閣下先回答老夫的問題後，老夫再給你個答案！」

項思龍沉吟了片刻道：「好，你問吧！」

毒手千羅乾咳了一聲，語音顯得不自然的道：「閣下會我赤尊門門主的魔門寶錄中武功，是否已經得到了魔帥鷹刀？」

項思龍搖了搖頭道：「沒有！在下的武功乃是五岳劍派掌門鐵劍先生所傳，卻並沒見過什麼魔門寶錄和魔帥鷹刀。」

毒手千羅聞言雖是失望，卻聽得項思龍自稱是鐵劍先生的弟子還是大訝道：「鐵劍先生還沒死？江湖傳言他不是與無量道人、無極禪師二人同血魔阿波羅同歸於盡了麼？」

項思龍淡淡道：「家師月前確已仙去，不過卻未與血魔同歸於盡！」

毒手千羅突地皺眉喃喃自語道：「向老夫傳送鷹刀消息的難道是他？這魔頭難道還沒死？那殺這華山弟子的人……」

說到這裡，卻是沒有再說下去了，不過對項思龍的態度卻是和善了些，向項思龍拱手道：「少俠原來是鐵劍先生的高足，那請問少俠師父是否得到魔帥鷹刀了呢？」

項思龍不耐煩的冷聲道：「據在下所知是沒有！不過在下也已得魔帥鷹刀遺落華山的傳聞！」

毒手千羅歎了口氣道：「要是鷹刀落於外族邪派魔頭手中，那我赤尊門可當真是要從江湖中徹底除名了！唉，門主當年敗於赤帝手下失蹤，赤尊門頓遭江湖各派毀滅性打擊，老夫和冷血封寒拚死逃出重圍，幾千年來隱居塞外大漠重振赤尊門，期盼門主復出江湖。可誰知突得門主一封遺書，說鷹刀復出之日也就是我赤尊門重振聲威之日，持有鷹刀者即是我赤尊門新任門主。這多年，老夫和封塞日思夜盼鷹刀出世，可從此杳無音信。此次老夫突得一紅衣蒙面老者傳報魔帥鷹刀將在華山重現，於是率領門人日夜兼程趕往華山，但……這些是題外話，老夫的問題已問完了，少俠請發問吧！」

項思龍本凝神聽著毒手千羅的言述，聽他突然中斷，頓斂回神來，卻也對他敵意略減，當下沉聲道：「閣下說殺華山弟子的另有其人，可知到底是什麼來路的人麼？」

毒手千羅點頭又搖頭道：「是個東瀛人，使一柄彎刀，也會我赤尊門的蚊鬚針使法。但看他武功招數，似是當年投靠魔帥的東瀛高手柳生青雲的武功路子，但卻不是柳生青雲！」

項思龍見證實了自己想法，殺這華山弟子的兇手是水月宗師，那法老也即柳生青雲，但對方為何華山已奪卻又放棄呢？還有，客棧的那一局是水月宗師設的計謀，想讓華山弟子誤會自己是兇手嗎？卻不想自己有五岳劍派鐵劍令，並是鐵劍先生的記名弟子可以證明自己的清白，要不可真有得麻煩！

可水月宗師要得的是魔帥鷹刀，為何卻要陷害自己呢？難道他已對自己身分動疑？還是水月宗師不知魔帥鷹刀藏點，故意製造混亂，引出血魔出來？血魔到現在還沒露面，是知曉自己也已經出了迴夢谷了嗎？還是他傷勢沒好？亦或是知曉了還有他派對魔帥鷹刀虎視眈眈，所以靜觀其變？那他把鷹刀即將在華山出現的秘密告訴毒手千羅，又是在耍弄什麼把戲呢？

項思龍只覺腦中思路愈想愈模糊，愈想愈凌亂，但卻穩穩覺得這其中蘊藏了什麼重大的陰謀。

到底是什麼人在故弄玄虛呢？各大隱居的魔頭紛紛出世，即將齊聚華山，難道……難道是魔帥風赤行未死？這一切的一切都是他所搞的陰謀？項思龍心下猛地一突，只覺一股寒意直湧心頭。

聚齊各方最有影響的魔頭，而後一舉收降他們為己用，重振赤尊門，再與天下群英決個雌雄這……可是不無可能啊！風赤行好深的心機！

如果讓他控制了血魔、玄冥二老、柳生青雲、水月宗師、毒手千羅他們，那赤尊門的實力可想而知，中原武林哪還能不淪入魔道控制的災難浩劫之中？就算自己武功有通天之能，卻也無力以一敵眾，消滅這幫魔頭！如自己這推測正確，那魔帥鷹刀的傳聞自始至終都是魔帥風赤行所玩的一個陰謀，百曉生更是風赤行所要弄的一個棋子，只是讓他來證明魔帥鷹刀的神秘性和真實性。讓得眾魔頭相信風赤行真已死去，他的鷹刀和魔門寶錄藏在華山！

好深沉的陰謀！連自己也被他給耍得團團轉！不行，自己一定得查查此事的真面目，決不能讓眾大魔頭群聚起來，一定得擊破他們的合眾之勢！

項思龍怔怔想著，一時竟是癡了。

毒手千羅見項思龍的怔愣態，終是忍不住疑惑的打斷他的沉思道：「少俠想到了什麼嗎？還有沒有要問的問題？」

項思龍聞聲斂回心神道：「閣下到這華山道觀時，是不是華山弟子已全都受害了？」

毒手千羅攤了攤手道：「差不多的了，只剩二十幾人沒死，不過我也沒插手過問，反正華山弟子死光了更好，我可也本打算是來大開殺戒的呢！只是由人家代勞了！但是當我現身時，那東瀛刀客卻是一言不發的走了！我當時還以為對方是尋仇的呢。後來細思對方武功路數和察看幾人死因，才推出對方可能是柳生青雲那廝的弟子。」

項思龍心下雖憤恨，但也知這魔頭倒是直性子，想到什麼便說什麼，也不怕自己等忌恨，當下又冷冷道：「那告知你魔師鷹刀的人，你是不是懷疑是血魔？不錯，他是已經脫困出世了！」

項思龍這話讓得大廳中所有人都失聲驚呼，毒手千羅目顯懼色道：「你怎知血魔出世了？難道你就是血魔口中所說的迴夢老人的親傳弟子？你沒有被他打死？」

項思龍聽得心下一緊，一字一字的冷聲道：「血魔與閣下似乎很親近嘛！他把一切都告訴了你是吧！那麼你們傳出魔帥鷹刀將在華山出世的傳聞到底有什麼陰謀？是不是魔帥風赤行還活著？」

項思龍這話更是石破天驚，閑雲等再次失聲驚呼，毒手千羅也倒抽了一口涼氣道：「魔帥還活著？這個老夫可真的不知道！不過血魔當年敗於傳鷹大師手下時，曾得魔帥之助才得以逃出中原，所以對魔帥甚為感激，這次他脫困出世逃匿之塞外大漠，與曾與他有八拜之交的玄冥二老相見。在登門拜見玄冥二老時，得悉血魔在他們那裡閉關療傷，老夫頓驚問其故，血魔出來向老夫講述了迴夢谷中的一切遭遇，所以老夫知曉少俠身分！

「至於魔帥鷹刀傳聞虛實，老夫不便枉下斷言，不過又是從血魔口中得知的，並且拿出搜自百曉生身上的魔帥親筆遺書，所以老夫相信了！但老夫當年收到魔帥親筆遺書的事卻也是真實的！」

項思龍見毒手千羅言語的認真之態，並不懷疑他言語的真假，只緊緊的盯著他道：「閣下隱居塞外數千年，難道真要讓這虛無縹緲的魔帥鷹刀破了你修行？名利之爭可是要付出慘重代價的！」

毒手千羅聽得全身一陣劇顫，所有狂態都不見了，只沉默了好一陣才道：「如魔帥真還活著，或鷹刀當真復出，我毒手千羅才會甘心再入魔道！否則是發誓決不入中原半步，我千羅向少俠立下重誓！」

第七章　風雨欲來

項思龍突覺毒手千羅並不那麼的讓人討厭了。

此人是魔道中人，但說話耿直，倒也是性情中人，不覺對他殺機大減，沉默了好一陣，才向他擺了擺手，冷沉道：「你走吧！在下不希望在中原再次見到你。否則那時將是你的死期！但願你記著今日的誓言。」

閑雲聽了忙道：「師叔祖，不可放過他！今次不趁機除去他，那可是等若放虎歸山啊！這等魔頭不會當真立地成佛的！」

項思龍淡淡道：「在下說出的話就不會收回，道長不必多說了！」

毒手千羅朗聲長笑道：「少俠果是個英雄人物！今後無論是敵是友，我毒手千羅都要與你大喝三百杯！少俠保重了！」

言罷一聲嘯鳴，頓有百多個隱身黑衣從暗中走出，毒手千羅只衝他們道了聲「走！」身形已告射出大廳，百多名黑衣人緊隨其後，但看他們那等輕身功夫，就可知全都是一等一等的高手。

閑雲見了臉色微變，當下沉默不語仍由毒手千羅等離去。

待黑衣人全部退去後，項思龍才長舒了一口氣對閑雲道：「現在你也該知道敵人的來頭有多大了吧！馬上收拾行李上武當山去！同時轉告青松道長他們，要提高警惕，聯合各大門派組建成一支嚴密的抗魔聯盟！在下現有事在身無法分身，對於在下的真實身分日後道長自會知道的！事不宜遲，快收拾一下吧！」

閑雲見了項思龍那一手幻影神手，又嚇退了毒手千羅這等不可一世的大魔頭，且聽毒手千羅之言意，項思龍還是迴夢老人這上古高人的傳人，又與血魔這等絕世魔頭交過手……項思龍的神秘可真讓人駭異的，不過他是武林正道的，又身懷五岳劍派的掌門令符……對項思龍是敬服非常言聽計從了！

不大一會，閑雲領了剩餘的近五十餘名華山弟子很快就收拾完畢了，項思龍相送了他們一程，便又回返先前所住客棧。

天色已是大亮，客棧的屍體已是收拾過，項思龍剛一進店堂，就聽神水宮主關切的歡呼道：「任大哥回來了！」

話音一落，了因從廂房中衝了出來，本是有話要對項思龍說，但見了項思龍一臉的嚴肅之象，不由又打住了話頭，只忐忑的問道：「公子，你那邊到底發生了什麼事了？這麼凝重！」

項思龍苦笑道：「華山派滿門弟子都給水月宗師殺了！這魔頭，當初真不該放過他！不過卻也終對各邪派勢力有了個眉目！」

了因色變道：「好狠毒的手段！公子到底有了些什麼發現？」

項思龍當下說出了自己與閑雲等上了華山所發現的慘景，以及從毒手千羅口中所得的消息和自己推測風赤行未死的猜想。

了因這次失聲道：「風赤行未死？這怎麼可能呢？他自華山縹緲峰與天帝一戰後就從此失蹤，他如未死，又怎可能隱身四千多年呢？照風赤行的性格，他不可能這般有耐性！除非是他武功喪失人又殘疾，再也沒有當年之勇了！」

項思龍沉吟著點了點頭道：「也有這個可能！但只要風赤行未死，他卻可以培訓出個弟子來為他實施陰謀的啊！以風赤行的雄才，就是朽木也可被他雕成工藝品，要不魔師鷹刀的傳說就難以解釋了！」

了因皺眉道：「如風赤行真有弟子，他可不會讓他弟子來實施他一統中原武林的野心，而非要親身力行呢？四千多年，可是個漫長的日子。」

項思龍被了因駁得苦惱道：「我也想不出這個中的緣由來，不過魔師鷹刀是一個陰謀的感覺卻讓我十分深刻，我相信我這感覺絕錯不了！唉，還是不要去想了，說說你們昨夜有什麼發現呢！」

這次神水宮主搶先道：「昨夜我們在西行至華山東邊的一個城鎮突發現十多個神色慌張滿身是血的黑衣人，疑心之下便跟了上去，卻發現他們進了一家官府，脫下夜行衣換上武士官服，儼然出入宮府，我們驚疑之下頓生出要探個究竟的念頭，卻見那十多個黑衣人中的一個頭目往一秘密地室下行去，我們緊隨其後，卻見這頭目去拜見一個叫呂青的將軍，說護國國師隨後就到。

「我們屏息靜待下去，足等了半個多時辰，卻見一東瀛刀客來拜見這呂青，正是大哥所見的水月宗師。二人秘謀了好一陣，說什麼只要國師助我大王除去心腹大患，那時官方將助水月宗師一統中原武林等等什麼的！我們本欲殺了這兩個奸魔頭，卻又擔心大哥責罰，所以就沒有冒然動手返回來了。」

項思龍聽得心下劇震。思緒還未來得及思量一些事情，了因又接口補充道：「那水月宗師似是呂青自東瀛請回來的，已隱伏在中原有兩年多了，他看來並不止對中原武林懷有野心，且對我中原江山虎視眈眈呢！咱們得先除去這個大禍端。」

項思龍此時已是心亂如麻，呂青是歷史中所記述的楚懷王身邊的心腹大將，他與水月宗師勾結，自是想借水月宗師之手除去項羽了。

想不到楚懷王竟也這麼狠毒！不過他只是一個不到二十歲的少年，卻怎會有這般深沉心機呢？

定是呂青這奸賊在搗鬼！

看來項羽是會有危險了，那麼父親項少龍自也首當其衝……

這……自己一定得阻止這陰謀的發生！要不天下可要大亂了！

項羽被殺，歷史……可也完蛋了！雖然項羽是劉邦發展的最大敵人，可至少得依歷史發展順序來讓他——斷魂烏江啊！

什麼事都不要去管了，救護項羽才是現在的頭等大事！

項思龍慌急的對神水宮主和了因二人道：「走！快領我去那家官府看看！此

事可關係我中原天下的安定，不容坐視！」

了因和尚與神水宮主顯不知項思龍情緒為何如此激動，但聽他語氣如此急促凝重，當即也領項思龍去了。

項思龍顧不得驚世駭俗，雖是在白天，卻也著神水宮主和了因和尚展開輕身功夫全速趕路。

才只半個來時辰，二人已是趕到神水宮主和了因所說的城鎮。項思龍尋了處偏僻處，為神水宮主和了因二人易了容，把他們改裝成了身邊的兩個武士，自己則改裝成了項羽。

一切處理完畢後，項思龍顧不得了因和神水宮主對自己這手妙若天成的易容術的嘖嘖稱奇，只略略向他們講明了自己現在這容貌的身分，便邁步向這鎮集的官府行去。

剛到得官府門口，守衛見了項思龍，頓容色大變的顫抖著身子躬身向項思龍行禮道：「上將軍駕臨，小的這便去向縣令傳報！」

項思龍神態威嚴的擺了擺手，冷冷道：「不用了！本將軍只是聽說呂青將軍到了這裡，所以特來向他有些要事相談罷了，領路，快帶我們去見呂青！本將軍可沒有時間。」

守衛這刻更是臉色蒼白，嚇得牙都打起咯來，還待說什麼時。項思龍放大聲音道：「我楚軍竟有爾等膽小之輩！留著何用？侍衛，給我了結他們！」說完逕自往大門內走去。

了因不知項思龍火氣為何如此之大，卻認出兩個守衛正是昨晚所見的黑衣人中兩人，當即毫不留情的出手解決了二人。

項思龍闖進府內，頓有藏在暗處的武士出來阻截，這次現身的四人卻不認識「項羽」這風雲天下的西楚霸王，竟是拔劍相向，其中一人冷喝道：「什麼人如此大膽？竟敢擅闖官家重地！是不是活得不耐煩？」說著竟要向項思龍動手。

項思龍冷聲大喝道：「大膽！竟敢用此等語氣跟本將軍說話？你們才是活得不耐煩了呢！」

話音一落，左手出指連射出數道罡氣，四人來不及閃避還擊，便已慘叫著命斃當場！

這邊的吵雜聲終於驚動了府內的護衛武士，頓湧出十多人個來，老遠就大叫道：「發生了什麼事了？發生什麼事了？」待上得前來，見了項羽容貌，才都駭然失措的跪地高呼「上將軍！」身體是明顯的劇烈顫抖著，可見項羽在楚軍中的威信。

項思龍淡淡道：「幾個不知死活的傢伙被本將軍解決了！把他們屍體抬下去，別讓本將軍看著心煩！」

十多人顫聲應「是」，全都抬著屍體退下了。

這一番鬧哄，終於引出兩個身著官服的大人物來，一人一身官袍頭頂官帽，另一人身著一身將軍戰甲，顯得甚是威猛陰沉。二人見了「項羽」，身著官袍者頓大驚失色的隨地下拜道：「下官王文遠拜見霸王，不知霸王大駕光臨，下官有失遠迎，還請霸王多多恕罪！」說著話時身體也是劇烈抖著，不敢抬頭。

那身著將軍戰甲的中年漢子則是臉色微微一動，似驚似喜，但旋即平靜，只滿面堆著陰笑道：「不想上將軍卻也來到了山溪鎮這等小地方！末將有失遠迎了！」

說著只向項思龍拱手算是行禮，接著又試探著道：「據聞上將軍離開軍營去尋找項思龍少俠了，不知有著什麼結果沒有呢？方才末將在內聽上將軍說有要事要見末將，不知上將軍有何指示呢？」

項思龍冷冷道：「呂將軍，又來到這華山腳下的山路小鎮來幹什麼呢？莫非這裡有亂黨？」

武將呂青微微一顫，但仍是微笑著道：「不錯，末將是奉懷王之密令前來華山調查新近武林中所傳出『魔帥鷹刀，將現華山』這句傳言的！想來上將軍也聽過此傳言了吧！」

項思龍目中殺機一閃道：「豈止聽過這傳言？且還聽得呂將軍此次離朝的陰謀呢！哼，區區一個楚懷王也想對付我項羽？也不想想他的江山是誰為他打下的？我項羽如那麼好對付，那也就不稱西楚霸王了！呂青，你還是從實招供吧！可不要讓本霸王親身動手！那時你九族性命恐都要不保了！」

呂青這刻終是禁不住臉色大變，雖是強作鎮定，但語氣還是極不自然的道：「上將軍此語何意？末將聽不明白！」

項思龍此時是恨不得把呂青碎屍萬段，聽他還作強辯，嘿嘿冷笑道：「聽不明白是嗎？不要認為本王不在朝中，爾等就可以為所欲為了！宋義可是個先例呢！本王能打下這萬里江山，靠的不是幸運，而是實力！我雖離朝，但手下耳目卻是爾等想也想不出的！勾結外敵，欲謀害本王，以為可以把本王蒙在鼓裡嗎？

快招供出與水月宗師他們一幫異族邪派魔頭勾結的一切經過來！本王或許還可對你從輕發落！」

呂青這下可是臉色發白，想不到自己唆使楚懷王與水月宗師秘密勾結兩年多，卻終還是讓「項羽」給知道了，楚霸王可真不愧是楚霸王！不過現在既已陰謀洩露，自己也正要除去項羽，那不如就即刻動手算了，免得日後夜長夢多！今次如不能借著水月宗師一拳擊殺項羽，那自己可就真要被誅連九族了！

要知道項羽無論怎麼說可是當今天下最有勢力的人。手握軍政實權，擁兵百萬，就是楚懷王也奈何不了他分毫。真要東窗事發時，水月宗師想也考慮著他的利益，不會顧及自己的吧！楚懷王更是自身難保了！

想到這裡，呂青心中殺機大起，思忖著自己見過項羽的武功，也見過水月宗師的武功，二者相比起來，項羽可還是遜了水月宗師一等，有他相助，當可殺死「項羽」的吧！只要「項羽」死了，那時天下大權可不就落入自己手中？對於「項羽」的一些死黨，解決他們可是一件易事！對，對，殺了「項羽」就是自己的天下了！

如此想著，口中當下發出一陣仰天大笑道：「上將軍的消息可真是靈通！不過你單槍匹馬來對付末將，豈不是自投羅網？水月宗師乃東瀛第一刀客，自出世以來從未遇有敵手，上將軍卻正好給他試刀呢！項羽，你也怪不得我呂青心狠手辣了！只怪你太過獨斷專橫，從不放鬆手中的權力，這可是遭人忌恨的！」

言罷，發出一聲出嘯，喚水月宗師出面對付「項羽」。

項思龍冷冷一笑。水月宗師武功雖是超一流，但還不夠資格與自己相提並論，即便是柳生青雲卻也不一定是自己敵手！

呂青這下是不打自招了！希望自己能夠決裂他與水月宗師的聯手！不！只要是水月宗師一露面，自己就宰了他！這傢伙實在是太過好殺了！留他不得！否則便是給中原武林留了一個禍害！上次自己饒過了他，不想卻給華山派造成了毀滅性打擊。要是那時狠下心腸來幹掉了他，便不會有華山派的滅門之災了！

項思龍心下殺機大熾，但呂青連連尖嘯了數聲，卻還是沒見水月宗師的影子。呂青臉色不由變得煞是蒼白，額上都冒出汗來。望著項思龍目射殺機的怒目，身子又不由的顫抖起來。

過了好一會仍是沒見水月宗師現身，項思龍不由又惱又煩，莫不是水月宗師看出了自己的身分，所以聞風而溜了吧！這老狐狸，不過就算你躲到海角天邊，我項思龍發誓今生非要殺了你水月宗師不可！要不，我也就不叫項思龍而叫項屁龍了！

呂青更是急得屁滾尿流，正雙方對望的這當兒，突有武士拿著一塊黃色帛布來到呂青身前，顫聲道：「這是水月國師留下的書信，著將軍和上將軍同時收閱的！」

呂青雙手發抖的慌忙接過，卻見上面寫的意思原來是說水月宗師想不到呂青會招惹上項思龍這等強敵，著他好自為之，他不與呂青合作了，以往合約一概作廢等等云云。接著又寫道他不欲與項思龍為敵，如有可能的話，雙方可以交個朋友等等云云。

呂青看了是雙腿一軟，差點跌坐地上，雙目駭極的望著項思龍。眼前這「項羽」不是真正的西楚霸王，那他到底是何方神聖呢？連水月宗師這等頂級高手，也稱項思龍為強敵，並且放棄了與自己將近三年的合作和眾多的誘惑條件，可不想他見也沒見著項思龍，就當即聞風而逃，什麼都放棄了，且還說要與對方交朋友……

完了！完了！沒了水月宗師的護助，憑自己之能怎會是連得水月宗師這等高手也聞風而逃的「項羽」之敵？自己這下可是死定了！

呂青心下的恐懼可真是無法用言語形容之，但還是強作精神掙扎著想圖僥倖的媚笑道：「少俠是何方……高人！想來是跟下官開一個玩笑的吧！嘿，水月宗師這廝走了也好，他到底是個外族人！下官也正遲疑不決呢！少俠若是求財求名，只要你與下官合作幫忙除去項羽，屆時榮華富貴，美人黃金，應有盡有！即便少俠要開宗立派統一中原武林，下官也可儘量發動官有勢力，助你成事！少俠可是可考慮一下的了！」

項思龍知自己即便再痛恨呂青，因他是歷史中有名有姓的人物，自己也因此而不能殺他。聞言當下強壓心中怒火，心念一動道：「是嗎？那麼你開給水月宗師的合作條件是什麼？倒也不妨說來聽聽！」

呂青以為項思龍是被自己說動心了，語氣頓然平和下來道：「當今之世，弱肉強食！項羽一統天下自行分封十八王，根本沒有把懷王放在眼裡。懷王自是對他記恨在心，於是著本將軍去思謀對策怎樣除去項羽。不想剛巧被本將軍遇著了東渡而來的東瀛第一刀客水月宗師，於是與他商妥，他負責秘密培訓一批殺手死士。並且等待時機一成熟，便除去項羽和他黨羽。我們則提供其一切活動經費和人手，並且提供中原各方的武林動態，助他尋到魔師魔刀，為他統一中原武林打下基礎。事成之後，可許他在中原任擇一地建立東瀛國，中原武林也由他統領。」說到這裡望了項思龍一眼接著又道：「水月宗師終究是外族人，我們與他合作是有賣國之嫌，但也只是權且之計，日後懷王勢力強大了，自是還會把他逐出中原的。少俠卻是中原人，大家同一血統，同是龍的傳人，與我們合作，事成之後，本將軍先對少俠承諾，咱們平分中原天下，互相結為友好永不侵犯，並且中原武林統一大權也交由少俠主管，不知少俠意下如何呢？」

項思龍忽想到楚懷王是被項羽命令英布去殺死的，或許就與這楚懷王欲謀對項羽不利之事有關呢。歷史中記述是項羽不義殺了楚懷王，但誰知這內中卻還大有文章呢！

自己就不若虛與委蛇的答應與對方合作，如此一來自己就可以清楚的掌握楚懷王他們欲對付項羽的一切計畫了！

反正自己也不能動手殺他們，就不如暗中幫項羽個忙吧！其實也是幫自己的忙呢！項羽如完了，那歷史也就完了。

想到這裡，項思龍臉上也浮現出一絲奸笑道：「呂將軍連在下身分來路也不探聽清楚，就這般信任在下與我合作嗎？」

呂青苦笑著卻也誠實的道：「我的底子給少俠全揭了，還有什麼可選擇的呢！不若索性賭上一把，贏了自是可喜，輸了那也沒法。少俠如真是項羽那方的暗探，那無論我說什麼都是死定了，倒不如碰碰運氣看！或許還會有意想不到的收穫呢！」

項思龍哈哈一陣大笑道：「呂將軍倒也是快人快語。不過這一把倒正讓你給押對了！在下確不是項羽的人，只是探得將軍與東瀛鬼子合作，等若賣國，一時氣憤難平，所以裝扮成項羽模樣來嚇嚇將軍罷了。」言語間伸手抹去了臉上的易容物，露出「任道遠」的面目來，接著又道：「現在危機既已消除，那在下也就沒有隱瞞身分的必要了！在下任道遠，乃中原武林末學後進，此番身入中原正是想創出一番事業來，呂將軍開出的條件這般豐厚誘人。那正是在下理想的合作夥伴了！好，咱們就這麼說定，依你所說的，在下助你除去項羽，你們與我平分天下，可不得有違！否則我任道遠必取爾等性命。」

言罷衝身旁了因一使眼色，示意他露上一手。

了因頓然會意，嘿嘿一陣冷笑，雙目凶光閃閃的望了呂青一眼，再環視一下四周，見那縣令還跪在地下沒有起來，卻是頭叩著地面給睡著了，並且發出了呼嚕聲，心中一陣怒惱，這等狗官，活著也是百姓受苦浪費糧食。當下沉聲猛喝一聲，突地雙掌推出，兩道狂猛無比的氣勁頓如電射射入那縣令體內，完畢後拍了拍手衝項思龍回覆道：「公子，老僕完事了。」

呂青看得大是不以為意，了因方才那兩道掌勁雖是威猛，但也只是個絕頂高手而已，比水月宗師或許還要差上一大截，沒什麼大不了的！

項思龍卻是看出了因那兩道掌勁的玄虛，見呂青面露不屑之意，當下沉聲道：「呂將軍看出在下這名手下掌勁的厲害之處了嗎？」

呂青訕笑著搖了搖頭道：「在下功夫粗淺，對武學一道沒有深究，還請少俠指點迷津。」

也是了因方才發出的那兩道掌勁看起來雖頗有氣勢，但是擊入那縣令體內，那縣令卻是吭也沒吭動也沒動，似是毫然無損，雖讓人覺著納悶，但確是不覺得怎麼樣。

項思龍淡淡笑道：「呂將軍何不上前去察看一下那縣令呢？」

呂青果真上前去細查了縣令身體好一陣，卻還是苦笑道：「這傢伙不但沒死，卻還好好活著呢！在下實是看不出什麼異端來。」

了因這下可火了，罵罵咧咧道：「連太平寺的龍相般若功的厲害之處也看不出來，真是一點武林見識也沒有！讓老夫來告訴你吧，這傢伙全身經脈和骨骼已全被我那兩掌給震斷了，只是老夫的力恰到好處，所以他才沒有死去，不過三天之後他的骨骼便會全都碎裂，七天之後，全身經脈盡碎，那時便要完蛋大吉了！」

呂青聽得臉色驚駭非常，卻仍是不大相信。了因惱怒道：「你仍是不相信我說的話啊？那可一劍劈開那縣令，看看我龍相般若功的威力可在麼？」

了因這話實是氣話，不想呂青卻果真走上前去，「鏘」的一聲拔出腰間佩劍向那縣令當頭中分劈去，手法和力度竟也是個高手行當。只聽「咔」的一聲，縣令頓被從中劈開，卻是一點鮮血也沒流出，原來他血液已被了因所發掌勁給封住了。只見縣令體內的筋脈條條已是發焦，骨骼也是有的扭曲，有的碎，有的斷為數截，有的若斷若續，顯是了因那兩掌之中，龍相般若功行作了數股不同的勁力。

呂青看得大為嘆服道：「果是好功夫！在下今日真是大開眼界了。」

項思龍不想這呂青手段如此毒辣，心中對他更是不痛快。了因則是忍不住得意的說道：「方才那兩掌我把龍相般若功分作了七股不同勁力，或剛猛，或陰柔，或剛中有柔，或柔中有剛，或橫出，或直送，或閃縮。與我過手的人，一般高手抵擋了第一股內勁，抵不住第二股，抵了第二股，第三股勁力卻又如何對付？當年無極禪師創這龍相般若功時因其威力太過霸猛，殺傷力太大，所以把此功列為太平寺四大禁練神功之首，除非是寺中的有修為的弟子，達至不燥不嗔無相的修為境界才可修練些神功，這也是為了不讓此神功的失傳。要知創出一門武學可不知要花費多少代人的心血，無極禪師集先人精華創出此功，自也不希望他失傳了。」

呂青聽了心服口服道：「大師原來是嵩山太平寺的高人，難怪身手如此了得。」

了因嘿嘿一笑也沒理他，項思龍卻是突地語氣一沉道：「呂將軍現在也見識過在下這方的實力了，你已與在下言談合作，若是再與水月宗師他們勾結，一日被在下發現，可別怪在下辣手無情！」

言畢，也突地隨意揮出一掌，朝那縣令慘不忍睹的屍體擊去，只聽得「哧！

咻！」一陣響，那屍體卻是在瞬間給消失無蹤了。

呂青可是看得連心都快跳出來了，他生平所見高手也算不少，可像項思龍這般能用氣勁把人體化為氣體的武功卻還是第一次見到，本以為水月宗師可天下無敵了，這刻見了了因和項思龍分別顯露的一手，方知人外有人，天外有天，武學之道當真是深不可測。

項思龍見了呂青駭態，知軟硬並施的火候已是徹底震懾住對方了，當下對呂青拱手道：「好，在下還有其他要事去辦，咱們就此別過，其他事宜，待日後相見時再行相商！」

呂青聞言斂神回來，愣愣道：「那今後怎與少俠聯繫？」

項思龍淡淡道：「有事時，我自會出現的！告辭了！」

言罷也不理會呂青，向了因和神水宮主打個招呼，出了這官府。

三人漫無目的的在街上走著，了因大笑道：「痛快！那呂青當時都快被咱們嚇得屁滾尿流了！水月宗師也是，只聞得公子聲音便嚇得開溜了，你算哪門子的東瀛第一刀嘛！」

項思龍破壞了呂青與水月宗師的合作也是大感心懷暢然。不過被水月宗師給見機逃脫卻也甚感遺憾。這魔頭竟能憑自己身上釋發的氣機認出自己來，倒也確有幾份真功夫。不過看他留書卻似知曉了自己身分，是毒手千羅告訴他的！還是他對自己有所顧忌？

管他的呢，這宗魔頭自己一個也不會放過。

只要是欲在中原武林掀起風雲的，就都是自己敵人！

其實武林與政治總是有著密不可分的關係的。自己只有先除魔衛道讓中原武林歸入正軌，才可讓歷史有所保障。要不那些心懷野心的權貴王侯，他們收買各方興風作浪的武林魔頭，那可正是一大隱患！只有武林大一統正道發揚光大了，政治才會穩定！當年赤帝與魔師風赤行決鬥可也不是懼怕武林魔道勢力顛覆他的政權。就是在現代各國也總是利用軍政力量剷除各種邪教組織，可也不正是為了維護國家的政治穩定，所以只有先消滅武林魔道勢力，才可讓歷史步入正軌，尤其是在戰亂四起、動盪不定的古代！

心下想著卻突又想到了項羽，他隻身暗闖江湖可也不正是為了平定江湖紛亂！只是孤身一人卻太過危險了！現今又正是各路魔頭紛出，中原武林最是危機四伏的時候。

不行，自己再遇著項羽時可得勸他回到軍營中去！要不他萬一出了什麼事，那中國的歷史可也就亂套了！

怔怔想來，不覺又是一陣心煩意亂。

血魔！柳生青雲！風赤行！有種的你們就不要鬼鬼祟祟的搞什麼陰謀詭計，有種的就與老子大戰一場吧！老子可實在是沒得多大功夫陪你們玩了。

歷史已是進入楚漢相爭的開局時期，只要戰幕一拉開……

項思龍只覺心中有一團火在湧動，突然間他好想與人打架！

就在這時，突只聽得神水宮主驚呼道：「任大哥，快閃！」

項思龍正沉浸深思之中，有些心浮氣燥的，突聞神水宮主這聲驚呼不由吃了一驚，人剛斂回神來時，卻見一陣重兵當頭向自己劈來，跟著聽得有人喝道：「好賊子，給貧道躺下了！」

這一劍來得甚是快捷，氣勁也是非同小可，慌亂危急之中，項思龍突發左掌往對方擊來兵刃上一按，一個借力禦力身形横向移開，讓得對方的這一記突襲落空。

那出手襲擊項思龍的人見項思龍居然能如此從容的避開自己一招重擊，也是大出意料之外，忍不住「咦」的一聲，喝道：「果真有兩下子，難怪敢如此膽大妄為！」

項思龍避開對方一擊，待穩得身來時，舉目向來者望去，卻原來是青松道長，在他身後就跟著向問天、圓正大師、上官蓮等一眾三十行人，當下心中的怒火頓然消去，衝著青松道長苦笑道：「道長別來無恙？不知何故如此火氣的突對在下出手？」

青松道長怒目圓瞪的冷哼一聲道：「你自己作下了惡事自己心裡有數，卻還要問貧道？上次枉貧道等信了閣下的話，四處查探玄冥二老是否當真出了大漠，心裡還想著與閣下交個朋友呢！不料你這賊子人面獸心，當真禍害我中原武林的卻是你！」

項思龍丈二和尚摸不著頭腦的不解道：「道長何出此言？在下行事一向光明磊落，自問沒作個什麼惡事，道長怎地突對在下如此惡言相向？聞武當逍遙派、嵩山太平寺和五岳劍派乃中原武林的三大泰山北斗，屬明門正派，今次道長怎也不問情由不問是非，乘人不備時，向在下偷偷摸摸的忽施襲擊呢？難道這也算是各門正派的行徑嗎?道長要教訓在下,卻也需先說出個理來啊!這般待人卻實在教人心中不服!」

青松道長冷聲道:「伶牙俐齒!對付邪魔歪道的人卻也是顧不及江湖規矩的!惡賊你納命來吧!」

話音一落,又已揮劍向項思龍襲到。項思龍雖是武功高絕,卻是不敢向青松道長出手,當下又只得苦不堪言的閃身退避,口中同時大叫道:「道長對在下有什麼誤會,還請照實說來嘛!咱們不必動刀動槍的,以免傷了和氣!」

上官蓮此時也加入圍攻項思龍的戰團,冷叱道:「誤會?華山派數百名弟子之死會是誤會?閣下好毒的手段!說什麼來中原是為了尋什麼師門重寶聖火令,卻原來是窺視我中原的魔帥鷹刀!」

項思龍聽得心下一沉,驚聲道:「老夫人此語何意?閑雲道長遇上你們了嗎?他難道沒有告訴你們華山滿門是被東瀛刀客水月宗師所殺的?我看,你們真是誤會了,這事在下卻很清楚,今早在下還送了閑雲道長他們一程,著他上武當的呢!」

向問天這時也拔劍加入,冷笑道:「這事你當然最是清楚了!我們誤會你?

閑雲道長親口說出的，滅華山派滿門者是閣下，難道還錯得了嗎？惡賊，廢話少說，你償命吧！」

項思龍這下可是有嘴說不清了，三大高手圍攻，自己又不能出手還擊，壓力可是不小，但邊閃邊退之中卻還是開口辯白道：「大俠此言當真？你就著閑雲道長來親口對質吧！如他真親口說在下是殺人兇手，，那在下自是多辯無益了！」

青松道長劍勢愈來愈猛愈來愈疾。卻見項思龍在自己三大一流高手的圍攻之下，卻只守不攻，且還顯得遊刃有餘，心下不禁暗暗大是驚駭，不過卻也更信了華山滿門是死於項思龍手下的！想華山派乃五岳劍派中力量位居第二的一大分支，武功在中原武林也是獨秀一枝，一般高手別說是殺華山滿門，就是要闖上華山卻也是不大可能的，只有身手絕頂之人，才有滅華山的能力，眼前這少年卻定是真凶了！

心下想著，口中卻也怒喝道：「閑雲道長已被你殺人滅口，自是無法來對質了！不過殺人兇手是閣下卻是閑雲親口告訴我們的，在他還有話要說時。卻終因傷勢過重死了！惡賊，看你外表堂堂，卻是心如蛇蠍！今次你可得還個公道！」

了因和尚見項思龍在三大高手圍攻之下已處下風，不由又驚又惱，破口大罵道：「我操你奶奶的十八代祖宗。你們這幫小輩誤中敵人奸計，卻還真當了聖旨。我家公子為了對付各邪派魔頭，已是絞盡心血，卻還要受你們這幫小輩的氣！血魔出世，你們狗屁不知。柳生青雲和水月宗師一眾東瀛魔頭已入中原與那什麼楚懷王勾結，你們也大眼瞪小眼！

「還有啊，玄冥二老已成血魔手下，魔帥赤尊門的影子殺手毒手千羅和冷血封寒也已重現江湖……甚至魔帥風赤行尚在人世。江湖傳言鷹刀將現華山之說有可能是個陰謀……你們這幫膿包卻知道個鳥啊！跟我家公子過不去，逼惱了他，他一拳頭就可以擊殺你們當中任何一人了！不信是不？老衲也乃公子一介僕人，看我這記獅子吼，你們當中有幾人能夠接下？」

言罷突見了因張口，縱聲長嘯，在場所有人都不由身子一震，一個個張口結舌，跟著臉色變成痛苦難當，宛似全身在遭受苦刑。連正在打鬥的項思龍也覺一陣心浮氣動。青松道長、向問天、上官蓮三人眉頭緊皺，終是苦不能忍的盤地坐下，運功和嘯聲相抗。一些功力較弱者，額頭上已是黃豆般的汗珠滾滾而下，臉上肌肉不住抽動，顯是受不了了因的嘯聲。

項思龍手中一鬆大舒了口氣，見是不少武林好手已是面現痛苦，又想著這裡是鬧市，當即衝了因大喝道：「夠了！你想鬧出人命來啊！他們全是……好人哩。」

了因聞言止聲，卻是環視了一下正在運功抵抗自己獅子吼功的眾人，冷哼了一聲道：「這些小輩不識抬舉，理應懲戒一下的！」

項思龍擔心道：「你那怪叫不會傷了眾人吧？」

了因嘿嘿笑道：「不會，不過功力較淺者卻是數日耳朵都會嗡嗡哄響，不得安寧了吧！他們終是中了敵人奸計，我怎會殺人呢？」

項思龍放下些心來沉聲道：「他們所言定是非虛，不過閑雲怎會說我是殺人兇手呢？難道……有人冒充我行兇？」

了因罵了聲道：「他奶奶的，一定又是水月宗師這廝！他們東瀛有一種忍術可以讓人產生幻覺，叫作迷幻大法，施術者可以讓對手產生如他心中所想一般的幻覺，定是水月宗師昨晚趕追去對閑雲施了這種忍術，而後故意待他與青松老道他們相遇，待閑雲希裡糊塗的說出幻覺後再出手殺了他滅口，以免他幻覺消失後吐出真相，那他這栽贓嫁禍借刀殺人之計就不靈驗了！這狗日的可當真陰毒！」

項思龍點了點頭卻是疑聲道：「但是水月宗師卻是到底如何知道我的身分的

呢？難道是血魔告訴他們的？這內中的複雜看來可真是讓人頭痛呢！但願不是最糟猜想是好！」

了因色變道：「少主是懷疑血魔、柳生青雲、水月宗師、玄冥二老，甚至毒手千羅他們已是聯合起來了？這……」

了因話未說完，突聽得水月宗師的陰冷聲傳來道：「老禿驢，你猜對了！」

第八章　魔蹤俠影

項思龍聞得水月宗師的聲音，心下殺機大起，但目光觸及被了因獅子吼功震傷的青松道長等人時，卻又不由大是焦急。

水月宗師乃自己手下敗將，這下敢上門叫陣，自是有恃無恐，難道……是柳生青雲和血魔他們也來了？這……

一陣心慌意亂下強抑情緒，當下沉聲道：「閣下裝神弄鬼、縮頭縮腦的幹什麼？有種的就現出身來單挑……」

水月宗師聲音由遠而近的傳來道：「誰說老夫縮頭縮腦了？小子三番兩次的阻礙老夫好事，今次老夫是來送你見閻王去的。」

了因猝罵道：「聽了我家公子的聲音就聞風而逃的傢伙，也敢說這等大言不愧的話？真不怕大風閃了舌頭！」

這時另一個混沉的陰冷聲音傳來道：「老禿驢，你師父都已魂歸極樂了，你還活著幹什麼呢？應下地獄去服侍你師父才對！」

話音剛落，一道狂猛氣勁已是破空呼嘯著向了因擊來。

了因大吃一驚，忙也揮掌發出一道掌勁，口中同時叱喝道：「閣下一出手就施偷襲，算得哪門子的英雄好漢？」

言語間，兩道氣勁相觸，頓然發出「轟！」一聲巨響，了因身形被震得「蹬蹬蹬！」連退數步。

項思龍見了心下狂震，知道對方果是有大魔頭現身了。

對方人未現身，聲發勁出凌空擊的一道氣勁，竟能把了因全力一擊下仍給震退數步，可見不是柳生青雲便是血魔！

現在該怎麼辦呢？單打獨鬥自己並不懼對方，可現在卻要顧及上官蓮等人。這……看來此戰只可智取不可力敵，說不得只有強壓心下衝動甚至要委屈求全了，要不……

心下想著，水月宗師已是現身出來，在他身後還站著三人，其中一人頭髮披肩，遮住了面目，身著一身黑色長袍，全身上下釋發出一股森寒的陰邪之氣。另外二人也是長髮散披，雙目厲芒灼灼，卻無一絲人性之意，似有若野獸的凶光，面部毫無表情，讓人一看也就知道是兩個冷血式的絕頂殺手級人物。

那身著黑色長袍的怪人緩緩抬起頭來，長髮被風拂起，露出一張陰冷蒼白的慘臉，一雙鷹目發出的冷光讓人見了就不覺一陣心悸。只見他先是望了因一眼，又轉向項思龍，盯了他好一陣，才再轉向了因，用著有若發自地獄的冰冷聲音道：「老和尚，能接下本座一記十層功力的劈空掌勁，也確是不枉無極老和尚的多年栽培了！不過你比起你師父還是差了一大截！想當年你師父東渡至我東瀛講習佛法時，本座曾與他交過手，能與本座拚個不相上下，看來中原武學真是後繼無人了！」

了因倒抽了一口涼氣，卻又是冷哼道：「你東瀛武學本源自我中原！柳生青雲，你不要那麼目空一切才是！我中原武學博大業深，老衲只不過習了其中九牛之一毛，可不能代表我中原武林的全部！不要以為可勝老衲，便狂妄自大，我中原武學後輩之秀可是層出不窮！就是我家公子就是非你能敵！」

黑袍怪人這刻把目光又移向了項思龍，冷冷道：「聽說閣下乃迴夢老人的高足，連血魔這老怪物也重創在閣下手中，想不到竟是個如此俊美的後生小輩！只是可惜啊可惜，閣下今次卻也要命送黃泉了！」

說著目光不經意的掃視了一眼盤坐地上的眾人，接著又道：「好人不長命，禍害遺千年！此乃你中原的千古名言，閣下幹嘛要做好人呢？為了救你這些武林同道，想來閣下不會沒有自知之明的吧！只要你束手就擒，本座可以向你擔保絕不傷害他們分毫，並且會奉上他們所中七步絕命散的解藥！否則……想來閣下可以想像會是一種怎樣的局面吧！嘿嘿，這可也得謝了因老和尚了，他那聲獅子吼剛好激發了小徒水月宗師給他們下的七步絕命散，要不本座也不敢如此膽大妄為的來動連血魔也敵不過的少俠呢！」

項思龍聽得心下又驚又惱，卻還是沉聲道：「閣下到底想怎樣樣？請劃下道來吧！只是在下想不到像閣下這等一代宗師級高手，也會耍這等小人行徑的手段！在下可真看高你了！」

黑袍怪人毫不為之所動的仍是面無表情的道：「為達目的，不擇手段！這可也是你中原人的名言！

「本座本乃魔道中人，行事又何必講什麼江湖道義呢？本座做事從來不無備而行，閣下武功連血魔也敵不過，本座為了明哲保身，自也不得不使些手段了！不過本座向來言出必行，只要閣下不反抗的跟本座走，本座絕不會傷害他們，可任由他們離去，並且給他們解藥！」

項思龍沉吟不語時，神水宮主大叫道：「任大哥，不可答應他！咱們跟他們拚了，也好過苟且偷生！」

大叫同時嬌軀衝出，向黑袍怪人衝去。黑袍怪人冷喝一聲：「找死！」袖袍一拂揮出一道氣勁向神水宮主衝來身形迎擊過去。

項思龍見了大吃一驚，頓然也揮出一道掌勁接下了黑袍怪人這一記袖拂，同時閃至神水宮主身前，一按她酥肩道：「小妹，不可莽撞！」

黑袍老者被項思龍這記掌勁震得身體微微晃了兩晃，待穩住時臉色大變的驚聲道：「乾坤大挪移！」

項思龍冷冷道：「不錯！正是乾坤大挪移！」

黑袍老者目中露出既恐怖又興奮的目光，顫聲道：「你已經練成了魔帥風赤行天命寶典中的所有功夫？」

項思龍淡淡道：「你難道還是這麼怕魔帥風赤行？他不是已經死了嗎？」

黑袍老者脫口道：「誰說魔帥死了？他……」

說到這裡頓覺自己失言，突地止住轉口道：「本座沒有那麼多的時間陪你囉嗦了！如做好了決定就自行封住氣海、膻中、玉枕三處氣門穴道，本座也依諾給他們七步絕命散的解藥！」

項思龍已從黑袍老者口中套知魔帥風赤行當真未死，不由心下狂震，看來自己的推測是未錯的了，魔帥鷹刀的風波果是風赤行所玩的一個把戲！

中原武林確是危矣！

現在該怎麼辦呢？自己難道真的向對方束手待縛？

這……如果自己……完了，那還有誰能對付這幫絕世魔頭？

可……自己如與對方抵抗，青松道長他們……

項思龍只覺心下一片凌亂，雖是氣恨得咬牙切齒卻又無可奈何，現在主動權可是全落在對方手中，大魔頭畢竟是大魔頭，心機確是深沉得可怕！

想自己來到這古代三年多，雖是遇到不少挫折，但從無像今次這般束手無策的！

可惡！老子就不信憑我項思龍這超時空的現代人就鬥不過你們！好吧，大丈夫能屈能伸，現在老子就暫向你們低頭！只待本少爺一脫困，不對爾等狗賊大開殺戒才怪。

想到這裡，項思龍暗一咬牙，果真出指封點了黑袍老者提出的三處氣門大穴，接著冷視了對方一眼沉聲道：「現在可以給解藥了吧！」

黑袍老者目中閃過一絲興奮之色，卻果也爽快的自懷中取出一個玉瓶，拋給了因道：「紅色內服，黑色外敷，三個時辰後他們體內毒質就可化解！」

言罷又凌空射出數道指勁封點了項思龍身上的幾處大穴，接著神態倒是恭敬客氣的對他道：「任少俠，請了！」

項思龍坦然自若的向黑袍老者走去，行得數步，了因卻突又衝出阻住他哽咽道：「公子，你……可要保重！」

項思龍輕輕的點了點頭，淡淡笑道：「我不會有事的，想血魔一記十重天功力的陰魔功也沒能要了我命，區區一個柳生青雲又算得了什麼呢？說來他還是我的師侄呢！量他對我也不敢怎樣！放心吧，如我出了事，那這天下可也真是沒了正道了。柳生青雲眈視的是魔門寶錄中的武功，他只是想利用我罷了！」

頓了頓接著又環視了一眼已被神水宮主餵服下解藥的眾人，語氣凝重的對了因道：「他們可就全交給你了！絕計不可讓他們有什麼閃失！否則我回來絕饒不了你！」

了因含淚應承，黑袍老者這時又催促道：「還有什麼要說的沒有？若沒有了的話，咱們就快些上路吧！」

項思龍轉身狠瞪了黑袍老者一眼，冷聲道：「閣下不要這麼得意，待下次你們如落入本公子手中，我定要教你們求生不得求死不能，最後再將你們放入鼎爐之中，讓你們神形俱滅而亡！」

黑袍老者嘿嘿怪笑道：「以後的事情以後再說吧！現在是閣下落入本座手中，最好不要說這等狠話，否則本座……」

黑袍老者這話音未落，突聽得坐地運功的上官蓮聲截口道：「任少俠不可向對方妥協！老身等死不足惜，可少俠如為了救老身等這眾無能無得的老糊塗而喪命，那……我中原武林可真要陷入萬劫不復之境了，這叫老身怎向龍兒交代啊！少俠乃我中原武林的希望，老身等誤中敵人奸計誤會少俠了，承蒙少俠不計前嫌鼎力相救，不勝感激！不過凡事應以大局為重，少俠三思了！」

話剛說完，身形突地凌空而起向黑袍老者射去，她身旁的天絕地滅二人也似與上官蓮有了默契似的，同時向黑袍老者射去。

黑袍老者見了嘴角泛起一抹陰笑，冷聲道：「爾等找死，可怨不得本座違諾痛下殺手了！」言語間身形也告衝出，向上官蓮、天絕、地滅三人迎擊過去。

同時對身旁的兩個冷面老者和一旁的水月宗師下令道：「這幫不知死活的傢伙既不識好歹，你們就成全他們吧！所有人，一律格殺勿論！」

兩冷面老者和水月宗師得令，頓然拔出兵刃向坐地運功療傷的眾人衝殺過去。此時青松道長、圓正大師、向問天、孤獨驚鳴等一眾高手已是運功化毒完畢，頓忙出手迎擊。了因和神水宮主則飛至項思龍身邊出手欲為他解穴。

黑袍老者一邊迎擊上官蓮、天絕、地滅三人，一邊衝了因冷笑道：「老禿驢，你省省力氣吧！他已被本座的獨門點穴手法鎖筋封脈大法封鎖住了全身的二十大經脈，除非是本座親自為他解穴，否則大羅金仙也解不開本座點穴手法，反是胡解亂解，說不定會弄至他經脈倒流，那可是會傷了他內臟了！」

了因和神水宮主聞言頓然停住了解穴動作，卻是急得如無頭蒼蠅般手足無措，倒是項思龍甚為平靜，只是衝著黑袍老者柳生青雲一字一字道：「老傢伙，你違背諾言，本公子今日要把你挫骨揚灰！」

黑袍老者冷笑道：「小子你現在已成了個廢人，還發個屁狠啊！待本座殺光了這些礙手礙腳的傢伙再來對付你，到時看你還能狠到哪裡去！」

項思龍卻是突地目光大熾的冷笑道：「鎖筋封脈大法對付別人或許還可以，但要對付本公子麼？閣下卻是打錯算盤了，因為本公子已練成了赤帝天命寶典中的移穴轉脈大法，這可正是魔師魔門寶錄中鎖筋脈大法的剋星，當年風赤行也正是錯算了這一著，才敗在赤帝手中的！老傢伙，別忘了本公子是迴夢老人的弟子，而迴夢老人則又是赤帝和魔師的師父！」

項思龍這話一出，柳生青雲是臉色大變，而了因和神水宮主則是齊聲歡呼，雙雙投入了對付水月宗師和兩冷面老者的行列之中，青松道長等也是精神大振，再加上又添高手相助，頓時扭劣為優，把水月宗師三人殺得手忙腳亂連連敗退。

此時上官蓮等三人卻是明顯的處於下風，天絕地滅二人為了保護上官蓮已是連連中招，口角溢血漸漸不支了。

項思龍驀地狂喝一聲，身上氣勁頓然四射，穴道一解雙掌隨即揮出，把解穴迸發出的氣勁集凝成一道真氣向柳生青雲飛射而去，同時身形沖天而起，衝上官蓮等人大叫道：「夫人，你們暫且退下歇息一會吧！這傢伙讓在下來解決好了！」上官蓮、天絕、地滅三人已實在不支，聞言頓也真退下陣來。

柳生青雲則為避項思龍擊來的真氣飛龍而身形暴退，口中同時發出一聲厲嘯似是向援手呼喚，可對方卻是遲遲沒有回音。柳生青雲這倒才真急了，口中低罵著什麼，額上已是冒出汗來，在項思龍身形逼至時，突地駭極大口叫道：「少俠饒命，在下並不是真的柳生青雲，而是他的一個替身！」

項思龍聞言心下一震，看這黑袍老者一掌能震傷了因和尚，卻又怎會不是柳生青雲呢？

要是柳生青雲的一個替身就有如此功力，那柳生青雲豈不更是厲害至不可想像的境地？不過看這黑袍老者在對付上官蓮、天絕、地滅三人時卻似功力突地大打折扣，卻又不像說的假話，要不他們三人應早就沒命了，還哪能待得自己施出移穴轉脈大法解去被制穴道和經脈？

這內中到底是在搞什麼鬼呢？難道是想試探自己實力？

好一個狡猾的柳生青雲！我項思龍一定要先宰了你！因為你這傢伙比血魔可更有心機也更危險得多！

嗯，待擒制住這假柳生青雲和水月宗師他們，看能不能從他們口中問出些真柳生青雲下落及動機的消息來！

心下想著，當下一撤掌力改掌為指封住了假柳生青雲身上的數個大穴，飛身過去一把擰起他來交給神水宮主道：「看住他！」言畢同時衝青松道長等道：「這三個傢伙由在下來收拾好了，諸位請退下歇著吧！」說著雙掌化出一道道圓圈，發出數道圓形掌勁，再狂喝一聲，施出學自孟姜女的音波功，把掌勁化作一道無形聲波向水月宗師和兩冷面老者擊去。

項思龍的功力今時可是今非昔比，比以前不知強盛了多少倍，功力聲波威力可想而知，連水月宗師這東瀛第一狂刀客也被震擊得身體如斷了線的風箏般向後暴飛，手中彎刀也告脫手跌地，待落至地面時已是震成碎片，另兩個冷面老者則更是口噴鮮血，跌翻在地昏了過去不知死活。

青松道長、圓正大師、向問天等人都看得呆了，這年輕人到底是何來頭的高手，自己數十人圍功水月宗師三人一時都討不了絲毫好處，可他一出手就打得對方人仰馬翻一敗塗地！

幸得他不是自己等的敵人，要不中原武林可真要遭空前浩劫了！

先時的誤會可真讓得自己等不好意思，幸好對方寬宏大度不計前嫌，反是冒死相救自己等，這年輕人可真是中原武林的福星啊！

在眾人癡癡想著時，項思龍卻是一步一步逼近了已是臉無人色的水月宗師，冷冷道：「華山派跟你我無怨無仇，你卻為何要對他們趕盡殺絕？說，你們到底來中原有什麼圖謀？如從實招來在下或許還可留你狗命一條！否則就要你碎屍成萬段死無葬身之地！」

水月宗師全身一陣劇抖，身體幾欲跌地，目中盡是駭然之色的呆望著項思龍，似是沒有聽見項思龍的問話般靜墨無語。

了因和尚衝上前去「啪啪啪」的連打了他幾記耳光，接著也問道：「我家公子問你話呢！怎麼不回答？聾了嗎？方才還得意洋洋的，現在卻成了個龜孫子！」

水月宗師被打回了心神，卻是慘然一笑道：「是師爺拋棄了我們！想不到我水月宗師一生為師父拚死拚活，到頭來卻落得個如此下場！」說完突地猛一咬牙，過得片刻，嘴角溢出黑色血來，在身體向後倒去時還在喃喃自語道：「師父，徒兒這下不欠你的了！我好累，現在終於可以休息一下了！」

剛一言畢，只聽「撲通」一聲，水月宗師的屍體倒在地上。

項思龍看得怔了怔，這水月宗師倒也是條漢子，竟是咬破藏在牙齒中的劇毒自盡了！不過不管他本性善不善良，還是後天柳生青雲對他的教導使得他成了個冷血殺手，這傢伙一生作惡想必極多，死了卻是最好！單是他滅華山滿門這一點，自己即便廢了他武功放過他，其他人卻必定不會放過他的吧！這傢伙自盡其實也是有自知之明，如此還可落得個全屍呢！要不可能真是被碎屍萬段吧，遺憾的是，他死了自己就少了條獲知柳生青雲這魔頭下落的線索！但除去了他，也等若砍去了柳生青雲的一條左臂右膀，卻也還是一大收穫吧！

他奶奶的，柳生青雲這老魔頭訓練出來的弟子可真夠殘酷的，不但是對他人殘酷，對自己也照樣殘酷！

由此可見，柳生青雲是多麼可怕的一個大魔頭了！難怪他能被魔帥風赤行欣賞，成為了他得力戰將！

心下想著時，了因檢視完了兩個冷面老者的情況，上前回報道：「公子，那兩個傢伙被你一拳打死了！真是不中用！」

項思龍不置可否的點了點頭，走到被神水宮主押著的黑袍老者身前，語氣緩和的道：「只要你跟我們合作，在下一定不會取你性命！否則……你知道會是什麼下場的了。」

黑袍老者連連點頭，沙啞著喉嚨道：「少俠有什麼話但請問來就是，在下一定知無不言，言無不盡！」

項思龍道了聲「好」道：「在下先想問你的是柳生青雲此次入中原到底有什麼動機？他有沒有與血魔他們商談合作計畫？魔帥風赤行是否真在人世？魔帥鷹刀的傳聞又到底是怎麼一回事？嗯，還有你的身分和你們的黨羽人數，這些最好都能詳盡如實的道來，在下可酌情對你從輕發落。」

黑袍老者沉吟了片刻道：「少俠提出的這些問題，我不能一一答出，不過據我所知，是在三年前柳生青雲突地收到一封飛刀傳書，內中寫些什麼沒有第二人知曉，不過沒多久，他便派出了他首席得力徒弟水月宗師深入中原為他去辦一些事情。這事甚少人知，可我因身為他的同門師兄，所以很得他重用，在今次他入中原時，我也被他選中了，所以他對我坦言相告說，今次重入中原乃是因魔帥傳召，並說水月宗師已在中原作好了初步準備工作等等一些我也聽來似懂非懂的話。

「我們一行隨柳生青雲入中原有十二人，都是柳生青雲在我東瀛國內選拔出的一流好手經他親自培訓的。入了中原後，柳生青雲把我們安排在這鎮集臨海的一處秘密地下室內，著我們不可隨意外出，只有他和水月宗師則是常常一出去就是十天半月不回。

「前日我們避在海邊秘室的十來人突得水月宗師說要有行動，當夜他領我們上了華山去大開殺戒，隨後又著我們跟去殺了閑雲他們一眾人。待我們回到海邊秘室時，柳生青雲已到那裡了，他著我和另兩人隨水月宗師去完成一宗任務，就是來擒少俠，水月宗師說他已安排好了一切，並且教了我對答，接著柳生青雲給我服了一顆增功丸，可以讓人功力在片刻間提升數倍，但只能維持六個時辰……之後的事情就是遇到少俠後的情況了……我……我所知的就這麼多，還求少俠饒命！在下所作所為都是受柳生青雲指使的！」

聽得黑袍老得說了這麼多，項思龍也沒聽得一點有價值的線索來，看來這黑袍老者只是個糊裡糊塗的殺手而已，自己是從他口中問不出什麼來的了，但還是加重語氣再問了一句道：「你真只知這麼多？若有半句假話……」

項思龍的話還未說完，黑袍老者就已惶急的截口道：「少俠，我真只知這麼多！我沒有說謊騙你！你放過我吧！」

項思龍點了點頭，卻是淡淡的道：「好，我放過你。不過死罪雖免活罪難逃，你參與過屠殺華山派的行動，那麼就廢去你一身武功，砍去一隻手一隻腳吧！」

說著轉向青松道長道：「掌門，這傢伙交給你處置了！」

黑袍老者嚇得哇哇大叫，圓正大師這時上前來對項思龍合什行了一禮道：「先前對少俠多有誤會，還望少俠多多見諒！」

項思龍笑了笑道：「大師不必多禮，現在誤會已消，自也就沒什麼的了。現在群魔紛出，大師等應不可冒然單身行事，依在下之見應聯合中原武林各方力量組建一支抗魔聯盟，痛下決心苦練武功才是！至於魔帥鷹刀，在下看來定是敵方陰謀，大師等最好置身事外，以免中了對方奸計，在下會盡力追查此個中究竟的，待有了結果定當上門向諸位傳報！

「噢，這裡有三部武功秘笈，乃大師太平寺、青松掌門逍遙派及向大俠五岳劍派的遺學，被在下偶遇間得到，現把它們歸還幾位。望諸位好自為之！在下還有他事在身，這便告辭了！」說著向圓正大師等一拱手。向了因一使眼色，示意他為自己解圍，不想了因卻道：「圓正大師，我家公子奉送的乃是無極禪師所遺的武功手勢正本，內中記錄了無極禪師的畢生武學精華，你可要好生研習了！」

圓正大師聽得全身一顫，激動的自項思龍手中接過三本武功秘笈，翻看了屬於己派的那一冊，顫聲道：「真的是我太平寺失傳的上古絕學！啊！易筋經！洗髓經！羅漢陣！這……多謝少俠贈書之恩了！」

說著竟是老目一紅的向項思龍跪了下去，慌得項思龍手足無措的忙上前扶起圓正大師，口中連連道：「大師不必多禮！在下怎受得起大師此等重禮呢！此乃貴派之物，在下只不過是物歸原主罷了！只要大師發揚光大了貴派武學，想來無極禪師在九泉之下也可瞑目了吧！」

圓正大師再次全身一陣劇顫，失聲道：「師祖他老人家已經仙去了？少俠此消息可是屬實？」

項思龍自知自己失言，只得半真半假的回答道：「在下也是從血魔口中得知的！不久前在下與這魔頭相遇，還與他大打了一場呢！」

項思龍這話更是讓得圓正大師大驚失色道：「血魔已經脫因了？那師祖他們……豈不全都遇難了！」

這下可是老目淚如雨下泣不成聲，口中連連哽咽念起佛號。

項思龍心下也是一陣神傷魂斷，卻如實地點了點頭道：「據在下所知是這樣了！現在血魔復出，柳生青雲重入中原，還有個什麼玄冥二老和那什麼烏巴達邪教，並且魔帥風赤行也有可能仍在人世，在下也已見過魔帥赤尊門的頭號影子殺手毒手千羅，並且據他說另一赤尊門大魔頭冷血封寒也仍在人世……中原武林形勢可謂嚴峻至極點……」

說到這裡，心情沉重得讓他再也說不下去了。

了因和尚卻是接著道：「你們這些小子可要團結一致閉門苦練武功，對付血魔幾個大魔頭，我家公子會著手去管的！」

圓正大師平緩了一下情緒，又喧了聲佛號，神情嚴肅的對項思龍道：「少俠宅心仁厚為我中原武林安危擔憂，老衲謹代表中原武林全體同仁向少俠深表謝意了！今後少俠若有什麼吩咐，但請傳派下來就是，老衲等定鼎力相助！」

項思龍覺得再說下去自己的情緒有可能要失控了，當下深吸了一口氣平定了一下心神對圓正大師道：「在下本是中原男兒，自應為中原安危出一份綿力！好，不再多說了！諸位，咱們後會有期！」

言罷也不待眾人發話，身形已告縱起，了因和神水宮主見了忙道：「公子，等等我們！」話間也相繼跟上項思龍。

圓正大師喧了聲佛號，緩緩道：「我中原武林的希望就全落在那任道遠少俠身上了！唉，但不知他到底是什麼人呢？真的是波斯聖火教的教徒嗎？」

怔愣良久的上官蓮卻突地發話道：「我看他像失蹤的龍兒！」

項思龍匆匆與圓正大師、上官蓮等分手，心情顯得失魂落魄的，好不容易與姥姥他們重逢了，卻又匆促分離……

盈盈，碧瑩……她們現在可是都還安好？

為了這古代的歷史，自己付出的夠多了，但是也不知要到哪一天自己才可有寧靜的生活可過？

歷史……好是沉重的兩個字啊！我項思龍為了你可謂是嘗盡世上酸甜苦辣了……

還有五年！還有五年的楚漢相爭！

也不知自己這一切的努力會不會有收穫？還不知自己和父親項少龍這兩個現

代人在這古代的命運如何？

項思龍突覺得好想大喊大叫，發洩一下心中悶氣。

但是大喊大叫又如何呢？老天會幫你呢？還是能有他人為你分擔沉重的歷史與重任？都不能！

一切都得靠自己一個人去解決！

自己和父親項少龍的恩恩怨怨，劉邦和項羽的歷史私人感情的矛盾！現在還有中原武林的危機！

心下怔怔想著，一口氣項思龍也不知跑了多長時間到了何處。

神水宮主在背後嬌氣喘喘的道：「任……任大哥，你等一等嘛！小妹都跑得上氣不接下氣了！」

項思龍聞聲心神一斂，頓然停步下來，舉目一看卻見自己三人已馳至了一荒無人煙的山野之中了，兩旁全是怪石森立，山中林木無多，岩石全是赤紅之色，地面也是寸草無生。

此時天色又已暗了下來，項思龍心下一緊，回頭往趕上來的了因望去道：

「咱們馳至這山谷多長時間了？」

了因也顯得有些氣力不接的深吸了一口氣道：「已有兩個多時辰了，怕不已深入了數百里，也不知是什麼鬼地方了！本早想提醒公子的，但因見公子心情不好，所以也……沒吭聲了！」

項思龍警覺的側耳細聽了一下周圍狀況，面色一緩道：「這裡沒有什麼危險，很是平靜！」頓了頓摸著又問道：「此山谷是華山什麼方向？」

了因答道：「是西首，只不知這山谷是什麼山？我可感覺有些怪怪的，像是有什麼事情要發生似的！因為這感覺若血魔囚困萬劫仙洞時一樣，但卻又有些不同，似是那陰邪之氣更濃更深，這裡肯定是會有什麼怪物呢！」

項思龍聽得心下一突，倏地想起百曉生交給自己那副繪自魔帥遺書的路線圖，內中不是有兩句「赤石草無生，鷹刀法無邊」嗎？這……這可正應了眼前的景象呢！

難道……難道被自己誤打誤撞給尋到了魔帥鷹刀所藏之地？難道鷹刀傳說確是有其事？

難道這裡就是赤尊谷？

可……秘圖所記赤尊谷應在華山縹緲峰谷底啊！

項思龍面色怪怪地想著，突地只聽得「轟隆」一聲巨石撞地之聲傳來，接著隱約傳來一個聲音道：「費了九牛二虎之力尋找鷹帥鷹刀，想不到只是這麼一片光禿禿的空谷！難道是風赤行這老傢伙在故弄玄虛？可咱們得到的卻當真是風赤行的親筆傳書啊！他說誰先入赤尊谷誰就可得到他的寶刀，然咱們尋了差不多都快一天了，仍是一無所獲！」

另一個聲音傳來道：「青雲老弟，急什麼呢？咱們即便得到魔帥鷹刀那又怎樣？只要咱們二人聯手除去了迴夢老人這老傢伙的傳人任道遠，那中原武林還不是咱們的天下？嘿，你意在得到中原皇帝寶座，我血魔意在得到中原武林盟主的寶座，兩者利益互不衝突，只要你助我統一了中原武林，我定助你一統中原江山！」

先前那聲音道：「話是這麼說，可我柳生青雲投靠風赤行，就是為了得到他的寶刀和魔門寶錄！老哥你自所不知啊，風赤行的鷹刀裡藏有他自創的一套武功心法，堪稱魔門至尊，想來即便是傳鷹大師再世也不一定能敵得過他的這套種魔大法，此魔道至尊神功共有十式，當年迴夢老人也只會至第七式神魔劫。老哥不是就敗在了任道遠那小子此招上了嗎？可見此魔功威力有多厲害！不是小弟吹噓，即便老哥使出十二重天的陰魔功，恐也不是種魔大法九重天的敵手！當年赤帝和風赤行在華山之巔縹緲峰一戰，小弟曾親眼目睹過，當真是石破天驚，那威勢就是想像也想像不出！那時因風赤行尚未練成種魔大法第十式玄宇宙，所以敗在了赤帝劍魂心法天劍七式最後一式上！赤帝可是使出了看家本事，風赤行卻因狂妄自大不可一世，產生輕敵心裡，所以才至戰敗，遺憾終生！

「咱們都是練武之人，若是不能一窺這種魔大法，定會遺憾終生的！小弟雖對中原江山野心勃勃，但魔師鷹刀的誘惑卻是更大。如此生不能看看這種魔大法，小弟對什麼事都失去興趣了！所以小弟一入中原便去拜訪玄冥二老欲與他們聯手一起來尋魔帥鷹刀，因小弟可真怕那風赤行還存於世武功未失，多個幫手終是可靠些，不想卻遇上了血魔老哥，那可正是求之不得了，即便風赤行武功未失，憑咱們二人雖不能取他性命，卻可全身而退了吧！」

血魔的聲音顯出貪婪的意味道：「老弟此話當真？種魔大法真有你所說的那般厲害？老哥被你說得心癢了呢！不過老弟和玄冥二老怎都在三年前突收到風赤行的親筆傳書呢？並且還說要得魔刀去找百曉生。這內中又有何古怪？傳書之人是不是風赤行呢？這百曉生又怎會知鷹刀下落？」

柳生青雲的聲音也是疑惑的傳來道：「這個小弟也就想不明白了！不過有了老哥相助，天塌下來小弟也有恃無恐！但種魔大法的厲害之處，小弟卻是一點也沒有誇張！至於百曉生嘛，據小弟考察他體內境況，發覺他體內有兩股絕然不同的兩道正反內力，一道是華山派的純正內功，另一派卻是魔帥的獨門魔功。然百曉生的記憶中卻又沒有關於與魔帥接觸的印象。不過卻又有一道小弟的攝魂術所解不開的魔帥精神銘印，想是風赤行輸入了內勁至百曉生體內，且傳輸入了他的精神銘印至百曉生腦中，使他暫刻迷失神智去分別傳書給我和玄冥二老，待百曉生神智恢復後他便什麼也不知了！至於風赤行如此的動機和目的，小弟也是百思不得其解，要說他想尋位魔道傳人，卻為何獨選小弟和玄冥二老這與他素不相識的人呢？小弟當年雖得風赤行重用，但並不為他賞識！」

血魔「唔」了一聲，接著又道：「依我看百曉生絕不止老弟所說的那般簡單，他有可能與血魔有著親密來往，要不他怎可從咱們二人手底下逃走呢？」

柳生青雲沉默了一陣，卻是突地道：「不好！有人入谷！」

項思龍正凝神靜聽著二人的對話，突聞此言心下狂震，這柳生青雲好厲害！自己也是運起了全身的十層功力才聽到他們二人對話，想不到他竟也能側聽到自己三人入谷……

正駭然想著時，卻突聽百曉生的聲音傳來道：「老魔頭好厲害！」

第九章　小子福緣

驟然聽到百曉生的話音，項思龍是又驚又喜。

這小老頭既已從血魔和柳生青雲手中逃脫了，現在卻又為何送上門來呢？這不是自尋死路嗎？

難道百曉生真如血魔所說般，與魔帥風赤行有著什麼秘密關係？百曉生曾對自己說他搜尋這赤尊谷幾百年而沒有結果，現在卻怎麼突地尋來了這赤尊谷呢？

這……難道魔帥鷹刀的傳聞全是百曉生搞的鬼？這小老頭兒一直是深藏不露？如真是這樣，百曉生可真是個心機深沉的可怕人物了！這內中一定有著什麼重大的陰謀！

正如此想著時，另一個更讓項思龍心下狂震的聲音傳來道：「喂，小老頭，放開我！你不是說帶我去尋魔帥鷹刀嗎？怎麼卻是來到了這光禿禿的鳥不生蛋的山谷！快解開我穴道！」

「是項羽！是項羽！怎麼他……也來到這赤尊谷！」

難道自己的預感真要應驗了？項羽才是魔帥鷹刀的得主？

天意？是天意嗎？劉邦得到了赤帝天劍，項羽就要得到魔帥鷹刀？難道歷史又要讓赤帝和魔帥風赤行的歷史重演？

如魔帥鷹刀內真藏有柳生青雲方才所說的十式種魔大法心法，其威力可是有親身體會的，種魔大法七重天神魔劫已是可讓自己一舉把血魔這老魔頭擊成重創，若練至第十重天的境界，恐是自己施出迴夢心經最後一式破碎虛空與之拚來卻也不知誰強誰弱！項羽如得到魔帥鷹刀練成了種魔大法，那天下還有誰人能是他的敵手呢？歷史或許也會因此而遭受劫難！

現在唯一可望的是自己能奪得魔帥鷹刀讓它徹底毀去，不再遺禍人間了！可……有血魔和柳生青雲這兩大絕世魔頭在一旁虎視眈眈，自己能有希望得手嗎？

項思龍心念電轉地想著時，突聽得百曉生又發話道：「小子，火氣不要這麼大嘛！成大事者必須沉著冷靜才行，像你這般心浮氣燥的，還想當個屁的武林第一高手！相信小老兒就是了，我尋鷹刀傳人已是好幾百年了，好不容易尋著了你這根骨奇佳的小子，應是讓鷹刀出世的時候了，我不會騙你的！不過現在谷中來了兩個可做你這鷹刀傳人狗腿子的傢伙，你可得把他們收服了才是！

「為了讓魔帥赤尊門重見天日發揚光大，小老兒可是絞盡心血了呢！這兩個傢伙魔性甚深，正是做修練種魔大法爐鼎的上等貨色！只要你吸化了他們二人體內的魔功，那你就可練成種魔大法，無敵天下了！那時你想幹什麼就可幹什麼，全天下的武林高手都要臣服在你的腳下，可不知有多威風呢！嘿，即便是赤帝重生，想來也不會是小子你的敵手了！」

言罷驀地發出一陣震天狂笑，哄得整座山谷一片嗡嗡作響，功力之深，讓得項思龍也不禁一陣暗暗心驚。

這百曉生果也不是個如表面看上去那麼簡單的人物！

現在鷹刀風波的真相終於揭曉了，原來全是百曉生搞的鬼，他飛刀傳書給柳生青雲等一眾魔頭，原來卻是為了讓他們作修練種魔大法的爐鼎，以造就魔帥鷹刀的傳人！

至於引起中原武林各門各派對魔帥鷹刀的關注，卻是暗暗向中原武林告示，魔帥風赤行的傳人又將臨世了！

狂妄的百曉生，竟然敢同時向武林正邪兩道叫陣！

他給自己入赤尊谷的秘圖，想是也相中自己來作爐鼎！

一切全都是算計好了的陰謀！幕後主使者卻一定是魔帥風赤行！但不知這曾經叱吒風雲的老魔頭藏身何處？

在百曉生笑聲一止，柳生青雲失聲驚呼道：「魔帥！是魔帥的聲音！原來百曉生是魔帥風赤行的化身！」

百曉生這刻聲音一變，變成一個混沉陰冷的聲音道：「柳生青雲還是不愧是柳生青雲！還沒有忘記本座的聲音！好！很好！本座當年與赤帝老鬼一戰，你見本座勢劣，當即邪心一起，回返總壇盜走了本座練功秘室中的半冊魔門寶錄而後遠逸東瀛，可真是忠心耿耿呢！不過也幸得你盜走了半冊魔門寶錄，打下深厚的魔道根基，正好成了絕佳的爐鼎！哈哈，柳生青雲，你盜走半冊魔門寶錄是得逞了你向本座降服的多年心願，不過你卻是做夢也想不到這卻是本座事先的安排吧！

「本座尚未練成十重天的種魔大法去與赤旁老鬼決鬥，卻並不是本座狂妄自大，而是在我自創出十式種魔大法後，卻發覺憑自己資質是無論怎樣也突破不了第十式玄宇宙的了！最多只能練至第九式血蒼穹，如強行練下去必定走火入魔全身骨骼寸斷而亡，所以在練成第九式後決定與赤帝老鬼一決高下。

「本座與赤帝雖是同門師兄弟，但正邪兩派自古就誓不兩立，本座作為邪派至尊，怎可貪生怕死呢？那一戰我早就作好了失敗的一切準備，因為赤帝老鬼的武功我可深知，與他大大小小戰過百回每次都是我敗在他手下，那次我自也不會例外，種魔大法最後一式玄宇宙乃是全套心法的精華，乃全面九式合一而成，我自知我如練不成種魔大法第十式就決敵不過赤帝老鬼，但那一戰卻又是避無可避。所以我安排好了最壞結局的後事，就是在我練成種魔大法第九式時想到的修練種魔大法的速成辦法——以鼎造爐！

「我早就知曉了你柳生青雲向本座臣服的野心，但我之所以收留下你就是因為我看中你的魔性夠狠夠毒夠陰沉，同時資質也不錯！可惜的是你是東瀛人，本座又怎可讓中原武林落入異族之人手中呢？雖然本座是個邪派人物，但怎也不會做出叛國的過錯來！本座故意關閉了練功秘室的機關，並且只放了半冊魔門寶錄在裡面，我知道如果我敗在赤帝老鬼手中，你一定會背叛本座入密室盜取本座武功秘本的！果然不出所料，你盜走了秘室中的半冊魔門寶錄，並且潛回東瀛日夜修練，但你可知道本座讓你盜走秘笈，就是要把你培訓成修練種魔大法的爐鼎！本座在與赤帝老鬼決鬥前既已知自己必敗，自會安排好一切後事，否則還稱什麼魔界之師？

「我早就想好了保命方法和預算到了四千年後的今天，我魔帥風赤行必定可以借鼎重生，四千年，我等了四千年，現在鼎已造好，爐也找到了，就是我風赤行重見天日的時候了！哈哈，還多一個血魔！柳生青雲，你聰明一世卻也糊塗一時，以為約了血魔來，以你們二人之力就可與本座拚了嗎？真是天真想法，本座作為眾生魔界之師，天下魔道之人全歸本座統屬，魔性愈重之人卻剛好可以激發本座潛藏的魔帥之能，你約了血魔來，只是平白送給本座另一個好爐鼎罷了！小子，你可是有福了！」

項思龍聽了百曉生……不，應是魔帥風赤行的這一席話，不由心下狂震，原來百曉生是魔帥風赤行的化身，現在項羽糊裡糊塗的落入了他手中，這……項羽如真被風赤行……

柳生青雲此時也更是驚駭之極，顫聲道：「魔帥，原來……原來你真沒有死啊！這可太好了，屬下對魔帥一向是忠心耿耿，怎敢背叛魔帥呢？當年屬下拿走魔門寶錄也只是怕門主萬一……為防一些心懷不詭之人，乘亂偷走，所以拿去暫作管理，但對門主絕對沒有二心，在收到門主的飛刀傳書後，屬下激動得不知多少日夜睡不著覺呢！馬上東渡中原尋找門主下落，不想功夫不負有心人，終於讓屬下尋到門主了！哪，這裡就是那半冊魔門寶錄，現在屬下把它歸還門主！」

言畢從懷中掏出一本發黃的羊皮書卷，顫巍巍地向百曉生走去。百曉生卻是突地喝叱道：「站住！別人不瞭解你柳生青雲，本座卻是瞭解得很！想乘還書之機偷襲本座這傳人嗎？你這如意算盤卻是打錯了！」

話音甫落，卻見百曉生頭頂突地射出一道紅光，快捷無比地融入在百曉生身旁的項羽體內，驀然間只見項羽身上衣衫突地爆裂，身上紅色氣勁血射不止，雙目更是精芒大作，只聽風赤行聲音發自項羽口中哈哈狂笑道：「果是一塊上等佳材，竟能融入本座元神而絲毫無損，看來本座是選對傳人後繼有傳了！想當年百曉生何等英才一個，在本座元神融入他體內後，痛苦得慘叫了七天七夜，最後變成了那等一個小老兒！小子卻是完全融受了本座元神，不錯！不錯！」

又是一陣哈哈狂笑後，目光冷視了在地上已是昏迷過去的百曉生一眼，有些感情意味的道：「小老兒待本座心願了去之後，一定叫小子封你為我赤尊門的護教長老，也不枉你為本座東奔西跑這麼多年的辛苦！」

血魔這刻也發話道：「風赤行，你像是根本沒把老夫放在眼裡呢！哼，老夫比你可是大了兩層輩份，與你師祖傳鷹老兒平起平坐的！想當年老夫身入中原向你師祖挑戰，他對我可也是客客氣氣！你小子憑什麼這麼狂傲！」

「風赤行」冷冷笑道：「血魔老鬼，你三番兩次地來我中原興風作浪，本座在當年就想教訓教訓你了，怎奈藝業未成，所以忍了下來！問本座今天為什麼這麼狂妄？嘿嘿，讓本座的拳頭來告訴你好了！柳生青雲，你也準備接招吧！」

言罷，項羽身形倏地電射而出，有若一道勁箭般直向血魔衝射過去。血魔冷哼一聲道：「別人怕你風赤行，老夫可是不怕你！想當年你師祖傳鷹老兒也是直與本座拚鬥了千多招，才險險的勝了老夫一招，你一介後生小輩有何能耐？」

言語間，身形也告衝出，「鏘」地一聲腰間血刀應聲而出，一道凌厲無比的血芒逕自向項羽身形迎擊過來。

「風赤行」冷冷一笑，身形不變，只是在距離血刀氣勁時，突地衝出一拳，口中冷喝道：「還給你！好生接住了！」

卻見血刀氣勁與項羽拳頭相觸發出「噹」的一聲硬物相擊之聲，再倏地回轉，以比血魔發刀勁氣速度快上倍餘的速度直向血魔反擊過去。好強霸的拳勁！

血魔被「風赤行」這一招震得心下駭極，想他這一刀凝集了他全身十層功力的陰魔功，威力足可開山劈地，想不到「風赤行」竟以拳頭迎擊，且把自己發出刀勁給硬硬地逼返回來擊向自己，這份功力當真是當世無敵了！

魔帥果不愧是魔界至尊，確有通天徹地之威能！

血魔驚駭之下不敢大意，狂喝一聲提升了兩層功力，兩次發刀。「嗤！嗤！」只見兩道血刀氣勁絞擊在一起，進發出耀眼奪目的精芒，過了好一陣才「轟」的一聲，兩道氣勁終於爆裂。巨響聲中血魔身形向後暴飛，降落至身軀微抖的柳生青雲身邊，見了他那副熊樣，不由大火道：「你奶奶的，怕有什麼用啊！都是你害了老夫，說什麼得到魔帥鷹刀就可成為魔界至尊一統天下正邪兩道！我風赤行能這麼窩囊麼？還不快打點起精神來跟老子並肩子上！你想坐以待斃啊！」

血魔這陣大喝喝醒了柳生青雲，只見他深吸了口氣平靜心緒道：「老哥說得沒錯！咱們與風赤行拚了！」

「風赤行」負手而立冷傲道：「跟本座拚命？憑你們還不夠資格！本座不會取你們性命的，儘量放手過來就是！本座還要取你們畢生精血作爐鼎造就我的好徒兒呢！又怎會捨得讓你們死呢？本座要打得你們心服口服，乖乖的向本座俯首稱臣！只待我徒兒練成種魔大法……那這天下就是我赤尊門的天下了！赤帝老鬼，你當年打敗了我挑斷了我全身筋脈，廢了我武功，想不讓我魔道稱雄，但你卻又怎料得到在與你決鬥前，我已經施展魔門秘法，在你打敗我那一刻，把畢生精血轉嫁入了魔刀之內呢？你毀去的，只是我的一個空皮囊罷了！哈哈，我今天終於找到了傳人可以讓我魔道重臨天下了！赤帝老鬼，你終是沒能勝過我風赤行！道高一尺，魔高一丈！這天下終究是我魔界的天下！」

「風赤行」這一陣狂喊悲嘯，讓得剛欲動手與他拚命的血魔和柳生青雲二人給呆怔住了。這刻天空忽地一陣電閃雷鳴，狂風大作之下烏雲狂湧，不多時便是傾盆大雨如潑洩下。

但「風赤行」卻是連眉頭也未眨一下，只緩緩把頭仰起，突地又是一陣縱聲狂笑道：「連老天都震懾於本座虎威落淚了！世界末日……世界末日就要來了！」

「轟」的一聲巨大炸雷聲響起，閃電照在項羽身上，風赤行那魔帥霸氣讓得這西楚霸王更增不可一世的聲威！

血魔突地向「風赤行」跪下，口中喃喃道：「老夫服了！老夫服了魔帥了！你才是真正的人間之魔！魔道只有你才能發揚光大！魔帥有什麼差遣但請吩咐吧！就是赴湯蹈火，老夫也在所不辭！」說著「咚咚咚」地衝「風赤行」叩了三個響頭。

柳生青雲則是嚇得渾身直打哆嗦，也向「風赤行」下拜道：「屬下知錯了！請門主發落懲罰吧！」

「風赤行」再次一陣狂笑道：「好！好！識時務者為俊傑！你們作爐鼎犧牲了畢生精華後，本座會讓你們學魔門寶錄上的武功，同時每個人可得一粒九轉大還丹，讓你們擁有千年以上功力，也應足可傲視天下！」

柳生青雲聽了大喜，顫聲道：「多謝門主恩賜！」

「風赤行」冷冷道：「不要言謝得太早，待本座徒兒練成了種魔大法後再向他言謝吧！一切可是他作主呢！」

柳生青雲忐忑地疑聲問道：「門主此話……」說了一半卻是不敢再說下去了，因為「風赤行」凌厲的目光可盯著他呢！不過「風赤行」沉默了一陣，長舒一口氣緩緩道：「智者千慮也必有一失，本座當年雖逃過一劫沒有命喪赤帝老鬼劍下，卻是也受了他劍勁的嚴重一擊，破了氣門，元神匿入鷹刀之內，豈知鷹刀卻有傳魔師祖的精神銘印，就是那精神銘印讓得本座的精神實體給磨得只存一線了，本座已無再生希望，所以只得精挑細選傳人，讓本座的精神實體魔帥之能在他身上得到重生，待本座傳人習會種魔大法時，也就是本座魂歸極樂的時候了！不過本座傳人待時融入本座的精神銘印，力量將會比本座還強上數倍，他會成為一個真正無敵於天下的魔帥！」

血魔這時卻是突又開口道：「據屬下親身經歷，這世上還有一個小子也會種魔大法，屬下就曾敗在他的手下且受了嚴重內傷，直閉關靜養了一月之久才好轉過來，並且這小子乃門主師父迴夢老人的關門弟子，依屬下看此子不除，將是一個較大隱患呢！」

「風赤行」冷冷道：「這個本座早就知曉，任道遠那小子身俱的剛正之氣特別濃厚，連本座也測不出他的武功底細，確是我們的勁敵。不過你們可知我所擇的傳人是何來歷？乃是當今天下威鎮四方的西楚霸王項羽！憑他手中的實力，任道遠又何足懼哉！更何況這小子就因為太過正直，卻也成了他的一個致命弱點，只要我們稍加利用，就可將他反為我們魔道所用，屆時天下還有誰人是我們魔道之敵！」

項思龍心下這刻的驚駭讓得他都快差點失聲驚呼起來，風赤行如將項羽締造成了小魔帥，那這古代天下可真要亂套了！

再加上有這血魔和柳生青雲協助項羽，並且項羽以小魔帥身分出世，各方隱居的魔頭有可能會紛紛投入他們門下……

這……那時手握中原天下軍政大權和中原魔道勢力的項羽，還有誰人能是他敵手？就是自己因顧及種種原因，即便可敵項羽，卻又不能將他致命……待項羽羽翼更加豐滿，就是有相助劉邦的自己這現代人，恐也回天乏力無法扭轉乾坤了！

不行！自己一定得全力阻止風赤行這天大的陰謀！

心下想著，項思龍的呼吸不由自主的粗重了些。

「風赤行」頓然覺察，面色一沉地冷聲道：「誰！鬼鬼祟祟的幹什麼？出來！否則可別怪本座狠毒無情了！」

項思龍見己方行藏已經洩露也知再無藏身必要，當下衝身旁的了因和神水宮主微一點頭，示意他們不可輕舉妄動，自己則朗聲笑道：「魔師果然好心機！師父他老人家托我向你問好呢！」

項思龍這一現身，「風赤行」微微怔了怔，接著也哈哈笑道：「師弟果也神通廣大，竟然也尋到這赤尊谷來了！好，既來之則安之，師兄的計謀既已被你識破，咱們也就打開天窗說亮話，是不是師父窺破了我的計謀，派你來壞我好事的？」

項思龍點了點頭又搖頭道：「可說是也可說不是，師父只跟我說鷹刀將出，天下將亂，著我不得忘他遺訓除魔衛道，卻是並沒有算計到師兄還活著並且在醞釀著這麼一個大陰謀，只是被小弟誤打誤撞識破了師兄陰謀罷了！嘿，說來可也得多謝柳生青雲這老傢伙呢！是他的寶貝徒兒水月宗師專門與我搞亂，不想卻被我氣惱之下一陣胡闖亂闖給尋到了這赤尊谷來，也剛巧聽到了師兄方才的一席話！一切也可謂是天意吧！天意不讓師兄陰謀得逞！」

「風赤行」怪笑道：「天意？去他的天意！人定勝天！這句話師弟沒聽說過嗎？憑你也想阻我的計畫？還是滾回去陪那老鬼多練幾年吧！奶奶的，這老鬼總是偏心！當年他傳授給赤帝天命寶典，專門與我作對！現在又教出你這個乳臭未乾的小子來壞我好事！難道我就不是他徒弟了？」

項思龍臉色一肅道：「自古邪不勝正，師兄經歷了一場慘敗後，難道還沒清醒過來嗎？師父教我們武功是想讓我們用所學來助天下定國安邦，而不是來製造紛爭的！師兄一意孤行地專走偏門，欲用你的魔道思想來教化世人，師父會允許嗎？你還是反省一下吧！種魔大法雖是魔界至高武學，但一山還有一山高，師兄真以為魔道能稱霸天下嗎？」

「風赤行」顯得有些暴燥地道：「你小子也敢來教訓我？勝者為王敗者為寇，在這個以武當權的時代裡，誰拳頭硬誰就是強者！當年我敗給了赤帝，苟且偷生了四千年，對失敗我是無話可說，但今天誰要阻我大事，誰就得死！師弟，識時務者為俊傑，你還是加入我赤尊門吧！我可封你為太上教主，負責扶佐項羽！」

項思龍淡淡道：「若是圖名圖利，這天下早是我囊中之物了！師兄如若執迷不悟，可也別怪小弟不念師兄弟之情大義滅親了！」

「風赤行」聽了喋喋狂笑道：「大義滅親？好，就那看你有多大能耐吧！」言罷，身形縱起直衝向項思龍，聲勢奪人，地下的沙石漫天飛舞。

項思龍卻是動也未動，只冷笑道：「師兄想跟我玩捉迷藏的遊戲嗎？這招魔門寶錄中的神行百變身法只是招虛式，唬得住別人可唬不住我，還是使出你的拿手絕招來吧！」

「風赤行」喝了聲道：「果是夠沉穩的，臨危不亂！不過你卻算錯了，這招神行百變厲害的招式還在後頭呢！且看我這招飛龍行空！」話音一落，身形倏變，突地沖天而起，在項思龍頭頂上空急劇盤旋飛舞著，旋轉的身形不多時就把周圍空氣凝化為一道貫注了氣勁的螺旋勁，直向項思龍當頂旋壓下來。

項思龍目中精芒一閃，當即也沉喝一聲，身形就地一陣急旋把「風赤行」發出的螺旋氣勁悉數吸化入體內。

「風赤行」見了臉色微微一變，沉聲道：「好，師弟原來還會波斯聖火教的鎮教神功化功大法！我倒看走眼了！再接我這招螺旋連環絕命腿試試看！」言語間身形再交，身體斜旋空中，雙腿連環踢射出一道道狂猛氣勁，直向項思龍擊來。

項思龍身形也突地旋起，橫向催動身速，身形發出的氣勁有若一道鋒利的光環般把「風赤行」的腿勁全部削散，並且身形也向「風赤行」逼來的斜旋身形逼去。

山谷空中剎時瀰漫著濃烈的真氣霸勁。

血魔、柳生青雲這兩大絕世魔頭卻也承受不住空中勁氣的迫體，不由得遠遠地退避一旁觀戰。

二人心下均自駭然不止，當然不是驚駭「風赤行」的武功，因為在二人心目中「風赤行」武功超絕是屬於理所當然的，要不他還配稱什麼魔帥？不過項思龍這後生小子竟能與「風赤行」這叱吒風雲的魔帥打個難分難解平分秋色，卻是讓人不得不震驚了。

血魔在迴夢谷中曾與項思龍交過手，那時的項思龍還只能與他打成個平手，才數月不見，武功為何卻如此般的突飛猛進呢！

柳生青雲卻暗責自己對徒弟水月宗師的提點太過掉以輕心了，竟派他去與項思龍這煞星周旋，現在看來是凶多吉少！

了因和神水宮主二人避在一旁的岩石後，看著項思龍與魔師風赤的打鬥，一顆心都差點給提到喉嚨裡，連大氣也不敢吭，暗為項思龍捏了一把冷汗。

要知道項思龍現在的敵人是不可一世的魔師風赤行啊！可不是一般對手，弄個不好就是命斃當場的結果，能不讓他們二人擔心嗎？

風赤行見項思龍輕易地連破自己三招，不由也喝了聲「好」道：「不愧是師父的關門弟子！這老鬼把天命寶典和魔門寶錄的武學全教你了，這下有得好戲可瞧！我正擔心項羽練成種魔大法第十式後難尋敵手怕他寂寞呢！現在有了師弟這位強硬對手，項羽這小子可是有福了！不跟你玩花招了，接我這招種魔大法第八式『天地滅』！」

大喝聲中，「風赤行」推高功力，身上突地爆射出無數濃黑氣勁，有若一片濃雲般刻間罩住赤尊谷上空，使天地失色，並且這濃黑氣勁飛旋著把四周圍的空氣給凝聚成了一道巨大的龍捲風，夾雜著飛沙走石直向項思龍襲來。

剎時間天地發出一陣陣刺耳的轟鳴，只見「風赤行」身形在這濃黑氣勁中一閃一閃的有若閃跌在烏雲中的一道閃電，不多時，空中的黑色之勁便閃耀出道道電火光來，威勢更是懾人心魄，真讓人幾疑是天地末日到了。

了因和神水宮主見了「風赤行」這等陣勢終於忍噤不住失聲驚呼起來，血魔和柳生青雲則是受不了「風赤行」發出的這威猛無比的氣功的襲體，雙雙展開身形再次向後暴退。

有若一片濃雲般，夾著飛沙走石電光閃爍的黑色氣勁終於籠罩住了項思龍，「風赤行」催動真氣揮舞雙掌，罩住項思龍的黑色電火氣勁突地快速旋轉著緊縮，似欲把項思龍裹成肉餅。

項思龍感覺身體似快承受不住對方的真力了，知道不出絕招不行了，當下也驀地仰天一陣長嘯，大喝道：「迴夢心經第九式『破海沉舟』！」喝聲一落，身上突地也是氣勁狂湧而發，有若波濤洶湧的怒潮般漫空而起，再接著身體在這洶湧勁潮中有若天馬行空般沖天而起，洶湧的勁潮頓然隨著他衝起的身形給凝成了一束白煉，有若浪潮洶湧的大海中一葉乘風破浪的小舟，逕自衝向前頭的巨浪。

只聽「轟！」的一聲震天巨響，圍困住項思龍的電光黑勁氣團被項思龍開出一洞，身形如勁箭般飛射而出，接著一個倒身，揮出一道掌勁，把被他開出的氣閉開口補住，內中還未隨項思龍身形衝出的勁箭，頓有若原子發生核裂變般炸湧開來。在氣團中狂奔亂突的項思龍發出氣勁愈漲愈大，過不多時，只聽一聲地動山搖直震九霄的巨大炸爆聲響起，勁氣四射下所過之處遇物即毀，氣勢確不下於現代的一顆小型核飛彈的威力。

血魔和柳生青雲都看得怔呆了，好狂猛的氣勁！當世之中還有誰人能是這二人的敵手呢？可惜的是他們一正一邪是敵非友！

爆炸聲持續了將近兩盞茶的時間才漸漸平息下來。

在項思龍和「風赤行」拚鬥的方圓一里的範圍，全都是粉碎的沙石！一切都平靜了！再看項羽和項思龍，後者則是面色凝重地直盯著「風赤行」。二人對視了良久，「風赤行」才悲聲低沉的道：「我……輸了！你方才使的那招是什麼武功？」

項思龍沉聲道：「迴夢心經！師父仙去前創出的一套武功！」

「風赤行」目中哀色更深道：「師父……歸仙了？什麼時候的事？」

項思龍長緩了一口氣道：「三個月前！師父傳授了我迴夢心經後就坐化了，只說他凡塵中事已了，是該清閒一下的時候了！」

「風赤行」長歎了一口氣，突地有些失落地道：「你下手吧！只要你殺了我借身的項羽，我的元神也隨著他的生命死亡而消散的了！唉，四千年的苦心經營，想不到到頭來仍是一場空！」

說完閉上了雙目準備坐以待斃。可叫項思龍怎下得了手呢？要殺的是項羽啊！他可是歷史的主角，如他死了那歷史也就完了！

「風赤行」見項思龍遲遲沒有下手，有些疑詫地又緩緩睜開了雙目，淡然一笑道：「勝者存！敗者亡！這是千古不變的決鬥下場，你也不必手軟的，咱們正邪勢不兩立，你殺我是除魔衛道！嘿，你可別想用精神來感化我，不說我不會領情，即使我有意領情，再過得兩個時辰，待入子夜時分後，我的元神實體就會完全融入這小子體內，那時項羽便會成為另一個魔帥了，屆時鷹刀會感應新主人誕生而應出世，那項羽威力便會倍增，比起我來可是有過之而無不及，你要對付起來可辣手得很！快下手吧，不要遲疑不決了！」

項思龍苦笑著搖了搖頭道：「你不知道，項羽與我有著特殊的關係，我無法下手殺你！你……還是走吧！」

「風赤行」不解道：「你不是要維護武林正統嗎？你放過了我和項羽，那後果可是你所始料不及的！唉，師兄經這再次一敗，也終明白了邪不勝正這道理，驀然間看破了世間的一切凡塵俗事，本也想隨師父仙去，怎奈項羽這小子體質特異，竟然化納了我元神，讓我元神再也脫不出他體內了！這小子魔性甚重，如讓他成了另一個我，只怕師弟也會永無寧日呢！

「你還是下手吧！中原武林血魔和柳生青雲他們一眾魔頭的再現，已是夠亂的了！如讓項羽練成了種魔大法第十重天玄宇宙……我也無法估測此招的威力到底有多大，但你方才那一招卻是只有此招威力的十分之一吧！項羽如成魔帥，再加上天性好鬥，野心極大，若不是因有各種親情之愛牽制著他體內的魔種，只怕早已成魔了！

「我已暗察了他將近有兩年，對他一切可謂甚是瞭解，正因發覺他體內有天生的魔種，所以才選他作傳人！他雖是個懷舊滿富感情之人，但他的野心卻有時會沖淡他的理智，尤其是近年來，他體內的魔種更是蠢蠢欲動，現如經我元神魔種的刺激，只怕會全面爆發，使他成為個魔中之魔，那可真是世界末日了！

「魔種每萬年降世一次，上一個萬年中魔種降入了我體內，這一萬年卻降入了項羽體內！兩個魔種相通的機會極少，像我和項羽這種兩魔種合而為一更是萬中無一，我曾得窺過無字天書，內中說兩魔種結合是福也是禍，如避禍得福也可萬世永生一統天下為魔界，如失福得禍則是必定遭橫死！我也是太過偏激衝動了，總想著一統天下發揚魔道，因為我太恨師父和師兄了，所以花了四千年時間苦尋下一代魔種。與老弟這一戰我卻是頓刻醒悟，原來世事一切都如過眼雲煙，也沒什麼好爭端的！花了四千年追尋自己的夢想，到頭來卻怎麼樣？還不是落得為他人作嫁衣並且遺臭萬年的下場？自己什麼也沒得到，有的只是失落和空虛以及孤獨寂寞！師弟，你下手吧！不可存婦人之仁的！要不豈不是辜負了師父對你的一番教化！為了天下武林，你還是動手吧！私人感情可要拋到一邊！」

聽了「風赤行」這一席話，項思龍心中也不知是個什麼滋味，只覺思緒萬千起伏難平。

是啊，如果現刻殺了項羽，不但毀去了魔帥風赤行的元神，也為劉邦除去了一個勁敵！只要自己再除去血魔和柳生青雲等一眾興風作浪的魔頭，說服了父親項少龍，那就可以天下太平功成身退了！可……自己如這般做來，那歷史呢？自己來到這古代來的歷史使命可主要是為了維護歷史的不被改變，又怎可以背叛使命自行去改變歷史呢？

項思龍心中的矛盾和痛苦真是無以用筆墨來描述，驀然間他突地感到了自己的無奈——

歷史成為了制約他行為的準則啊！

不！絕不能殺項羽！他變成魔帥就變成魔帥吧！歷史既已註定了他的命運，想來他成為魔界至尊也是避逃不了的！

或者他成魔之後，自己或許還可狠下心腸來對付項羽呢！要不因著種種感情的牽制，自己還真對他下不了狠手來！

再有他成魔之後，或許父親項少龍也會徹底對項羽的幻想破滅。不再想去改變歷史了，而成了跟自己同一陣線的人！

塞翁失馬焉知非福！自己不殺項羽順應了歷史，如歷史真是天意的安排，那老天也應會幫助自己維護歷史的！

況且風赤行這等魔性深重的絕世魔頭也可被自己感化過來，激發了他人性善良的一面，項羽還跟自己是結義兄弟，又是父親項少龍的義子。誰知道怎也不能感化他呢？

唉，一切順應天意吧！如天要亡史，那自己也回天乏力！因為自己終究還是一介凡人，又怎真能扭轉乾坤呢？自己能做到的只是忠於歷史，而為了它盡出自己的畢生能力吧！

想到這裡，項思龍心情開朗了些，對「風赤行」淡然一笑道：「師兄能參透佛理看破紅塵放下屠刀，小弟甚是欣慰！項羽小弟是絕對不能殺他的，至於為什麼小弟也不便說出！師兄請自便吧！日後的事日後再說，小弟要做的只能是到此為止了！這並不是我心懷大度，其實我何嘗不想殺了項羽以永絕後患？可因這內中有著說不出的苦衷只好作罷了！只但願項羽不至泯滅人性！」

說著，緩緩轉過身子望向遠處駭呆住了的血魔和柳生青雲道：「這兩個傢伙作惡多端，卻是不能放過他們！」

項思龍這話音一落，正待縱起身形去對付這兩個魔頭時，二人卻是聽了項思龍的話斂過神來，見了不遠處已現出身來的了因和神水宮主，頓飛衝過去乘他們不注意的當兒出手點了他們穴道，一人擒住一人，柳生青雲顫著聲音衝項思龍喝道：「不要過來！否則我們殺了他們！」

項思龍心下狂震，氣恨得咬牙切齒，卻又無可奈何，只得停下身來，對二人冷冷道：「你們不要頑抗了，還是自行了斷吧！否則本公子一出手定會把你們碎屍萬段！」

柳生青雲身體一顫，卻還是強作鎮定道：「別說這等狠話！除非你不想要他們二人的命了！」

「風赤行」這刻卻也突地開口道：「你們兩個傢伙還算有些心計！」

第十章　種魔大法

項思龍聽得「風赤行」這話不由得心下狂震，因為「風赤行」這刻發話的語氣是那麼的陰冷，根本失卻了先前懺悔的人性意味，而似又恢復了他的魔性本態，這……難道他先前的懺悔是故意做作出來的？是為了探出自己對他的心態？如真是這樣，那「風赤行」的演技可太精湛了，連自己也欺瞞過了！心機之深更是讓人心寒而慄！

項思龍心下又驚又急地想著，「風赤行」的目光落到了他身上，嘴角浮起一絲陰冷的笑意道：「師弟，我勸你還是少管我的閒事吧！反正師父那老鬼已經仙去，你完不完成他的心願也都無關緊要了！識時務者為俊傑，我想師弟不會那麼傻呼呼的固執吧！師兄當然不會太過強求你投入我魔道，但是在我尚未完成對項羽種魔大法的修練時，卻是絕對不會允許你壞我大事的！我等了四千年，為的就是這一天，又怎會放棄呢？至於項羽練成種魔大法後，師弟要對他怎麼樣，卻是我所再也管不及的了，因為那時我的元神已是被項羽體內魔種融化，從此這世上也就再也沒有我風赤行這一號人物了！」

說到這裡，「風赤行」微微歎了一口氣，神情似是有些落寞又似有些興奮，雙目現出迷離之色接著又道：「到時這世上有的是另一個魔帥，魔中之魔項羽！他的成就會遠遠的蓋過我，魔道也會在他身上得到發揚光大，那時我風赤行雖不在人世，但還不是借項羽之體得到重生！項羽和我都是由魔王所誕生的魔種，只待他練成種魔大法，那便是我魔道東山再起的日子了！

「師弟如若真有能耐，那你屆時就與項羽鬥法吧！誰勝誰敗，那就全看天意了！如天要滅魔道，那卻是我風赤行也阻止不了的！不過現在我卻要阻止師弟干預我的大計，如我計畫失敗，那我風赤行會死不瞑目的！師弟也怪不得我不擇手段了！我風赤行向來是一言九鼎之人，雖為魔道之師，但說話從不打誑語，只要師弟答應退出這赤尊谷，並且在十日內不來侵擾，我就命柳生青雲和血魔放了師弟的女人和那和尚！否則想來只會是個兩敗俱傷的結果！我的話，師弟考慮一下做個決定吧！」

項思龍見自己預感果真應驗了，想不到「風赤行」如此奸詐，竟然利用自己的情感來迷惑自己，而讓自己失神之下使神水宮主和了因和尚被柳生青雲、血魔所擒，由此可看出「風赤行」智慧之高，這麼短的工夫，就可試探出自己人性之中的弱點而加以利用。如果項羽吸收了風赤行的元神魔種，導致他自己體內的魔種復活，再被他練成種魔大法，使項羽變成了魔中之魔，那項羽的厲害可想而知……

再加上項羽身為眾義軍盟主，手握百萬軍權，還有他魔功一成，身為魔帥風赤行弟子，天下各眾魔頭全會歸到他麾下，那時的項羽……將會成為當今世人最有權勢實力最強的一大魔頭，只怕……世界末日正會來臨了！

劉邦現在只是巴蜀之地的一個王侯，手中勢力薄弱，如自己不能助他抗擊項羽，想來歷史恐真要被改寫了！

自己現在該怎麼辦呢？又不能對付項羽……了因和神水宮主又成為了對方人質……難道……自己真要眼睜睜的看著項羽入魔！

項思龍只覺心中的無奈和矛盾都快讓他呻吟出聲來。

唉，罷了罷了，一切都看天意吧！如老天要讓歷史改變，憑自己一人之力卻又怎可逆轉天意呢？自己為這古代歷史，已可說是盡了心力了！

項思龍心下長長地歎了一口氣，沉吟了好一陣，才深深地望了「風赤行」一眼，苦笑道：「師兄好深沉的心計！好吧，我同意你提出的條件！不過，今天我雖放過了你，但是今後我卻無論怎樣也不會放過項羽的！只要有我任道遠在世一天，就決不會讓魔道橫行！」

項思龍說這話時心下好是虛脫，卻同時也湧生出無盡鬥志來。

項羽，你如成魔，那可也別怪義兄再也不對你有絲毫客氣了！

孟姜女當年大義滅親，萬喜良被秦始皇訓練成魔，不也痛下狠心殺了他！除魔衛道，這可是身為一個武者的天職！

好，就來比比看吧，到底是這古代人厲害，還是自己這現代人厲害！

楚漢相爭，自己是要去拉開楚漢相爭的戰幕了！

項思龍心情矛盾而又痛苦地領著了因和神水宮主出了赤尊谷。

一路沉默無語，了因和神水宮主知道項思龍心情不好，也不敢出言驚擾他。

這一行差不多走了將近兩個來時辰，天色已是漸漸將明，了因和尚終於忍噤不住開口道：「公子，我們難道真就這樣放過風赤行他們？如真被那項羽繼承了風赤行的魔功。讓他成為魔中之魔，只怕中原武林就永無寧日了！」

神水宮主道：「是啊任大哥，那風赤行心機好深，又野心極大，怎可留下他養虎為患呢？還有那柳生青雲和血魔，他們都不是什麼好傢伙，留著也是禍害！」

項思龍斂回心神，歎了口氣苦笑道：「這些我也知道，可是你們在他們手中，我能怎麼樣呢？再說項羽……唉，我又何嘗不想除掉這幾個大魔頭呢！可……我也是有著不得已的苦衷的啊！或許一切都是天意吧！」

了因和尚哂道：「什麼天意，憑少主的武功對付那三個魔頭應是沒有什麼問題的吧！他奶奶的，跟這些傢伙也不必講什麼江湖道義的，在他們放了我們時，少主大可以跟他們翻臉動手的嘛！那項羽如真練成了十重天的種魔大法可就難對付了！少主怎就這麼心慈手軟呢？

「那項羽為什麼不能殺！他都要成魔了呢！即使他是正道英雄，可與其看著他成魔為禍人間，還不如索性先幹掉他，這樣他的犧牲還顯得有價值一些！他一旦練成魔功，只怕是更多的武林正義之士要遭殃呢！」

項思龍聽得只有沉默了，了因和神水宮主又怎知道自己的苦衷呢？風赤行的天神魔種進入了項羽體內，自己即便想殺風赤行，卻是怎也下不了手的啊！要知道項羽可是中國歷史中舉足輕重的主要人物，自己怎可殺他呢？自己來到這古代來最主要的使命可是維護歷史的不被改變，又怎可以自行犯規呢？

神水宮主見了項思龍臉上神色，知他心下苦悶不喜再談這話題，當下轉口道：「任大哥現在有什麼打算嗎？百曉生還在風赤行他們手中，咱們可得想法救出他！」

項思龍輕輕地搖了搖頭道：「百曉生是風赤行的功臣，想來他還不會有什麼危險的吧！唉，我現在也不知自己該去做些什麼了！不過這樣吧，小妹還是前往西域地冥鬼府一趟，順便托個信給……項思龍少俠的眾位夫人，就說她們夫婿安然無恙，叫她們安心就是！嗯，小妹如有閒暇，就也留在西域靜等項少俠的回返吧！至於了因，你就上武當一趟，把今後武林的嚴峻形勢告知青松道長他們，叮囑各門各派勤練武功之餘要嚴加防範！」

了因點了點頭，疑聲問道：「那麼公子……我們今後怎生跟你聯絡？」

項思龍淡笑道：「待時我自會跟你們聯繫的。好了，咱們就此分手吧！唉，十天後項羽就練成魔功，我們的時間很是緊迫呢！」

神水宮主這時卻是神情幽怨地輕聲道：「任大哥，項少……大哥他真沒事嗎？」

項思龍見了神水宮主神態，煩亂之中不覺暗暗失笑，這小妮子看來又被自己這「任道遠」給打動芳心了，也不知是女人風騷還是自己對女人太過有吸引力！不過自己卻是要收斂一下自己的風流了，諸多事情已是讓得自己焦頭爛額，卻哪還有閒情去拈花惹草呢？再說自己的將來……可還是個未知數，留情太多只怕情債也愈多！要是自己有一天離開這古代，不知會有多少傷心人了！這不，西域的眾位妻兒自己就冷落了多日，也不知哪一天才可與她們相見！還是少留些情債的好！

項思龍苦中作樂地怪怪著，口中卻是道：「當然沒事！項少俠乃是我同門師兄弟，他現在只是有要事在身，不宜公開身分，其實他早就在江湖中出現了，只是連我也不知道他的行蹤下落罷了，不過待他的事情辦完後，想來會現出真實身分來，小妹你就放心好了，大哥決沒騙你！好了，天已放亮，咱們還是就此分手吧！二位可要多多保重了！」

與了因和尚、神水宮主辭別了，項思龍整理了一下自己的思緒。

現在是去巴蜀見劉邦，還是去楚軍陣營中見父親項少龍呢！

以劉邦好動的性格，只怕巴蜀待不住的，或許早已經溜入中原了呢！不過漢軍中幾位為劉邦打天下立下汗馬功勞的都已經聚齊了——張良、蕭何、陳平、曹參、樊噲、周勃、夏侯嬰，還有韓信、灌嬰、酈食其、周苛、傅寬、雍齒、張蒼、劉仲、周呂等都已經齊會巴蜀了吧！有得這批猛將為劉邦支撐著漢軍，即便劉邦溜出了軍營，想也不會有什麼事的！

不過從歷史推算，劉邦反楚——明修棧道暗渡陳倉之戰已是迫在眉睫了，自己可也得尋著劉邦，著他回去主持大局。同時此戰一發，楚漢相爭之局也告全面拉開戰幕，項羽練成魔功，如讓他回軍指揮只怕是如虎添翼，所以自己得全力拖住他，讓他把身心精力由天下之爭轉入江湖之爭，如此劉邦漢軍尚有一線勝利希望，否則只要項羽一怒，發動全部兵力進攻漢軍……那歷史恐真要被改寫了！再有自己得抽身待機遊說各大王侯勢力，讓他們都反項羽，拖住項羽後腿，使項羽沒有全力攻打劉邦的機會。

……唉，自己需要去做的事情可真是太多了，一時之間可真理也理不清，如今之計還是先去見見父親項少龍吧！只要說動父親與自己攜手合作同心協力的來維護歷史，就是天塌下來自己也有信心去面對！最忌的是父親頑固不化，那可是甚讓得自己傷心和頭痛的事情了！不過想來經歷了那麼多的事情後，父親也應把締造歷史的心理沖淡的吧！現在項羽將會成魔，父親知後想也不會不顧大局的吧！要知道項羽成魔，他一旦得天下，只怕全天下人民都將生活在魔君暴政的陰影下了，那豈不等若又一個秦始皇誕世！父親扶佐項羽反秦，就正因看不慣秦朝暴政，又怎會對另一個暴君的臨世坐視不理呢！除非父親想成為歷史的千古罪人——因為項羽可是他一手締造出來的啊！父親自也要負上主要責任！

以父親的理智想他也不會再固執的，他締造了中國歷史上的第一位暴君——秦始皇，已經是一大過錯了，又怎會去犯第二次過錯呢？

當然秦始皇的殘暴是歷史既定的，可以說父親沒有什麼過錯，但現在的項羽呢？歷史對他命運的判決可是魂斷烏江，父親明知了締造項羽將是中國歷史的大患，如仍助項羽打天下，那……

但願自己能說動父親了，要不中國歷史將面臨一場無邊浩劫……

也不知項羽練成了種魔大法第十式玄宇宙，自己還能不能敵得過他！武林！中原武林？為了中國的歷史，只好讓你來承受這場浩劫了！爭霸天下本就需要付出代價的！只是這代價實在太過殘酷了……歷史和武林都已成為了自己在這古代生活的一個重要部分啊！

不過也只有悲痛忍受——為了歷史！為了中國的歷史！

項思龍心下矛盾的痛苦讓得他忍噤不住地仰天悲嘯……

項羽的思想和理念全被「風赤行」的天神魔種控制著，他已完全喪失自我思維，任由得風赤行的元神魔種操控了。

在項思龍和了因、神水宮主三人退出赤尊谷後，「風赤行」禁不住發出一陣哈哈狂笑，自言自語道：「我將成功了！我四千年的等待終於來臨了！哈哈哈……赤帝，最後的勝利者還是我風赤行！當年你雖以劍魂九絕式最後一式天外飛仙重創我種魔大法第九式血蒼穹，但那時乃是因為我還沒練成種魔大法第十式玄宇宙！如若我練成此式，憑你又怎會是我敵手！只怕是師父，師祖重生，恐也接不下此招吧！

「種魔大法，魔功至尊！待我把項羽這小魔種締造成了魔中之魔，那我赤尊門魔道就將會橫行天下了！任道遠？他又算得了什麼？一介無名小輩而已！」

「風赤行」指天罵地瘋狂了好一陣，才漸漸平息下情緒，冷冷地望了一旁的柳生青雲和血魔一眼，沉聲道：「你們兩個，隨本座去赤尊洞府！」言罷，再也不多說什麼，只突地施展身法往山谷東方電閃而去。

柳生青雲和血魔均自不敢開口地閃身緊隨其後，這兩個魔頭已是深深被「風赤行」的氣度所折服，再加上「風赤行」從項思龍手中救了他們一命，自是對他態度畢恭畢敬，唯命是從！不過這還有另一個原因，那就是他們如不跟著「風赤行」，只怕會有性命之憂，要知項思龍可絕對不會放過他們這兩大魔頭的，以項思龍與「風赤行」那一戰的驚人身手，要殺他們二人想也不費多大氣力，如今之計也只好跟著「風赤行」了！

三人一前兩後往山谷東方飛馳了差不多盞茶工夫，來到了一處奇峰聳立的石林間，「風赤行」才駐了腳步，也沒理血魔和柳生青雲二人，只突地凝神運功，口中呢呢喃喃的念著什麼經文，不大一會，怪事出現了，只見石林群峰自行移動起來，並且速度愈移愈快，再接著只聽得「轟轟轟」一陣地面下沉的巨響，三人所站地面緩緩往下沉去，眼前一黑，直待「風赤行」停念經文才見光亮。

卻見這地底原來是一個人工建造的巨大石室，四壁燈火通明，室內古籍兵器滿地都是，顯得甚為凌亂。

「風赤行」冷冷瞟了柳生青雲和血魔一眼，見二人面露詫色，當下自行解釋道：「此乃當年本座在世時的一處秘密練功所在，在本座敗給赤帝老鬼後便成了本座元神魔種的安居之所！」

說到這裡，突地臉色微微一變，眉頭皺了皺，語氣有些不安地道：「你們就待在這石室一晚，明早本座會來見你們的！嗯，室中典籍，乃天下各門各派的武學精要，你們如無聊，可以隨意翻看！還有，照看好百曉生和項羽，本座要去閉關思法讓項羽修練種魔大法了！」

言罷，倏見項羽身上一道毫光閃出轉瞬不見，項羽頓然昏倒。

項思龍決定還是先上楚軍陣營中看看父親項少龍。

彭城與華山都在楚地境內，相距並不十分遙遠，這一日項思龍行至一個叫赤仙山的地方，遠遠地就聽前方傳來一陣打鬥喝罵聲。

心下一緊，當即加快身速往前行去，不大一會就可隱約看見對面一個山頭上有百十名黑衣人正在圍攻一中年老者，仔細再看去，那中年老者卻原來是父親項少龍的拜把兄弟騰翼！

騰翼此時顯已不支，身上已多處負傷，但發招仍是劍出如風，地上已有十多名黑衣人的屍體。

項思龍見了身形電射飛起，同時沉聲喝道：「住手！」

打鬥雙方聞聲駭然一驚，當即果也停了打鬥，黑衣人中有一人見了漸漸掠近的項思龍面目，又驚又喜地失聲驚呼道：「原來是任道遠少俠！」

項思龍一聽這聲音，頓知此批黑衣人原來是先前所遇的楚懷王手下大將呂青所領來的人，想起自己與呂青的約定，當下在身形落定後，雙目冷冷地望向一臉驚惶之色的呂青，緩緩道：「原來是呂將軍！想不到在荒山野嶺之中咱們又相見了，嘿，水月宗師被在下所殺的消息，呂將軍可已有所知了嗎？」

呂青一臉不安地連連點頭道：「這個本將軍早就聽說了！嘿，任少俠神功蓋世，當今武林霸主想必是非少俠莫屬的了！」

項思龍淡淡道：「不必拍什麼馬屁！在下告訴過你，與我合作，今後有任何行動都必須由在下同意，並且不得與他派勢力再有什麼勾連，否則可別怪在下不講情面！嗯，今天這事到底是怎麼回事？」

呂青見過了因和尚的武功，又聽說過水月宗師一行人已死在項思龍手上，對這煞星可是不敢開罪，要不自己就要吃不了兜著走了。聞問當下忙恭聲道：「在下因收到消息說，項羽已隻身一人獨自闖入江湖中，眼前這漢子乃是楚軍中頗有權勢的一名大將，就是外出前來尋找項羽的，於是暗中跟蹤他，想探得項羽下落，不想這廝好生警覺，在跟至這赤仙山時被他發現，便想跟蹤不行，把他擒下來作為人質威脅項羽也不錯！要知道此人乃是項羽義父項少龍最為要好的拜把兄弟，項羽也一向很尊敬他，擒下他來很有利用價值！任少俠來得正好，這廝很是辣手，還請幫忙代為擒下他吧！」

項思龍對騰翼可素有好感，只覺此人重情重義，是條好漢子，更何況他是父親項少龍的拜把兄弟，又怎麼會不相救他呢？

把目光投向騰翼，只見他一臉憤怒和無畏之色，雙目冷冷地望著自己，毫然不懼，嘴角甚至浮著一抹冷笑嘲諷的意味。

沉吟了好一陣，項思龍才緩緩開口對呂青道：「此人交給在下好了，呂將軍最好還是回城去向楚懷王回報吧！就說項羽他是殺不得的，如再這樣搞陰謀詭計下去，只怕激怒了項羽，他的王命也保不住了，最好還是安安心心的做他的楚懷王，如此或許還可多活幾日！」

項思龍這話音一落，呂青和騰翼同時臉色一變，前者自然是驚怒，後者則是訝異了。

呂青沉聲道：「任少俠這話是什麼意思？難道不打算跟我們合作嗎？」

項思龍搖頭冷聲道：「沒什麼意思，只是據在下得來的消息，項羽已經成了魔帥鷹刀的新主人，也即魔帥風赤行的傳人。在下可不想做虧本買賣，我看我們或許是沒有合作必要了！方才的話只是朋友一場，告誡一下呂將軍罷了！」

這次騰翼和呂青又再同時驚呼出聲，前者一臉驚慌之容地失聲道：「什麼？羽兒他……成了魔帥傳人！這……閣下這消息可確實嗎？」

後者則是臉色蒼白地顫聲道：「任少俠此話當真？項羽……項霸王……真成了魔帥鷹刀的……新主人！少俠……不會弄錯吧！真有魔帥鷹刀……這麼一回事？」

項思龍面色凝重地點了點頭道：「在下所言句句屬實，信不信由得你們了！

好，在下言盡於此，呂將軍是否還要擒下這位兄台呢？」

呂青此時已嚇得面無人色，哪還再言要擒下騰翼，當下匆匆與項思龍告辭，領了一眾人馬愴惶離去。待呂青一眾人馬身影消失不見了，騰翼才冷冷對項思龍道：「閣下要打要殺就動手吧，在下這條命是你救回來的，但也別妄想利用在下去搞什麼陰謀詭計，在下決不會讓你得逞的！」

項思龍望著騰翼心中感慨萬千，眼前這騰翼比之自己半年前在西域所見時又見了幾份歲月留下的蒼老了，想來父親項少龍也老了不少吧！

唉，歲月催人老！戰爭的歲月卻是讓人老得更快！自己才來這古代三年多，就有種飽經滄桑的衰老感覺了！只有和平，只有歡笑，才可以沖淡歲月的流逝，讓人永保一份年青的心情。但是要到哪一天才能盼到和平呢？項羽將入魔道，天下的格局只會是更加嚴峻讓人心悴了！

癡癡想著，項思龍不由自主地長歎了一口氣，臉上顯出哀痛的神色來。

騰翼見了心下納悶，不解項思龍為何突地變得如此神傷魂斷。

雙方沉默了好片刻，項思龍才斂回心神，衝騰翼輕輕一笑，聲音低沉的道：「騰伯父不認識我了嗎？我是思龍，項思龍啊！」

騰翼聽得身軀一陣劇震，一臉激動之色，哽咽了半天卻是沒有說出一句話來，只怔怔地端視了項思龍良久，才突地驚喜地歡呼道：「思龍？你……真的是思龍！你真的沒死？謝天謝地，三弟這下終於可安下心來了！」

說著一雙老目落下淚來，神情卻甚是欣喜。

項思龍見了心下一熱，有這麼多的人在關心著自己，自己終是個幸福的人啊！

心下想著，口中頓也說道：「爹……他現在可還好嗎？」

騰翼這刻情緒也漸平定下來，聞言點頭又搖頭道：「你爹……他身體還好，只是時時都掛念著你，人也消瘦了許多！唉，發生了那麼多的事，你爹整個人都變了，你現在沒事就好，你爹知道後一定非常高興！」

說到這裡，頓了頓神情一肅的轉口道：「思龍，你剛才說……項羽他……真的成為魔帥傳人了！你這消息是怎麼得來的！可……確切嗎？」

項思龍神情一黯，沉默了片刻緩緩道：「小侄在不久前就剛與項羽義弟相見又分手，這一切都是小侄親眼所見到的！」

說著當下把在赤尊谷所發生的事情跟騰翼詳述了一遍，接著長歎了口氣道：

「小侄雖想救羽弟，卻為情勢所迫……也無能為力了！風赤行把元神魔種融入了羽弟體內，我……實在是想不出什麼辦法來救他！」

騰翼聽得整個人都給呆住了，內心的驚駭和悲痛簡直無法用言語來描述，要知道項羽可是他的親生兒子啊！項羽近年來的獨斷專橫、剛愎自用已是讓得騰翼很是傷心意冷了，現在項羽將要成為魔中之魔，這能不讓他焦急之餘悲痛欲絕嗎？身體微微顫抖著，嘴角抖動的低聲道：「羽兒他……成為魔帥傳人後，是否會變成另一個風赤行？殘忍狂暴！」

項思龍苦笑著搖了搖頭道：「這個小侄也不知道！但他承襲了風赤行的魔功和魔道思想，再加上他手下將擁有一批絕世大魔頭……或多或少的將會發生些變化吧！一切都看羽弟的造化了！伯父你也不要太過悲傷，一切都有個定數！小侄把這事相告也是想叫伯父有個心理準備，羽弟成為魔道中人後，將會隨之成為天下武林的公敵，小侄……也絕不會坐視不理！」

騰翼神情木然地道：「如知今日，何必當初！唉，三弟，你和我當初的選擇都錯了……如一直待在塞外草原不入中原，那種生活將會多好啊！難道真的一切都是天意，一個秦始皇已是夠了，怎又出了個魔種項羽呢？」

項思龍默然無語，騰翼自語了好一會才漸斂回心神，衝項思龍苦澀一笑道：「思龍，你的選擇是對的，我和你爹都選擇錯了，羽兒如真成魔道中人，你就放手而為吧！自古正邪誓不兩立，魔道又怎可以讓它橫行天下呢？唉，我已老了，只想著再回塞外草原去安度晚年！」

說完，臉上滿是落寞神色，項思龍知道騰翼是對項羽死了心了，他說回塞外去安度晚年，其實是不想看到項羽將來的悲慘下場罷了——看著自己的親生兒子為惡而後橫死，這是何等殘酷的事情！

但願父親項少龍得知這消息，也對項羽心灰意冷是好，要知道父親才是自己自始至終最是忌憚的對手，只要父親決意不再相助項羽，那麼即便項羽練成魔功自己不敵於他，卻也有無比鬥志戰勝項羽！

因為項羽的命運歷史已是給他安排好了時，任他怎麼厲害，只要自己在今後的五年之中能保劉邦不至徹底敗亡，項羽就難逃烏江自刎一劫！

五年！艱苦的五年！自己咬緊牙關也要助劉邦挨過這五年！

項思龍心下想著，騰翼這時又道：「思龍，你是否隨我去見見你爹呢？他很想你呢！三弟有你這麼一個出色的兒子，足夠他快慰生平了！」

說完又長歎了一口氣。

項思龍聞言點頭道：「正是！我也正想見見爹呢！」

項羽悠悠醒來時，見身旁呆望著自己的柳生青雲和血魔不由嚇了一跳，身體迅速彈起道：「你們兩個魔頭，把本少爺擒來幹什麼？別妄想利用我施什麼陰謀詭計，本少爺決不會上你們當的！」

一旁也醒來的百曉生歎了口氣接口道：「不是他們二人要利用你，是魔帥風赤行選中了你作他的傳人！唉，老夫被風赤行控制了幾百年，生不能生，死不能死，這下終於可得到解脫了！」

項羽這時才發覺不遠處的百曉生，不由又驚又怒地道：「說什麼做魔帥風赤行的傳人！你這小老頭騙我來這裡幹什麼？快放我出去！」

百曉生搖頭苦笑道：「騙你的不是我百曉生，而是魔帥風赤行，小娃子你不要衝我發脾氣，我與你一樣是受害者呢！不過你小子也不知是幸還是不幸，被魔帥選作魔種傳人！再過十天，你就可以成為另一個魔帥，重出江湖之日就是你風雲天下之日了！嘿，這兩個老魔頭也是你的下屬呢！瞧他們對你恭恭敬敬的！」

項羽聽得糊裡糊塗的，不知到底是怎麼一回事，不過看柳生青雲和血魔這兩大絕世魔頭，對自己態度果是畢恭畢敬、誠惶誠恐，似甚懼得罪自己似的，垂頭在一旁靜靜站著。

心下訝然，口中卻還是道：「小老頭，你到底在搞什麼玄虛！我是信了你知道魔帥鷹刀下落，才跟了你來這華山縹渺峰谷底的，想不到你卻是利用了我，哼，我可不想做什麼魔種傳人！這裡是什麼鬼地方！快放我出去！要不本少爺可要把這秘密地方給拆了！」

百曉生歎然道：「你要出去老夫也做不了主，可得魔帥同意才行！」

項羽怒聲道：「魔什麼帥？不讓我出去？好，我就轟塌這石室！」說著提氣猛出一拳向石壁出擊，只聽「轟」的一聲悶響，石壁毫然無損，只震得室頂一陣晃動，落下些塵土來。

當項羽欲再次出拳時，百曉生勸止道：「小子，你省省力氣吧！這石室乃是建造在一座石峰山底，除了魔帥之外當世再無第二人可以開啟，你這般白耗內力，便是累死了也開啟不了石室！」

項羽擊出一拳，見了情狀已知百曉生所言非虛，但還是氣怒已極的催動全身功力連出數拳，可只讓得室內地面一陣抖動，震落不少石塊外，石室仍然無恙，直擊二十多拳，項羽才氣餒的收手，衝百曉生道：「魔師風赤行呢？他躲哪兒去了，他媽的，我項羽可不作他弟子！叫他出來放我出去，要不就殺了我！反正無論怎樣我也不會作他弟子的！自古正邪誓不兩立，我項羽可不入魔道！」

項羽這話音剛落，只聽得風赤行的聲音虛擬地傳出道：「小子，你吵什麼吵啊，老夫看中了你，可是你的造化！你現在是不學我的魔功也得學，願學那是最好，本座是選定你了！」

說著語氣一轉又道：「哼，小子你想做正道的大英雄，結果又如何呢？沒有人崇拜你，反是對你大懷敵意！正道的英雄已被你義兄項思龍搶去了，他已在武林中成了眾望所歸的偶像！現在又出了個任道遠，連本座也不是人家的敵手，你還想做個屁的武林第一高手？告訴你，要想出人頭地稱霸天下，就必須有天下無敵的武功！老子收你為徒乃是你小子的造化，你還吵個屁啊！憑你現在的身手雖還馬馬虎虎，但要想成為天下第一高手卻是還差得遠呢！

「拜了本座為師，不日你就可以擁有天下無敵的武功，那時還有誰敢對你施以顏色？人生在世做不成英雄便做梟雄，總比做鳥雄的好！你不是一直想讓天下英雄都臣服在你腳下嗎？你不是想在武林中的成就也蓋過你義兄項思龍嗎？沒有天下無敵的武功，就什麼都是空想！小子，你仔細想清楚了！本座也不再多說，你想好後再告訴我吧！」

言罷，聲音逝去再也不現了，項羽這刻倒也沉默起來。

是啊，自己連一個水月宗師也對付不了，連人家三招都走不過，還談什麼稱霸天下呢？

還想蓋過義兄項思龍呢！他的武功之高自己也是可望而不可及！再有就是自己雖一心想為中原武林做些什麼，可有誰看得起自己？在那些武林人物眼中自己只是一個政客而已，根本算不得什麼。

更甚的是中原武林人物的人心已被義兄項思龍所征服，他們不但不接納自己，且反對自己充滿敵意！在武林中人的眼中自己本就成了個反面人物！這一切都緣於什麼？還不是自己武功不如義兄項思龍？

在官營中自己自負天下無敵，可一入武林才方知人外有人天外有天，比自己厲害得多的高手不知有幾，還談要一統天下王權和武林兩大派系呢？

沒有高絕的武功就會遭人欺，讓人瞧不起，沒有高絕天下武功就不能實現自己的願望！

要是自己擁有天下無敵的武功，還有誰敢欺自己敢瞧不起自己，還有什麼願望不能實現？

現在當年風雲一世的魔師風赤行願收自己為徒，可說確是個千古難逢的好機會，練成了他的魔功擁有了神兵鷹刀，自己就可成為天下第一高手了！

想到這裡項羽不覺有些動心了，但義父項少龍嚴厲的眼神卻突在他眼前閃現，讓得項羽不由全身一顫。

自己如練了風赤行的魔功，接受了他的魔種，那自己也就入了魔道，從此自己會變成一個什麼樣的人呢？會像秦始皇一樣成為一個遭世人厭惡的暴君嗎？會讓得自己眾叛親離孑然一身嗎？

義父項少龍定是會大罵自己的了，還有二伯騰翼他們，甚至虞姬說不定也會對自己反感，那……自己即使天下無敵又有什麼快樂可言？

但是……自己如錯過了可以普升為天下第一高手的機會，或許此生都要默默無聞一輩子了，那又何嘗不是一種痛苦？

風赤行說得不錯，不成功便成仁，做不成英雄便做個梟雄，總比做個烏雄的好！自己練了風赤行魔功，只要心性不變，不施暴政，不走魔道，照樣除魔衛道，不就可以了嗎？

再說正邪魔神本就沒有什麼嚴格的定義，勝者便是神就是正義，敗者就是魔就是邪惡，勝者可以把黑的說成是白的，敗者則是毫無反抗發言的權力！勝敗才是正邪神魔之分！

日月神教被江湖中人稱之為魔教，但是楊天為的所作所為有失英雄風度嗎？風赤行之所以被稱為魔帥，還不是因他敗給了赤帝？如當年一戰是風赤行取勝的話，赤帝也可被安個「魔頭」的稱號！這是個以武稱強的時代，強者的話才是正理！

自己習了風赤行的魔功成為天下第一高手一統天下後就自己說了算，有誰敢說自己是魔道中人？稱霸天下本就是要有所犧牲的，到時義父他們斥責自己甚或冷落自己……卻也是無可奈何的了！想來自己一朝功成之日也許會讓他們回心轉意吧！有誰不崇拜強者呢？小時候自己崇拜父親項少龍，因為那時認為他是天下間最偉大的強者，自遇到義兄項思龍後，自己又把他當作偶像，因為他擁有天下無敵的武功！只要自己成為天下第一強者，想來義父他們也不會疏遠自己的！

項羽癡癡想著，心中深埋的野心狂湧而出，不由暗下決心——決定拜風赤行為師學魔功！但是項羽卻怎也不會料到，正是他這等剛愎自用的野心，讓他徹底的走上了自我毀滅的悲劇之路。

當然這是後話，咱們暫且不提，卻說項羽下定決心後，當下大聲叫道：「前輩！前輩！小生願拜你為師了！不過習成你的武功需多少時日呢？太長時間可不行，外面還有許多的事情等我去解決呢！」

項羽這話音剛落，風赤行的聲音當即又在哈哈大笑中響起道：「好！小子，你終於想通了！早則十天遲則一月你就可繼承本座的所有武功，練成十一重天的種魔大法，屆時你就是天下第一高手，這天下就可以任你去為所欲為了！今晚小子你就好好休息吧！本座要思量一些傳你武功的法門，你也就不要再大吵大鬧了，明天為師就開始傳授你武功！」

說完聲音再次逝去又毫無動靜了，項羽心下喜喜憂憂地想著，不覺，也給昏昏沉沉地睡去……

項思龍與騰翼二人正欲起步離開赤仙山，地面突地一陣劇烈震盪，接著就是一隻怪獸的巨大吼聲傳來……間中夾雜有聲熟悉的驚呼聲……項思龍聽得心下一顫。

啊……是劉邦！是劉邦的驚呼聲！怎麼他……他遇到了什麼危險？

項思龍心下驚急地想著，身形頓即衝起，同時對騰翼道：「伯父，你先回軍營中去，著爹他小心楚懷王的人暗襲！不日後我會去見爹的！還有，對侄兒重出江湖的消息，還請伯父代為保密，除爹外不要告訴他人！小侄去了，劉邦遇險，小侄需去救他！咱們後會有期。」

言語聲中身形已是快若閃電的向怪獸發聲處馳去，轉瞬不見，讓得騰翼見了又喜又憂，心下感覺複雜難言。

看來思龍的武功比之自己先前見著他時又是有一個較大提高了，傳言「任道遠」乃無極禪師、鐵劍先生、無量道人三人的親傳弟子，打敗血魔，只怕此言非虛，羽兒如入魔道，將來思龍和他只是死對頭了！

唉，三弟說羽兒此生有一場大劫難，只怕是言此事吧！一切都是天數！只是……這現實也太過殘酷了，大家本應是一家人啊！自相殘殺……

不說騰翼自悲自苦地思量，卻說項思龍飛施身法往怪獸發聲處馳去，口中同時惶急地高喊道：「邦弟，邦弟！是你嗎？你在哪裡？遇到什麼危險了？快回答我！我是你項大哥！邦弟，你怎麼啦！回答我！」

劉邦的聲音自一峽谷中隱約傳來道：「項大哥救我！這裡有隻怪獸纏住了我！救我，項大哥！啊！鬼東西，你走開啊！要不本少爺可要對你大開殺戒了，你纏著我幹什麼？快放開我！」

接著又是一陣怪獸的巨吼聲，聲音直震峽谷直沖雲霄。

項思龍證實劉邦遇險，不由心頭更急，當即加快身速往發聲峽谷衝去，可正當就要入谷時，突聽得一聲混沉的冷聲傳來道：「小子，你不要命！那條天地赤龍已有萬年道行，老夫在這赤仙谷守候了數千年也沒能降伏住牠，你如此冒然救人，激怒了那傢伙，你朋友只怕要被牠利爪撕屍了。」話音間一個身體魁梧頭髮放披的老者阻在了項思龍飛馳的身形前頭阻住了他的入谷。

項思龍又怒又急的凌空指射出一道罡氣，意圖制住對方，口中同時大喝道：「讓開！」

身速不減，直往前衝，老者見了咦了一聲道：「小子倒有兩下子呢，只是火氣太燥！」說著揮出一道掌勁把項思龍指勁悉數吸化！接著還了項思龍一記掌力，口中也道：「小子，接老夫一招試試！看你到底有多高修行！」

項思龍被迫停住身形，見了老者方才化去自己指勁的一招，不由心神一凝，失聲道：「化功大法！」

接著見了老者擊出一掌向自己攻來，當下也揮出一道掌勁消去對方攻勢，此時劉邦驚呼聲連連傳來，項思龍急不可耐地衝老者一瞪眼道：「前輩何人！請不要阻在下救人，否則……」

項思龍話未說完，老者「咦」了一聲道：「小子怎也會我波斯聖火教的化功大法？」

第十一章　天意冥冥

項思龍聽得心下一震，當即收勢朝老者抱拳道：「前輩原來是波斯聖火教的高人，在下項思龍，方才多有得罪，還望前輩見諒了！救人如救火，請前輩讓個道吧！」

老者雙目厲芒灼灼地直盯著項思龍，冷冷道：「小子還沒回答老夫提出的問題呢！你的化功大法到底是從哪裡學來的？是不是狂笑天傳授給你的？」

項思龍見老者如此聲色俱厲，不禁心下有氣，當下語氣也轉冷道：「你管我是從哪裡學來的！前輩如再不讓道，可也就別怪在下無禮再次得罪了！」

說著再次作勢欲闖攻老者。老者見了微一錯愕，卻又接著發出一陣哈哈大笑道：「好小子！有個性！老夫喜歡！來，咱們坐下來心平氣和地聊聊如何！」

項思龍心下對劉邦的安危可是關焦之極，哪有心情陪老者閒聊？心中雖也對老者來歷充滿好奇，若在平時自不會放過與老者搭訕的機會，可現在劉邦有難，卻是怎也提不起這種興趣來的了！但人家一番好意並且和顏悅色，又怎好意思強硬拒絕呢？

當下語氣也為之一緩，婉轉道：「在下現在急著救人，前輩如有興趣與在下閒聊，還是待在下救回在下朋友後再說吧！」

言罷又要縱身，老者見了眉頭皺了皺，「哼」了一聲道：「小子要去找死，那你便去吧！老夫與你一見投緣，本欲點化你，想不到你卻如此頑冥不化！谷中那條天地赤龍神猛無比，即便你身手不凡，卻也絕非牠的敵手！想老夫在這赤仙谷與牠相鬥了三千多年，在牠手下從走不過三招，本想對牠死心，但就因老夫性子太硬，做任何事情從不願遇難而退，這一頑固就是頑固了三千多年，至今仍是一無所獲！小子你自負打得過老夫，那你便去吧！來，與老夫先打一場！」

項思龍此時已是心急如焚，對方雖是一片好意，但他卻是沒得心情領了，當下沉聲道：「好，就讓在下來領教一個前輩的高招吧！」

說完也不待對方再多說什麼，身形一閃，雙掌一錯，已是向老者發動攻擊。

老者對項思龍此態不怒反喜道：「痛快！小子做事乾淨利索，老夫欣賞！嘿，老夫自從迷戀上赤仙谷中的那條天地赤龍後就再也沒有跟人動手過了！想不到今日可以過過癮，小子，來得好！接我這招聖火令中的天風朝陽！」

言語聲中，老者左掌揮出一道頸圈化去項思龍攻來掌勁，右掌朝天翻出再倏地橫移發出一道光芒四射的罡氣直奪項思龍雙目，身形同時前衝欲與項思龍近身相接，無論身速和掌法，功力都是絕頂高手的身手。

項思龍見了不敢大意，當即化掌為指，以指代劍，一領劍訣。雲龍八式中的「旋風式」應指而出，同時提升了十層功力護體，不讓對方罡氣破體入侵。

「嗤！嗤！」雙方指勁和掌勁終於首次相觸，二人身形同時一震後退，老者勝顯驚色道：「小子你今年多大了？內力竟然如此之高？」

項思龍也覺一陣胸悶，對老者功力之高暗暗驚駭，但他不想與老者多囉嗦，因為救劉邦可是十萬火急之事，當下聞問不答，只沉喝一聲道：「前輩注意，在下要出狠手了！種魔大法第七式怒雷鳴！」

喝聲一落，只見項思龍身形化作一個氣團，所過之處雷聲轟響，四射的氣勁有若一道道閃電直向老者匯射過去，氣勢非同小可。

老者聽得項思龍說出種魔大法之名時就禁不住臉色一陰，語氣變冷道：「小子原來是魔師風赤行的弟子，哼，種魔大法第七式又算得了什麼？且看老夫這種火龍神功第九式烈焰焚金！」

言罷，只見老者全身突地冒射出灼灼的三味真火，全身有若一個火球般與項思龍身形凝成的雷團相抗，雙方發出的氣電和真火相觸發出「轟轟轟」的陣巨爆聲，竟是鬥了個不相上下，旗鼓相當。

劉邦的厲叫聲不絕於耳，項思龍聽得又急又怒，可又苦於一時無法脫身，心頭不由生出無名火，冷聲道：「前輩如再不放行，可別怪在下痛施辣手了！」

老者聲音無限悲愴地道：「小子何必這麼惺惺作態的？當年你師父風赤行為奪得我聖火教的鎮教之寶十枚聖火令，率眾前行往我波斯國對我聖火教大開殺戒，讓得我波斯聖火教從此一厥不振，十枚聖火令也被你師父奪走了六枚！老夫當年身為聖火教教主，遭此慘變，發誓要練成絕世神功報此血仇，於是隱避江湖，四處尋訪高人名師亦或寶物，直至三千多年前，尋至此赤仙谷，發現此谷中有一萬年修行的天地赤龍，心下大喜，本想降伏此獸，服牠內丹即可練成本教至高神功火龍神功第十三重天，那時的風赤行又有何足懼哉？不想這一守就是三千多年！小子，你現在既已知曉了老夫身分，要搶得另四枚聖火令就放馬過來吧！」

項思龍見對方誤會了自己，不由哭笑不得。但也顧不得多作解釋了，只簡略的道：「前輩誤會了，在下並不是什麼魔帥風赤行的弟子，而乃是迴夢老人弟子，風赤行只是我師兄！在下此番受師命之托可也正是為即將掀起的一場武林浩劫而身負重任呢！對於前輩前事慘變在下深表同情，咱們素來無怨無仇，還請前輩不要再為難在下了，在下著實是太過擔心朋友的安危，所以不得不對前輩出手，還望前輩諒解！請前輩行個方便吧！」

老者聽了項思龍這話又驚又疑地道：「小子此話當真，你真的是迴夢老人的弟子！但是怎麼你……年歲如此之小，這……」

項思龍不待老者把話說完便已接口道：「此事經過說來話長，待在下救出朋友後再來與前輩細述吧！唉，在下求求前輩了！」

老者見了項思龍神態，看他不似有詐，當下緩和語氣微笑著道：「小子你放心就是，據老夫看察那天地赤龍的狀況，似對你那朋友並無惡意，反對他非常親切似的，想來那怪物不會傷你朋友，說不定是他身上有著什麼與這天地赤龍相關的秘密，會因禍得福呢！要不你那朋友被天地赤龍擒住已足有半個多時辰，現在哪能活命？老夫與那天地赤龍相鬥了三千多年，彼此已相互熟悉，這次天地赤龍對你朋友所表現出的異常現象，似是把他看作了牠的主人呢，小子你不必擔心的，是福不是禍，是禍逃不脫，小子你如強行救人，只怕你和你朋友都要出什麼意外呢！」

說到這裡，老者頓了頓接著又道：「走，小子隨老夫去我住處喝上兩杯吧！老夫自釀的酒，味道不錯的！嘿，人的禍相自有天定，小子你擔心你朋友的安危也沒有用，還是寬下心來靜候你朋友的消息吧！聽，那怪物的叫聲和你朋友的驚叫聲都沒了，想來怪物已是回巢，你現在可也無從著手救人了！相信老夫吧，我敢斷言你朋友不會有事的！」

怪獸的吼聲和劉邦的驚呼聲都已逝去了，項思龍不得不氣餒下來，雖得老者一番安危，但心下的擔憂卻仍未平息！都怪這老者，要不是他橫加干涉，自己或許……唉，事已至此，責怪人家也沒用了，但願邦弟吉人天相吧！這老者也是一番好意，又是風赤行的一個受害者，也……怪可憐的，呀，自己不若靜下心來與他套套關係，如能說服他相助自己除魔衛道對付將起的江湖風雲，以這老者的身手可是不可多得的幫手！

心下想來，當下點頭道：「如此在下就打擾前輩了！」

老者聽項思龍應了自己邀請，興奮地連道：「好！好小子，你是老夫在這赤仙谷居住了三千多年所邀請的第一個客人，今個兒咱們可要喝它個痛快！」

言罷展開身形向谷內馳去，項思龍縱身緊隨其後……

項羽一覺睡醒過來時，卻見百曉生已神情肅然地站在自己身前，雙目神光閃閃地直盯著自己，與昨晚所見模樣迥然不同，想是風赤行魔種又已寄嫁入他體內了，當下心神一緊，頓翻身起來對百曉生躬身施禮道：「徒兒見過師父！」

果是風赤行的聲音發自百曉生口中道：「小子好機警！不過咱們還沒有行拜師之禮，先不要以師徒相稱！嗯，昨晚你體內魔種已融化了本座元神魔種四層功力，現在感覺身體有什麼異狀沒有！」

項羽聞言微微一怔，但當即反應過來，深吸一口氣察探了一下體內的內息後，臉露驚喜之色地道：「師父，徒兒……在下只覺體內內息充沛了好多！似比以前足足提升了一倍有多！謝謝師……前輩！」

這下輪到「風赤行」面現驚色，凝色道：「你沒有覺得身體有什麼不適？」

說著伸手為項羽把了一陣脈後，發出一陣朗聲大笑道：「奇才，果是奇才！竟能在短短的半夜時間內把老夫輸入你體內的功力在不知不覺中全然融匯貫通，看來你我師徒當真是有緣了！本座魔功一般人根本無法兼融，想不到小子你竟毫不抗拒本座魔功，你我可確是同道中人呢！哈哈……好！好！本座後繼有人了！小子，你坐下，聽本座跟你講解一下本門的情況，以及修練種魔大法的一些細節。」

項羽依言坐地，雙目隨機暗暗打量四周環境，卻見現今所處石室並不是昨晚所處石室，這間石室要小了許多，但室內卻佈滿了縱橫交錯的一座天蠶絲網在石室左側正中的兵器架上放著一柄通體黑黑的大刀，刀身隱隱泛著寒光，室內燈光照在刀身上，刀身竟不反光。

那柄黑色大刀就是當年傳鷹大師所遺下的鷹刀嗎？只不知室內的那天蠶絲網又是用來幹什麼？項羽打量著，心下暗暗想著，雖滿腔疑問，卻是不敢問出。

「風赤行」似覺察到了項羽神態，微微一笑道：「待你練成了本座傳你的種魔大法後，這石室內的一切都是你的了！你現在不要分神，靜聽本座對你的解說。在千古的天地混沌年代，中原出了兩大正派的絕世高手，那就是盤古大師和傳鷹大師。但同時也出現了一大邪派高手，那便是咱們的魔種之父魔神撒旦了！

「世人所傳說的盤古開天地，便是盤古大師和咱們的魔種之父魔神撒旦一戰，當年那一戰兩人直鬥了七七四十九天，最後魔神撒旦敗在了盤古大師手中，但就在他生命瀕臨死亡之前，他把自己體內的元神魔種迫出體外讓其遺落人間，以魔神撒旦當時的功力，他的元神魔種也只能四千年獲得一次新生，四千年後的魔種死亡新的魔種誕生，需直到新舊兩代魔種相遇合而為一，讓新的魔種成為魔中之魔後魔種就可獲得永生。小子，你和我就是這千古難逢的新舊魔種的傳人，我們魔道所有的希望都寄託在你的身上。

「本座當年與赤帝同投在迴夢老人門下，這老鬼乃是傳鷹大師的唯一傳人，一身武功不可小視！本座與赤帝下山後，二人各闖天下，本座創立了赤尊門，赤帝則一統天下做了中原萬民的主人，我們二人一正一邪勢成水火，因迴夢老人偏心，對我們二人傳授武功，有意偏向赤帝，所以本座武功始終不及於他！後來本座察覺了體內魔種，於是利用魔種能量自創出曠古絕學——種魔大法，本以為練成此魔功後可打敗赤帝，不想這老鬼確也是武學天才，也自創出創魂九式和劍禪心經，本座仍不是他的敵手！在本座與赤帝最後華山縹渺峰一戰含恨而敗，隱匿這赤尊谷四千多年，為尋的就是你這魔種新人。」

說到這裡，深吸了一口氣後接著又道：「其實只要本座練成了十重天的種魔大法，赤帝老鬼卻又怎是我的敵手？只因我體內魔種不能發揮出十足十的能量，沒有練全種魔大法，以致留下終生遺憾，這也不是本座智慧不夠，乃是因為撒旦魔神敗於盤古大師手上後，體內魔種已是受了重創，所以每代魔種傳人體內的魔種都不是健全的，但是小子你現在不必擔心這個問題了，待本座魔種元神融入你體內後，你將擁有一個健全的魔種！」

項羽聽得似懂非懂，風赤行所言的這一切都是真的！但是自己卻從來沒有感應到體內有什麼魔種嘛！不過風赤行所言的嚴肅和認真，卻又自然而然地讓項羽感到對方並非胡言亂語之徒。

「風赤行」說完上述一些話後，突地語氣一轉道：「小子，也算你走運，通過了本座對你的體質測試，要不即便你身懷魔種，卻也無法用速成之法助你練成種魔大法！小子你可真是有福氣啊！」

項羽不解道：「什麼體質測試？前輩何時對我進行體質測試了？」

「風赤行」道：「方才我為你把了一下心脈，發覺體內真氣與本座輸入你體內的真氣不相抗觸！再有你能在短短的兩個多時辰內化解本座輸入你體內的四成功力醒過來，便可知你體內的環境很適應本座魔種的成長。其實你修練的是正宗的內家功夫，與本座魔功是性子相反水火不相溶的，但是這種現象卻沒有發生，反一切進展順利，並且超過了本座的預料，想來這或許是你體內魔種所起的功效吧。

「一切結果顯示，小子你是塊好得不能再好的魔神繼承料子。待你練成種魔大法後，魔神撒旦的精神實體會在你身上重現，那時你將會成為天下獨一無二的霸者。盤古大師、傳鷹大師和迴夢老人都已魂歸極樂仙去，赤帝太陽真身之體雖還存於世，但即便是他重生，卻也決非你的敵手了！

「今後小子你唯一的敵人便是新出江湖的一個叫作任道遠的少年！那小子功力之高連本座也試探不出，他的精神思想有若一個無邊無際的黑洞，本座釋發出的意圖窺探他精神思想的意念不但未能如願，反被他吞食得無影無蹤。他乃是迴夢老鬼的關門弟子，只怕修習的是迴夢老鬼近幾千年來新悟出的克制我魔功的武學。所以在你功成出道之後，要盡全力除去他，以免他阻礙你事業的發展，如若赤帝傳人出世，你不要一下子就弄死了他，而要盡情的玩弄他，直到逼得他瘋狂自殺而亡。」

「風赤行」說這話時語氣怨毒之極，但他卻怎也料不到，就因為他最後的這番對項羽的告誡囑託，讓得項羽最終走了徹底滅亡之路。

項羽聽「風赤行」說了這麼一大串話，卻還沒說到教自己練武的主題上來，終於忍不住開口道：「前輩，到底什麼是種魔大法呢？」

「風赤行」擊掌道：「問得好！這便是本座要對你解說的後半部分話題了！」

項羽最關注的便是練絕世神功，要不他才不會冒險拜風赤行為師呢！聞言斂起心神，豎起耳朵，靜待下文。

「風赤行」續道：「一般比武交鋒，下乘者徒拚死力，中乘者速度戰略，上乘者則是專講智慧精神氣勢，無所不用其極。種魔大法就乃屬上乘者中的至尊魔道絕學，功成者可使精神有若實質，天孔不入，不戰而屈人之兵，可以讓敵錯覺叢生自焚其身！昔日傲視當世的盤古，傳鷹兩位武學大宗師，面對此魔功恐也無以能敵！要想對付此魔功，除非是他們二人聯手，又或天降奇人，否則今天當下世人應是無人能與之匹敵！」

「風赤行」說到這裡歎了一口氣，接著又道：「我風赤行自創此魔功，不想卻無法練至大成之境，真乃平生憾事！不過能得小子你這個傳人，卻也足可讓本座快慰生平了！人生在世一場夢，轟轟烈烈地痛快就夠了！要知世間事，到頭來誰能預測！最主要的是把握現在，努力去實現自己的夢想，這才不枉人生！」

項羽聽得一陣愕然，暗忖想不到風赤行這魔道第一人竟也會說出此等胸襟的話來，倒也真不可把他看作一般的魔頭呢！

項羽心下想著時，風赤行突地問他道：「小子，你知否魔道正邪之別？」

在老者居住的石洞內，項思龍和老者對面盤膝就地而坐。

石洞有四五米深，三米多高兩米多寬，洞內甚是乾燥整潔，一張石床石桌外，再就是一堆熊熊篝火和堆放的一堆乾木柴，其他再就是些食用之物了，洞頂上嵌有幾顆斗大的夜明球可供照明，使得石洞顯得明亮而又溫暖，倒也不乏是個好住處。

老者撕了一塊獸肉給項思龍，同時道：「敝居簡陋，沒有什麼好東西招待少俠，還請少俠將就為是了！」

項思龍客氣道：「哪裡哪裡！室雖簡陋，但主人一份熱情卻讓在下已是感到一種親切感覺了，這可比什麼美食招待都好！」

老者聽得笑了起來道：「少俠可真會說話！嗯，尊師現還健在麼？老夫當年在波斯就曾聽聞過尊師大名，乃一代大師傳鷹前輩的弟子，少俠可真是師出名門啊！難怪武功那般高強了！」

項思龍神色一黯地道：「師父他老人家已在日前仙去了！」

老者聽了默然道：「那少俠此次出走江湖有何打算呢？尊師可有什麼遺言向你交代嗎？老夫近日來總感覺心浮氣燥，似有什麼大事要發生呢！」

項思龍苦笑道：「前輩所言不錯，江湖武林是又要不平靜了！」

老者驚疑道：「少俠此話怎講！難道世上又有一個風赤行出世了！」

項思龍肅容道：「豈止如此，是又一個魔中之魔即將出世了！唉，只怕是一場武林浩劫即將來臨矣！」說著當下道出了赤尊谷一行的所見所聞。

老者聽了又是興奮又是憤怒地道：「想不到風赤行死後還不忘興復他的魔

道！哼，他的種魔大法雖是威力無窮，卻還並未達至他所誇張的那般天下無敵吧！聖火令中最厲害的武功在第十枚聖火令上，只是沒了前八枚聖火令了，老夫也參不透內中奧秘，所以不得不另覓它法修練絕世神功！另兩枚——第一第二枚聖火令老夫在逃匿時遺落教中，卻也並未讓風赤行奪去，他的魔功乃是不全面的，其中一定有其破綻之處，一定並非天下無敵！」

項思龍聞言心下大喜道：「前輩此話可是當真？在下就得到了兩枚聖火令呢！只不知是不是前輩遺落的第一第二枚聖火令！」

對於日月天帝手中得到的聖火令內容，項思龍已背得滾瓜爛熟，當下朗聲給念讀了出來，才念了一半，老者就已激動地連連道：「正是！正是老夫當年所遺失的兩枚聖火令！只不知怎麼到了少俠手中呢！」

項思龍笑了笑，當下把與日月天帝相遇獲贈兩枚聖火令的事情說了一遍，接著又道：「原來中原日月神教的鎮教之寶——兩枚聖火令乃是貴教之物！想不到區區兩枚，並且是起始的兩枚，武功就如此厲害，讓得日月神教在中原橫行稱霸一時，要是十枚聖火令齊後，練成內中功夫豈不真可天下無敵！貴派武功真是深不可測！」

老者老臉一紅，卻是搖頭道：「十枚聖火令本不是我波斯聖火教之物，而是你們中原流入我波斯國的！據傳那十枚聖火令乃是盤古大師在力敗魔神撒旦後，深思正邪兩派武學精華刻寫而成的，可謂是正邪兩派的至尊武學精髓。

「在盤古大師刻完十枚聖火令後，突又思出一套曠古絕今的武功，那便是種魔大法，他也把這套武功刻在了聖火令上，但不是以文字記述的，而是以隱含的圖畫暗含的，因為，此功乃屬魔道武功，威力霸道無比，所以盤古大師把它分刻在了十枚聖火令上。

「他這般做一是不想讓歹人學會此魔功，二是在創出此功後不忍讓其失傳於世——要知道練武的人對武學都有一股癡迷的愛好，尤其是像盤古大師等曠古絕今的武學奇才！

「盤古大師刻寫完種魔神功後，自感此生心願以了，所以撒手仙去，把這十枚聖火令留遺在人間，想留待有緣——盤古大師一生沒有弟子傳人，又不忍讓武學失傳，只好用此方法了。在一次偶然機緣中，我聖火教開派祖師耶律真人得到了這十枚聖火令，憑聖火令中的記載武學，耶律師祖開創了我波斯國空前龐大的聖火教，但他窮其一生心血也未能參透聖火令中武學的十之一二。待傳到了老夫這一代不想卻突遭慘變，也不知怎的被風赤行知道了我波斯聖火教得到了盤古大師遺下的十枚聖火令。

「一日風赤行率領數千門人向我聖火教發動突襲，那時老夫尚在秘密練功，突聞此驚變，驚怒已極，可全教上下四千弟子已被殺了十之八九，知曉大勢已去，本欲與風赤行一拚死活，可因教中人大護教護法苦苦哀求，在他人的拚死護救下，苟且得以逃生，但匆忙中只攜了四枚聖火令，並且途中遺失了兩枚，最後也就只剩兩枚了。

「教派被毀，老夫悲痛欲絕。同時也對風赤行恨得咬牙切齒，原想一死以向歷代祖師謝罪，但又想著如此滅教的血海深仇由誰去報？痛定思痛下老夫也便決定練成絕世神功向風赤行討還公道。但人算不如天算，在老夫練成第九枚聖火令中的一項神功——火龍神功壯志滿懷的復出江湖欲找風赤行報仇時，卻傳出風赤行命敗赤帝手下的傳聞。

老夫得此消息後頓感心下一片空虛，於是終日無所得志，直到在這赤仙谷中發現了一條罕見的赤龍，才得到些許寄託。不過在我的意識中卻總感到風赤行未曾真正死去，不想這想法現在卻果也得到證實了！老夫是拚著性命也不會讓他的奸計得逞的！」

聽了老者這一番陳述，項思龍心下是不勝唏噓，想不到風赤行得以傲視武林的種魔大法卻原來是盤古大師的所創的，內中還有這麼一段故事。

項思龍心下想著時，老者接著又道：「這些是盤古大師遺下的雜記中所記述的。風赤行雖只得到了六枚聖火令，但他確也是武學奇才，竟能從不全的聖火令參悟出種魔大法的竅門，自創出了一套並不完美的種魔大法。

「現在少俠身上有兩枚聖火令，老夫身上有兩枚，一是暗含有種魔大法的入門之法，另一是暗含有種魔大法的最後幾式，合起來想或也可思悟出破解種魔大法的要訣吧！老夫已是再也無力去管江湖中的這些是非了，現就把這兩枚聖火令贈給少俠，也算是你我一見投緣老夫贈你的禮物吧！希望能對少俠除魔衛道有什麼幫助！」

說著，從懷中取出一黑一白的兩枚聖火令來神色慎重地的交給了項思龍，又道：「少俠已習過聖火令中的武功，且身懷聖火令，可說也是我波斯聖火教的半個傳人了，老夫只有一個心願，就是希望少俠能重建我波斯聖火教，就算是為老夫修修德行吧！」

項思龍默默地接過兩枚聖火令，心中倏地湧起無窮鬥志來。

項羽張開了口，正要說話，卻又突地啞口沒聲。

他雖然常聽義父項少龍跟他講起魔道正邪之分，行走江湖時也聽不少武林人物常將魔道正邪掛在口邊，似乎魔道正邪之分涇渭分明，乃是天下真理，但這種概念在他心中卻是一直甚是模糊，他只是把自己偶像的所作作為看作是正道，偶像的敵人看作魔邪，可從沒有自己深思這個問題，沒有自己的觀點，現在風赤行問他這個問題，乍一想來似可隨口答出，可細一想來自己心中的那些回答卻似全然蒼白無力，根本就沒有說服力，所以項羽一時之間倒也給難住了。

「風赤行」微笑道：「你答不出也不見怪，天下能通此理者，不出數人！」

項羽呆子般點著頭，「風赤行」接著又傲然道：「天地萬物，由一而來，雖歷盡千變萬化，最後又將重歸於一，非人力所能左右。所謂一生二、二生三、三生萬物，一生二者，正反是也，魔道是也。人雖不能改變這由無到有，由有至無的過程，但卻可把握這有無間的空隙，超脫有無。而無論是魔是道，其目的無非是超脫有無正反生死，只是其方式截然不同罷了，當然，真正能修到這種境界的人卻是有幾呢！只怕是只有盤古大師、傳鷹大師、撒旦魔神有限的幾人了！

「老夫雖一生致力參研魔界的至高境界，卻始終由於眷戀紅塵繁瑣之事而無法做到，其實不止是正道需要心如止水的無色無相無我之境，入魔也是需要此點的，如不能達到此點，就永生不可能進入魔道至境。一切在無求而求，在無貪欲中而貪，在無殺意中而殺，此才是謂魔道至境！」

項羽聽得眉頭大皺，對風赤行的這番話似懂非懂。要知一般人生於世上，其人生目標不外三餐溫飽，娶妻生子；有野心者則求榮華富貴；至於治世安邦成不世功業，已是人生所求的極至。可風赤行卻說入魔也要心如止水，無貪無欲……這卻還算什麼魔？簡直就是和尚了！

世人口中所說的魔頭通常都是指狂暴殘忍、兇殺成性、野心極大的人，然依風赤行的理論，入魔的至高境界是吃齋念佛了！什麼狗屁不通的理論嘛！還算魔道第一高手呢！所說的話這般……

項羽心下如此不屑地想著，口中自是不敢說出，聆聽神態也還是裝得畢恭畢敬的，不過心下對風赤行的話卻實在是不以為然。

「風赤行」卻是沒理項羽的不解，繼續道：「入道與入魔，其最高目的，均在超脫生死，重歸於一，不過二者所選途徑恰恰相反，譬如一條長路，路有兩端，一端是生，一端是死，如欲離此長路，一是往生處走，一是往死裡逃。入道者選擇的是生路，所以致力於返本歸原，煉虛合道，由後天返回先天，重結仙胎，返老還童，回至來出生前的狀態，此之是謂道！」

這番讓得項羽可更是糊裡糊塗了，「風赤行」所說的這些理論他以前可是聞所未聞，一時間聽得頭也給大了起來。

「風赤行」仍是沒細作解釋，只自顧自地又道：「有生必有死，有正必有反，假設生是正，死便是反；若死是正，則生是反。修道者主張積德行善，功於生；修魔講求證明自身存在價值不擇手段，功於死。」

項羽這刻也漸漸理出了些自己的思緒來，聽「風赤行」講了這麼多有關魔道正邪的理論，再也忍不住插口道：「那麼照前輩這般說來，修魔也可算是自然真理了，如此這世上還有什麼正邪善惡之分！」

「風赤行」哈哈笑道：「問得好！但我所講的積善行德，又或不擇手段，均是下乘者所為，真正的從道或從魔者，當修為達到某一階段，均須超越善惡，明白世上正邪都只是生死間的幻象，這道理你終有一天能明白的，現在亦無須費神揣度。」

項羽想反駁風赤行，但一時卻找不到適當的詞，「風赤行」字字玄機暗藏，當真讓人聽不明白他到底在講什麼道理。

項羽心下滿懷疑惑，風赤行卻仍是接著道：「魔門專論死地，要知生的過程太過繁複悠久，男女交合十月懷胎小心翼翼。魔門則狂進猛取，速成速發，有若死亡，故練功別闢路徑，奇邪怪異，毒辣狠絕，置之死地而後生。這也便需要找爐鼎，取他人成就修為作嫁衣裳，讓自己進入假死狀態，一旦魔種復活，由假死進入真死，種魔大法才是始成。」

這次項羽聽出興趣，奇道：「若是真死，豈不什麼都完了？還有了什麼成功可言？前輩之言何解，還請作個詳盡解答！」

「風赤行」笑道：「死是真死，不過死的卻是爐鼎，練功者卻是無恙呢！魔種借爐鼎之死而生。爐鼎精氣被魔種吸光而死！本座擒誘來血魔和柳生青雲這兩個傢伙來，便是讓他們供你作練功的爐鼎。他們二人均為不可一世的絕代魔頭，功力之深非同小可！主要的是他們體內魔道精神可刺激你體內魔種，乃是不可多得的上等絕佳爐鼎。屆時小子你先吸本座的元神魔種讓你進入假死狀態，讓我們二人的魔種進行重組誕生新的魔種，再接著小子你就通過這石室內中老夫為你練功所佈置的天蠶絲網吸化血魔和柳生青雲體內的精氣神，直待新生魔種甦醒過來獲得新生時，你的種魔大法也便練成了！」

項羽訝聲道：「這不豈若傳聞中的化功大法，吸取他人內力為己用！」

「風赤行」聽得臉色微微一變，卻是點了點頭道：「原來小子你也知道化功大法，不過你卻可知化功大法本不是日月神教的武學，而是波斯聖火教的武學，日月神教的化功大法是習自從波斯聖火教的兩枚聖火令牌上，我的種魔大法也是從聖火令中的一套高深武學經本座演化自創而來的，化功大法可說是種魔大法的基礎原理！」

說到這裡，臉上突地現出凝重的神色道：「本座要告訴你的就是有關聖火令的事！當年自老夫無意得知波斯聖火教擁有十枚內藏驚天武學的聖火令後，頓然心生歹念，於是率領幾千門人遠涉波斯去奪這十枚聖火令，那時的波斯聖火教教主遠山還只是剛剛上任，乃是個初出茅蘆的小角色，自不敵本座強大攻勢，波斯聖火教在本座一天圍攻之下冰消瓦解。

「本以為十枚聖火令必可穩拿，但不想被那遠山教主施出聖火令中秘法得以攜帶四枚聖火令逃逸，本座只奪得中間六枚。當時本座派出大批手下去搜尋遠山這傢伙的下落，可終是一無所獲，後來本座也只得漸死了這條心，仔細的探研起所得六枚聖火令中的武學來，是一次無意機緣中被我發覺令牌中各枚上的圖案乃是一套曠古絕今的武功絕學。

「有此發現後，我欣喜若狂，因為我看了聖火令中所載武功，雖是每一門武學都算得至高絕學，但也厲害不到哪裡去！要知道我可是傳鷹大師的徒孫，一般絕學自沒放在眼中。發現聖火令牌圖案絕學後，卻又有一大難題困住了我，因缺少一、二、九、十，四枚令牌，這套絕學卻是根本不完全的。

「當時我急得都快瘋了，空望絕學而無法修習！可著急有什麼用呢？還是靜下來根據這半套武學自創一套絕學吧！刻這聖火令的高人可以創出此絕學，自己為什麼就不能呢！我鎮定下來後，閉關日夜思研手中六枚聖火令中武學，結合自己一手所學，花了近兩年時間，終於被我創出了十式種魔大法。我雖沒有看過另四攻聖火令，但卻自信自己創出的這套種魔大法，絕不會比全套聖火令中所載的圖案絕學遜色多少！不過小子，你出世江湖後，卻最好還是能尋另四枚聖火令牌最好！尤其是第九第十枚，內中載有修練全套圖案絕學的心法訣要，只怕落入一些高明的正道人手中，對你將會造成一定的威脅……

「我們可以自信種魔大法的威能，但對對手卻也不可以過掉以輕心，那樣或許會對你造成致命的打擊！你可要記住這點了！」

項羽心下一凜，點頭恭聲應：「是！」

這時「風赤行」出言把柳生青雲和血魔召進了內中石室，出指開啟石室之門放他們二人走了起來。

項思龍手握兩枚聖火令，心下思潮起伏難平。

看來一切都是天意，拯救歷史的重任是要無可非議的落到自己身上來了。風赤行奪得了六枚聖火令，自己現在卻得到了四枚，這難道不是天意在冥冥之中就註定了除魔衛道的重任將落到自己身上了！

項羽承襲了風赤行的魔功，那麼他也就成為自己敵對的對象了！

世事可也真是在對自己開玩笑，項羽與自己和劉邦三人本是結義兄弟，也本應是一家人，可因得自己知曉歷史卻強行地把這種和睦打破，把項羽視作了敵人！

難道當真是上天在冥冥中主宰著歷史的命運！

一時間，項思龍想得又神傷魂斷起來。只不知如沒有自己和父親項少龍在這古代出現，這古代歷史的發展過程還會不會像現在這樣的呢？項羽還是會成為魔帥風赤行的傳人嗎？

真感覺自己在這古代所經歷的一切都是虛幻的不真實的，可現實是自己又確實在呼吸著這古代的空氣，生活著這古代的生活……

唉，也不知自己需到哪一天才可功成身退！五年後嗎？

硝煙瀰漫的五年歷程，自己又將是怎樣痛苦地挨過！

項思龍不自覺地長歎了一口氣，從沉思中回到了現實，對老者一抱拳道：「謝謝前輩！在下定當會竭盡己能除魔衛道，不負眾望的。對於你的心願，在下也定會盡力而為！不過在下對前輩有幾句話說，現今江湖風雲四起，群魔聳動，以前輩的身手定可為我中原武林除魔衛道出一份力，難道前輩真決定老死此谷嗎？」

老者聞言面現迷離之色，卻還是輕輕地搖了搖頭緩緩道：「老夫本就是個不屬於這時代的古稀之人了，又何必強加入這場紛爭呢？唉，往事如煙，一切是非功過轉頭成空，老夫確是再也不想重涉江湖中事了，當今的天下是你們這些年輕人的，任由你們去闖去拚去殺吧！

「老夫如不是深感聖火教後繼無人，多年前就魂歸極樂去了！一線風塵之念，困了老夫千年，如今老夫心願已了，是該去追隨已故的師祖他們去了！聖火令得少俠為主人，老夫大可安心，也再無什麼擔憂的！以少俠的才華，定當能參透聖火令中種魔大法的破解之法的！當年創出此絕世魔功的盤古大師，就因懼心術不正的惡人習成此功為禍武林，所以也創出了三式種魔大法的破解之法，刻寫在了聖火令第十枚上，但是表面上卻看不出來，內中玄虛發人深究！少俠如能發現其內中奧秘，那風赤行的一切計畫都將成泡影了！」

項思龍見勸說不動對方，當下也只得作罷，老者時卻接著道：「在我們波斯國還有一大與我聖火教齊名的神水宮，少俠可否知曉？」

項思龍點了點頭道：「不但知曉，還有交往呢！」

老者訝然地「噢」了一聲道：「少俠與我波斯國可真是有緣嘛！不過你可知道神水宮的創始者，其實就是我聖火教創始者耶律真主的夫人！這話可也得從耶律真主在得到聖火令之前時說起，師祖夫人乃是當時我波斯國的飄飄公主，師祖當年因在我波斯國舉行的馬術、箭術、柔道等多項比賽中榮獲冠軍，他的英姿被公主看上，二人不多久便結成了夫妻。

「師祖生性好武也好遊歷，一年在我波斯國要運送一年一度的貢品來中原進貢時，師祖向國王請邀了此任務，想借機遊歷一下古老的中土文化。出發時師祖帶上了公主，領了幾百護衛武士押送著貢品向中原進發，不想在行至中原珠穆朗馬峰地段一處叫羅盤谷的地段時突遭強匪截襲，因為那段地勢險要，一面是陡峭山壁，一面是萬丈深崖，個中道路又甚為窄小，而強敵又多武功且高，師祖一行的護衛武士悉數被對方所殺，師祖和公主絕望之下跳下了山崖！

「可萬萬想不到因此而因禍得福，二人跳下山崖並沒有死，而是躍進了一瀑潭之中，被潭溪流水沖進了一天然石洞，醒來後便被二人發現盤古大師的遺物，師祖得了聖火令後欣喜若狂日夜冥思苦想修習內中武林，可因此而冷落了公主。公主一氣之下拿了盤古大師所遺的另一冊奇毒真經負氣而走自創了神水宮。師祖則自創了聖火教！」

項思龍真想不到聖火教和神水宮還有這麼一段恩怨故事，忽又想到百曉生與神水宮……還沒來得及細想下去，忽聞一陣馬蹄聲向山谷內傳來。

第十二章　天劍顯靈

項思龍和老者聽了臉色同時一變，前者把驚疑的目光投向後者，後者則是一臉怒容的道：「那幫不知死活的傢伙又來搗亂了！」說著站了起來，對項思龍訕訕一笑道：「真是掃興，待老夫去打發了那群傢伙再來繼續與少俠暢飲吧！費不了多少時間的！你坐著等我一會！」

言罷，身子就向洞外走去，項思龍忙也站起身來跟了出去，道：「到底是怎麼回事？前輩與來者可有過接觸是嗎？什麼來頭的人？進這赤仙谷來幹什麼？」

老者慢了身形等項思龍，道：「還不也是為了赤仙谷中的那條天地赤龍！這幫不知死活的傢伙近幾年來已入谷來想擒天地赤龍二十多次了吧。嘿，憑他們的那點武功哪能得逞？只怕是連天地赤龍的邊也沒見著便被神物所吞食了！老夫出面阻止勸說了他們幾次，不想還是沒效果！這些傢伙都為之死了好幾百人了，還是吸取不了教訓！死了也是活該！」

項思龍皺眉道：「人哪有不怕死的？這……明知是不可為而為之，只怕這批人是受人控制才來擒殺天地赤龍的呢？前輩知道他們來歷嗎？」

老者搖頭道：「我可是從沒想那麼多也沒去瞭解他們來歷，只要他們不來谷中驚擾我就是了！不過……看他們似是一群山賊。」

項思龍疑聲道：「山賊？是什麼山賊竟也懂天地赤龍具有神奇功效呢？並且能控制一批又一批的人為他賣命！看來這夥山賊的幕後首領絕不簡單。只怕是個資深的武林人物。前輩帶我去看看！」

老者道了聲「好」，加快身速往山谷口馳去，項思龍緊隨其後。

只盞茶工夫，二人便遠遠可見一隊約五十幾人的人馬正緩緩向谷內馳來，神色個個顯得有些慌張，東張西望的，似在擔心忌憚什麼。

老者加速身法，飛馳至眾人身前。對方見了，隊伍中頓時發動一陣騷亂，再也不敢前行了，似對老者甚懷懼意。

項思龍此時落在老者身側，舉目向對方人馬望去，一張熟悉的面容落入眼簾，讓得項思龍見了不由又驚又怒。

原來對方領頭之人卻正是那剛被自己嚇退不久的呂青！

在呂青身側還有兩個冷面老者，神情顯得甚是陰冷傲慢，呂青對此二人甚是恭敬。只不知是何方神聖，但看他們氣勢身手定然不凡。

項思龍在打量呂青等人之時，呂青也發現了項思龍這煞星，不由失聲驚呼道：「怎麼又是你？」

項思龍冷冷道：「正是在下，怎麼呂將軍還沒回城去嗎？」

呂青顯對項思龍深懷懼感，聞言訕訕道：「這個……不日我是準備回城去的，只是懷王之命在下還有一樁未了，所以……少俠怎麼還在這赤仙谷？」

項思龍「哼」了聲道：「在下的事還輪不到你來管！嗯，將軍再返赤仙谷不知是為了何事而來？在下據前輩說有一批不知死活的山賊多次來這赤仙谷欲擒此處的一條天地赤龍，不知……是不是呂將軍等呢？」

呂青老臉一紅道：「這……我也只是受主之命不得不為之賣命罷了。」

二人對答了這一陣，對方二冷面老者中其中一人顯得甚是不耐煩的道：「呂小子跟這小娃子多囉嗦個什麼？咱們辦正事要緊呢！你說據你多年的觀察今天夜中二更是天地赤龍出巢吸收天地日月精華的時候，咱們可是得趕快入谷部署擒龍計畫呢！現在已是黃昏時分，沒多少時間了！」

呂青見冷面老者發火，目中閃過一絲狡黠之色，當下忙對對方媚笑道：「慧明大師休怒，這位少俠乃是我中原武林新掘起的年青高手任道遠少俠，東瀛第一狂刀客水月宗師可也是敗亡在任少俠手上的呢！」

冷面老者聽了眉頭一揚，緩緩的「噢」了一聲，把目光投在了項思龍身上，淡淡地道：「就是這小子殺了水月宗師？手底下定有幾招真功夫羅！倒是讓佛爺來試試他的斤兩！」言語聲中，龐大的身形突自馬背上飛起，速度快捷無比地向項思龍飛射過來，揮拳向項思龍迎面衝擊而來。

聖火教主見了冷笑道：「不知死活！」項思龍在聖火教主說這話時，已是冷喝一聲，身形絲毫不退不閃，只在對方拳頭衝擊至距離自己面門只有兩尺之遙時，才突地揮拳迎擊。

「蓬！」的一聲，雙方拳頭對接了個結實！

冷面老者身形像斷了線的風箏般向後暴飛，再著實跌落地面時，「嘩」的噴出一口鮮血，雙目驚駭之極不可置信地看著紋絲未動、淡然自若的項思龍。

另一名冷面老者見了忙飛身至受傷老者身邊，驚惶氣怒地道：「慧明師弟，你沒事吧？」

受傷老者搖了搖頭吐出一口鮮血，氣喘地道：「沒有大礙，幸得對方手下留情，要不可就沒命了！」

沒有受傷的老者聞言大是舒了一口氣，命兩個武士下馬扶起受傷老者，才冷冷地望項思龍道：「閣下好身手！老夫西藏活佛手下什靈禪師，倒也想向閣下討教幾招！」

聖火教主冷哼了聲道：「好生不識好歹的傢伙！人家對你師弟已是手下留情，憑你……還不是不自量力！如要打，老夫就陪你過兩招吧。」

什靈禪師目中凶光一閃道：「閣下就是呂小子口中所說的護龍神秘高手了！老夫師兄弟此次出馬，主要是為了對付閣下，不致妨礙我等辦事。既然閣下等不及了，就讓老夫來把你這老鬼給解決了再說吧！」

項思龍對這兩個冷面老者的冷傲之態本就看不順眼，所以出手教訓了一下那挑畔滋事的慧明大師，是想讓對方收斂一下傲態，可不想這什靈禪師卻是如此凶蠻，不由心頭再次火起，當下冷冷道：「禪師口氣不小嘛！你可知這位前輩是誰？乃是當年在波斯國名動江湖的聖火教教主！」

項思龍不想與對方結下樑子，要知呂青等人在項羽出世就是他們遭殃之日了，說來也是些可憐人，所以抬出聖火教主的名頭想讓對方知難而退。

什靈禪師聽了項思龍這介紹，果是倒吸了一口冷氣。波斯聖火教的名頭在當年可是與中原魔帥風赤行的赤尊門齊名的教派，想不到眼前這其貌不揚的老者竟是當年的未亡聖火教教主。

看來今次這趟是要白來了！不過自己等也不必懼怕對方的，活佛聽說今晚也會親自趕來這赤仙谷，憑活佛的名號卻是不會弱了這聖火教主，要知道活佛可是與當年的傳魔大師同時代的絕世高手悟空禪師的靈童轉世，一身武功已達至天人交接的至高玄境，這聖火教主在活佛眼中卻也算不了什麼！心下想來，什靈禪師精神又是一振，強作鎮定地道：「原來是聖火教教主大駕，在下倒是多有冒犯了！不過據聞波斯聖火教當年已毀在了魔帥風赤行手中，想不到教主卻還逃過了那次大劫，真是佩服。」

什靈禪師口中語氣大含諷譏意味，說得聖火教主臉上肌肉一陣抖動，顯是情緒波動很大，但卻還是淡淡地道：「不敢！禪師此番興師動眾的來這赤仙谷，只怕卻要失望了，天地赤龍已是尋到了牠的主人！」

什靈禪師臉色大變道：「什麼？赤龍已是尋到牠的新主人？難道是赤帝天劍已經重現江湖了？是什麼人得到了天劍？」

這下是讓得項思龍聽得又驚又喜，難道這赤仙谷中的那條天地赤龍是當年赤帝的馴物？

看來邦弟確是要因禍得福了。

天意！一切都是天意！項羽剛得了魔帥風赤行的青睞，劉邦就奇遇赤帝的座騎天地赤龍！難道歷史真的又要讓赤帝和風赤行的歷史重演？

請續看《尋龍記》第三輯　卷五對決

無極作品集

尋龍記 第三輯 卷四 魔帥

作者：無極
發行人：陳曉林
出版所：風雲時代出版股份有限公司
地址：10576台北市民生東路五段178號7樓之3
電話：(02) 2756-0949
傳真：(02) 2765-3799
執行主編：劉宇青
美術設計：許惠芳
業務總監：張瑋鳳
出版日期：2025年4月
版權授權：蔡雷平
ISBN：978-626-7464-78-6
風雲書網：http://www.eastbooks.com.tw
官方部落格：http://eastbooks.pixnet.net/blog
Facebook：http://www.facebook.com/h7560949
E-mail：h7560949@ms15.hinet.net
劃撥帳號：12043291
戶名：風雲時代出版股份有限公司

風雲發行所：33373桃園市龜山區公西村2鄰復興街304巷96號
電話：(03) 318-1378　　傳真：(03) 318-1378
法律顧問：永然法律事務所 李永然律師
北辰著作權事務所 蕭雄淋律師

行政院新聞局局版台業字第3595號 營利事業統一編號22759935

定價：340元

國家圖書館出版品預行編目資料

尋龍記　第三輯／無極 著. -- 臺北市：風雲時代出版股份有限公司，2025.04 -- 冊；公分
ISBN：978-626-7464-78-6（第4冊：平裝）

857.7　　113007119